文春文庫

陰陽師
平成講釈 安倍晴明伝

夢枕 獏

目次

陰陽師　平成講釈　安倍晴明伝

序　まずは口上のこと

春であります。

うるわしき春であります。

光風動春《こうふうどうしゅん》。

風光りて春動く季節。

水色の窓に寄りかかりて、独《ひと》り嬉《たの》しきことを想い、気ままなる旅になど出《いで》てみたくなる春であります。

平成八年三月、弥生の頃——。

帝都の風水ぬるみ、今まさに蕾《つぼみ》ほころびかけんとする桜の頃、ここに、ようやくこのお噺《はなし》をば始めることができますのも、天真爛漫《らんまん》、春爛漫、まことに感慨無量のことであります。

そもそも、この物語を書こうと思いたちましたのは、今を去ること五年前。本来であれば『小説中公』というお座敷で、一席うかがうことになっていたのでございます。

しかし、まだその機熟さず、卵を抱く親鳥のごとくにこのお噺を温めておりますうちに、ようやく準備整い、ではいよいよ平成八年の新春からと心づもりをしておりましたところ、なんと、この予定していたお座敷『小説中公』が儚《はかな》くも休刊とは、あいなってしまったのでございました。

栄枯盛衰《えいこせいすい》は世のならい。生者必滅《じょうしゃひつめつ》、会者定離《えしゃじょうり》。よどみに浮かぶ水泡《うたかた》は、かつ消えかつ結びて久しく止《とど》まりたるためしなしとは、鴨長明《かものちょうめい》の『方丈記《ほうじょうき》』の言葉でありますが、世の中の人も出版物も、またかくのごときものなのでございます。

無常が世の理《ことわり》とは申せ、いや弱ったなあ、困ったなあと思案しているところへ吉報が入り、お座敷を『小説中公』から『中央公論』へと移してやりましょうということになり、とんとんと話がまとまって、本日の口上とはなったのでありました。

さて――。

本日、これよりわたくしが、皆さまに講釈いたしまするお噺は、本朝が生みましたる稀代の陰陽師《おんみょうじ》、安倍晴明《あべのせいめい》公の物語でございます。

名づけて「平成講釈　安倍晴明伝」。

この安倍晴明公、いかなる人物であるかと申しまするに、ただいま紹介いたしました通り、職業は陰陽師でございます。ではこの陰陽師とは何であるかということでありますが、何分にも千年以上も昔の職業でありますので、わたくしにも、すぐにはよい喩《たと》えが思い浮かびません。

超能力者、というのとはちょっと違います。呪術師《じゅじゅつし》、というのとも、似てはおりますがやはりどこか違うようです。

技術職ではありますが、学べば誰でもその技術が身につくというものでもありません。

ちなみに、百科事典で引いてみますと、次のように記載されております。

【陰陽師】（おんみょうじ）

「おんようじ」ともいう。大宝令の制で陰陽寮や大宰府《だざいふ》に置かれた方術専門の官人。占筮《せんぜい》や地を相して吉凶を知ることをつかさどったが、平安時代になり陰陽寮のつかさどった天文、暦数、風雲の気色をうかがう方術を陰陽道とよぶようになると、陰陽師もそれらの方術を使う者すべての名称となった。平安中期に賀茂忠行《かものただゆき》が出てこれを世業化して賀茂家というが、子の保憲《やすのり》系統は暦道を中心とし室町中期から勘解由小路《かげゆこうじ》家、ついで幸徳井《こうとくい》家とも称した。忠行、保憲の高弟の安倍晴明の流れは天文道を主とし、室町中期以後は土御門《つちみかど》家という。これを求めたものは古代の貴族層のみならず、中世以後は武家、近世になると庶民にまで広がった。

『日本大百科全書4』（小学館）

いやはや、これではますます何のことやらわからなくなってまいりました。

ま、手っとり早く言ってしまえば、主に平安時代、朝廷に仕えていた職能占い師——こんな風に理解しておいていただければ、ひとまずはよろしいかと思われます。

たとえば、貴人が外出するおりに、方位を観《み》、その方角があまり良くないものであれば、いったん別の場所へと移動し、そこから目的の場所へとあらためて移動するという、方違《かたたが》えというやり方を指導したりするのが、この陰陽師であります。

空手の技でいえば三角飛び、あるいは、本命の女の子に最初は声をかけず、隣りの女の子に声をかけて気を引いておいてから、やおら目的の女の子に声をかけるというのも、この方違えの一種でございましょうか。

近頃、眼にしたり耳にしたりする言葉に、風水《ふうすい》というものがあります。

この風水、中国に生まれた概念、あるいは技術のことで、香港などには今も風水師と呼ばれる人たちがいます。

この風水師は、陰陽師という職能師たちと非常に近い存在と考えてよいでしょう。

風水師は、山や水が造り出した大地の気脈を観たりします。中国的な思考によれば、もともと、人間の身体には、気というエネルギーが流れているということになっています。その気や気の流れが乱れることによって、病になると考えられており、すなわち、気を病むことから、病気という言葉が生まれています。鍼《はり》や灸《きゅう》などという治療法は、この気や気の流れと密接に関係しています。そのような気の流れている場所や脈筋、気の中継センターが、ツボであるとか、経絡《けいらく》とか呼ばれているものなのです。

このような、人の身体に流れている気、ツボや経絡にあたるものが、この大地にもあるのだと、風水は教えています。

大地の気脈の流れの良い場所に、家を建てたり、都市を建設したりすれば、その家や都市は、おおいに栄えるであろうと風水師たちは考えています。

こういった複雑な大地の気脈を、山や河などの地形や方位から読み、どこにどういう家や都市を建設すればよいかを、風水師は、昔であれば皇帝に、現在であれば施工主にアドバイスします。唐の都長安などは、その典型的な例です。

時代が現代で、たとえば施行主がそこに、もう、家やビルを建ててしまっていたら、窓の位置をどうするか、テーブルやドアの位置をどう変えたらよいかというようなことを、この風水師が観て診断をするわけです。診断されたビルの持ち主は、言われるままに、あらためて小規模の工事をし、ドアや窓の位置をかえ、風水師に高い見料を払うことになります。

香港の場合、風水師はまだ現役であり、そのトップクラスはかなり儲かるいい商売であるとも言えます。

平安京という都もまた、このような風水の力学によって建設されました。

この都は、そもそも桓武《かんむ》天皇が、藤原種継《ふじわらのたねつぐ》暗殺事件に関係したということで廃太子にした早良《さわら》親王の怨霊《おんりょう》を畏《おそ》れ、たった十年で長岡京を捨て、遷都して建てたものなのであります。怨霊への恐怖——それが、桓武天皇より後の世まで、伝統的に京の都の闇の部分を支配しているのです。

ですから、平安京の内外には、そういった闇の力から、天皇を守るためのシステムが無数にあります。

たとえば、京の都を守護しているのは、その東西南北に自然の山や川を依《よ》り代《しろ》にして配置された、四神獣であります。

まず、
東が、鴨川《かもがわ》の青龍《せいりゅう》。

西が、山陰道《さんいんどう》の白虎《びやっこ》。

南が、巨椋池《おぐらいけ》の朱雀《すざく》。

北が、船岡山《ふなおかやま》の玄武《げんぶ》。

　このように、都の東西南北を四頭の霊的な、象徴《シンボライズ》された獣によって守護させることは、四神相応という中国的な考え方、技術から来ているのです。

　さらに申しあげておきますれば、比叡山《ひえいざん》は、内裏《だいり》から見て北東の方向にありますが、このこと、けして偶然ではありません。北東——つまり艮《うしとら》の方角であり、すなわち鬼門《きもん》であります。この鬼門の方角から、都を守るために、比叡山の存在があるのでございます。まことに平安京という都市は、百鬼夜行《ひやっきやこう》、魑魅魍魎《ちみもうりょう》の跋扈《ばっこ》する空間であったのであります。

　かようなる都の闇をば背景にして、陰陽師と呼ばれるような職能者が存在できたのでございますが、それらの細かい話、京の都の呪術的なシステムについては、このお噺を語ってゆく間に、おいおいお話し申しあげる機会もあるかと思われます。

　さて、そこで本編の主人公、安倍晴明公のことでございますが、公こそは、この平安京の呪術技術者たちの大親分でございます。

　生まれは、延喜《えんぎ》二十一年（九二一年）、死亡したのは寛弘《かんこう》二年（一〇〇五年）と言われていますから、これを信ずれば、八十五歳まで生きたことになっております。

　官位は従四位下。

　天文博士であり、呪詛《ずそ》や占いにたいへんな力を持っていたと伝えられており、逸話も多くあります。

晴明公の話が記された書物は、『今昔物語集』、『大鏡』、『古事談』、『宇治拾遺物語』、『源平盛衰記』、『発心集』、『峯相記《ほうそうき》』等々、数えあげてゆけばきりがございません。

式神《しきがみ》と呼ばれる、この世のものならぬ鬼や精霊を手足のごとくに使っていたと言われ、蛙を柳の葉で押し潰《つぶ》して殺してしまった話や、晴明を試そうとしてやってきた陰陽師の使う式神を隠してしまった話などは有名です。

花山《かざん》天皇の譲位を天変で予知したり、箱の中のものを、蓋を取らずにあてたりしたこともございます。まことに便利な能力であり、現代であれば、たちまちにして競輪、競馬で巨万の富を築きあげることもできます。

彼《か》の、紫式部《むらさきしきぶ》のタニマチ的存在であった藤原道長《みちなが》の危機を救ったのも、この安倍晴明でございます。

道長公が、法成寺建立の工事現場においでになったおり、可愛がっていた一頭の白い犬をお連れになりました。

ところが、法成寺に入ろうとすると、この犬が前を走りまわって、道長の牛車《ぎつしや》を中に入れようといたしません。

「今日はいったいどうしたことか。まあ、どうせたいしたことではないのだろうが」

と、道長が牛車を降りて、徒歩《かち》にて中へ入ろうとすると、今度は着ているものの裾《すそ》を嚙《か》んだり、引いたりしてゆかせまいといたします。

さすがに道長も、

「これは何やら子細のあらん」

と、踏み台を召し寄せてそれに腰を下ろし、

「晴明を呼べい」

と使いを出しました。

やってきた晴明に、道長が理由《わけ》を告げますと、晴明、これを占って、

「道の途中に、道長さまを呪《のろ》う品が埋められております。もし、これを越えられましたらたいへんなことになっておりました。犬は、通力のものにてありますれば、これを察して、道長さまをおとめ申しあげたのでございましょう」

と言う。

「いったいどこに埋められておるのだ。晴明よ、これを見つけ出すことはできるか」

「たやすきこと」

と、晴明、しばらく占って、

「ここでございます」

道のある場所を示しました。

さっそくそこを掘らせてみると、五尺ほどの地下から、何やら出てまいりました。土器をふたつ合わせたもので、黄色いこよりで十文字にからげてあります。開けてみれば、中には何もなく、ただ、朱砂で土器の底に一文字が書かれているばかりでございます。

「これは、たいへんな呪法《ずほう》でござります。この晴明以外には知る者とて無しと思っておりましたが、あるいは道摩《どうま》法師あたりが仕掛けたものやもしれませぬ」

晴明、懐より紙を取り出し、鳥の形に結んで呪《しゅ》をかけ、それを天に向かって投げあげれば、たちまちその姿を白鷺《しらさぎ》と変じて彼方の空へ飛んでゆきました。

「あの鳥がどこへゆくかを見届けよ」

下部《しもべ》の者に追わせると、白鷺は、六条坊門万里小路《ろくじょうぼうもんまでのこうじ》あたりの、古びたる家の諸折戸《もろおりど》の中へ入ってゆきました。

その家の主こそ、かの道摩法師そのひとでありましたので、さっそく、下部の者どもがこの老法師をからめとって、連れてまいりました。

「いったい何故にかような呪詛をいたしたのか」

道長に問われ、

「堀河左大臣顕光《ほりかわさだいじんあきみつ》公に頼まれ呪詛を仕《つかまつ》りました」

と道摩法師。

顕光公は、言うなれば、宮廷における道長公の政敵、ライバルでございます。

「流罪にあたるところだが、頼まれたとあっては、道摩法師ばかりを責めるわけにもゆかぬ」

道長公も、ここで道摩法師を流罪にでもしたら、後の祟《たた》りがおそろしいと思われて、

「二度とかような技を使うてはならぬぞ」

と、道摩法師の本国である播磨《はりま》の国へ追放ということで、一件落着をみたのでございました。

呪詛を命じた顕光公は、この後、この世を去るのでございまするが、死して後、怨霊

となって御堂殿あたりに祟りをなされ、悪霊左府と呼ばれたりするのでございますが、件《くだん》の犬は、事件の後も、道長におおいに可愛がられたということでございます。

ともあれ、以上のようなエピソードからも、安倍晴明という陰陽師が、宮廷でどのような役割を果たしてきたかは、うかがい知ることができましょう。

さらに、安倍晴明公は、古来より、様々な説話や、芸能にも登場しておられます。能で申せば、『鉄輪《かなわ》』というたいへんに恐いお話にも登場し、いくつもの浄瑠璃《じょうるり》や舞台にもなっております。

先のエピソードに出てきた道摩法師は、実はこの晴明の宿敵であり、義太夫《ぎだゆう》の『蘆屋《あしや》道満大内鑑《どうまんおおうちかがみ》』は、古浄瑠璃『信田妻《しのだづま》』がもとになっているお噺でありますが、この物語の軸となっておりますのは、晴明の父である安倍保名《やすな》と、この蘆屋道満の確執でございます。このお噺では、晴明は、安倍保名と、かつて保名に助けられた白狐との間に生まれた子供ということになっております。

この舞台でございますが、これは現在でも度々上演されており、ついこの平成八年春三月にも、歌舞伎座で、葛《くず》の葉《は》を中村鴈治郎《がんじろう》、安倍保名を澤村宗十郎で上演されました。本講釈の取材をかねて、筆者はこれをば見物に行ってきたのでありますが、いや、なかなかのものでございました。

本物の葛の葉姫が現われ、白狐である葛の葉は、もう夫のもとにいることはできません。

子の晴明を抱いたまま、眼の前の障子にさらさらと一首の歌を書いて去ってゆくのでございますが、始めは右手で、次には左手で逆さに、次には筆を口に咥《くわ》えて、実際に雁治郎が曲書きをばするシーンが圧巻でございました。

恋しくば尋ねきてみよ和泉なる
信田の森のうらみ葛の葉

これに続いて、第三場信田の森道行の場になって、

〽ここに哀れをとどめしは
安倍の童子が母上なり
元よりその身は畜生の
我が故郷へ帰ろやれ

と浄瑠璃で始まってゆく、いやいや、なかなかの名作であります。

いやいや、これは歌舞伎の紹介ではございませんでした。

本講釈のお噺でございます。

さて、筆者がこれよりお話し申しあげる安倍晴明公の物語でございますが、これは、すでに筆者が書いている『陰陽師』(文藝春秋・朝日新聞社刊)の、安倍晴明と源《みなもとの》博雅《ひろまさ》コンビのお話とはまた別ものであります。晴明、博雅バージョンのお話については、筆

者も愛着深いものがあり、これからも、おりをみてはほろほろと書き継いでゆくつもりではありますが、この本編には源博雅は登場しないばかりでなく、そもそもが、この物語を創ったのは筆者ではございません。

　ではいったい誰が創ったのかということでございますが、それを申しあげる前に、まず本講釈のネタ本について御紹介しておくのが、物語の順序としてはよろしいかと思われます。

『安倍晴明』
桃川實《ももかわみのる》講演　今村次郎速記　明治三十三年刊

講談『安倍晴明』
玉田玉麟《たまだぎょくりん》講演　山田都一郎速記　大正三年刊

大江山鬼賊退治『蘆屋道満』
玉田玉秀斎《ぎょくしゅうさい》（右の玉田玉麟が二代目を襲名）講演　山田醉神速記

以上の三冊が本編のネタ本というわけなのでございますが、これは、いかなる書物なのでありましょうか。

　申しあげます。

これは、俗に言われるところの「速記本《そっきぼん》」と呼ばれる書物であります。

では、速記本とは何か？

これも、申しあげます。

速記本というのは、舞台や高座で演じられた講談、落語等の内容を、そのまま文章にして本にしたものでございます。講談のものについては講談本とも呼ばれております。すでに江戸時代から、講談の種本が〝実録本〟として貸本屋で流通したりしておりましたが、今日、我々が速記本と呼ぶものが誕生したのは、明治に入ってからでございます。

その一冊目は何であったかと申しますと、時に明治十七年（一八八四年）、かの三遊亭圓朝《さんゆうていえんちょう》師匠が口演《こうえん》した『怪談牡丹灯籠《かいだんぼたんどうろう》』を、若林玵蔵氏、酒井昇造氏が速記したものをもって、始まりと考えてよろしいかと思われます。

これが大当り。

ひとつが当ると、いや実は自分も前から同じことを考えていたのだよと言い出す者が出てくるのは、今も昔も同じでございます。おれもおれもとばかり、二代松林伯円《しょうりんはくえん》師匠の世話講談『安政三組盃《あんせいみつぐみさかずき》』が、明治十八年（一八八五年）に速記本となり、以後続々と速記本が誕生していったのでございます。

しまいには、ネタが足らなくなって、語り口はそのままで、新作の小説とでもいうべきものまで出現し、御存知「立川文庫」にまで発展してゆくのでございますが、『蘆屋道満』の二代目玉田玉秀斎先生は、今で言うなればベストセラー作家、同文庫創立の責任者ともいうべき方でございます。

一時《いっとき》、現代の出版業界を席巻《せっけん》し、筆者もその渦のまっただ中にいたことのある、伝奇バイオレンスとエロスの新書《ノベルス》ブームなども、この現象に近いものがあるやもしれません。

ともあれ、このようにして誕生していった速記本の中に、〝晴明もの〟とでも呼ばれるべき、一群があるのでございます。

その種類、その数がいったいどれだけあったのかというと、それは筆者も研究家ではありませんので、ちょっと見当がつきません。何しろこの〝晴明もの〟、色々な家──流派の色々な方が演じていたらしく、噺そのものは、ま、その演者の数だけあったと考えてよいでしょう。講談というのは、生きた話芸でございますから、語るおりおりの時事風俗をその都度取り入れていったと考えれば、高座で語られたその数だけ話があるという考え方も出てまいります。

現代におきましては、関西の三代目旭堂小南陵《きょくどうこなんりょう》師匠が、この晴明ものを演じておられます。

さあたいへん。

これでは、もう、とても数えられるものではありません。

晴明ものの、あの巻、この巻と色々あるなかで、全部が速記本となったわけでもないらしく、長大な物語のこの段は速記本となっているが、あの段は本になっていないというようなこともあったかと思われます。

さらには、戦争や震災をくぐりきれずに、刻《とき》の彼方に消え果ててしまったものも無数。

ともかく、現在、わたくしの手元に三種類、三冊があるということだけでも、奇跡のようなものでございます。

先に紹介したこの三冊の本でございますが、桃川實版『安倍晴明』は、晴明の生いたち以前のエピソードから話が始まって、源頼光《みなもとのらいこう》による大江山の鬼退治までを含む長大なる一冊でございまして、正確に申しますれば、これは毎日新聞の付録の速記本の小冊子全四十四巻をまとめたものでございます。

後の二冊、玉田玉麟、玉田玉秀斎版の『安倍晴明』、『蘆屋道満』は、大まかには桃川實版の中に含まれるエピソードであり、話の内容は似ているのでございますが、流派が違えばその語り口も違い、それぞれに甲乙つけがたいおもしろさがあるのでございます。で、筆者といたしましては、桃川版『安倍晴明』をベースにし、それに玉田版『安倍晴明』、『蘆屋道満』を加えながら、本講釈を進めてゆきたいと考えているのでございます。

さて、では、この三冊を、筆者がどのようにして手に入れたのかということでありますが、実は、この本は、先に御紹介した、旭堂小南陵師匠からいただいたものなのであります。

わたくしと師匠が知り合うきっかけというのは、長良川でございました。

実は本朝の名川天下の長良川に、河口堰《かこうぜき》という名のダムを建設しようという計画がございまして、筆者も小南陵師匠も、

「そんなモンいらんでえ」

と、反対をばしていたのでございます。

堰ができれば、汽水域に棲むシジミは全滅、川と海を行き来している鮎やサツキマスを始めとする多くの生き物が生態系を狂わされてこれまた絶滅の危機にさらされてしまいます。

筆者の大好きな、鮎の友釣り場が、またもやなくなってしまうではありませんか。

堰を造っても、水は余っており、治水にしても、現地長島町は、長良川の水面より低い場所に町があり、その横に大量の水を溜めるのはかえって危険であります。堰建設の主目的である塩害防止についても、その原因と考えられている塩害は生じておらず生ずる気配もないといったぐあいの、まことにもって、お金の無駄遣い、百害あって一利もない工事でございます。

では何故にかようなる工事が計画され、進められてしまうのかと申しますと、政治家と、官僚と、企業が癒着をしてお金をがっぽがっぽと——

おっと、いやいや、どうもお噺が脱線してしまいました。

わたくし、あまりエラそうなことを、かようなお座敷で申しあげられる立場の人間ではございませんでした。

わたくし、森は大好き、樹を残せいと言っておきながら、しかし、たとえ森林破壊となろうとも、自分の本はベストセラーになって欲しいと願っているセコい志の人間でございます。

西に本屋で平積みになっている某先生の本があれば、その上に棚差しの自分の本を置き、東に筆者より売れている某先生の本があれば、自分の本とカバーを取りかえてしまうという、イケナイ心根の人間なのであります。

南に某先生の本を買う人あれば、つまらないからやめろと言い、北で文学賞の選考があれば、行ってつけとどけをし、節操はなく、締め切り守らず、いつも静かに税金対策のことを考えてる、そういう人間なのです、このわたくしは——

ともあれ、このような脱線話にいたったのは、筆者と小南陵師匠は長良川で知り合ったと、そういうことを申しあげたかったからでございました。

この旭堂小南陵師匠が、たいへんなこの速記本の蒐集家《しゆうしゆうか》であり、それをもとにして、『明治期大阪の演芸速記本基礎研究』（たる出版刊）なるたいへんな労作も著わしておられます。

この小南陵師匠と話をしておりましたおり、たまたま、話題が安倍晴明のこととなり、

「いや、安倍晴明はおもろいでえ」

「陰陽師、おもしろいですよねえ」

というお話をいたしました。

筆者も、すでに晴明の物語を本などにしておりましたものですから、話ははずんで、

「実はこんど、安倍晴明を講談でやるんですわ」

「わあ、それはおもしろい。ぜひ観にゆかせて下さい。行きます行きます行きますよう」

ということになってしまったのであります。

かくなる展開があって、大阪の某会場へゆき、舞台へ引っ張りあげられて、小南陵師匠とお客さまの前で安倍晴明の話などをしたのでありますが、その日に舞台で演《や》った、小南陵師匠の〝晴明噺〟が抜群におもしろかったのであります。

とてつもなくおもしろい。

言うなれば、少年安倍晴明——尾花丸《おばなまる》と、宿敵蘆屋道満との呪法合戦なのでありますが、これが、はらはらどきどきの、たいへんなものでございました。

「おもしろいです。凄《すご》いです。こんな晴明ものがあったなんて、知りませんでした」

「これ、昔は実際に高座で演《や》られてたものなんです。ネタ本もちゃんとあって、しかも、これにはまだまだ続きがあるのですぜ」

と、小南陵師匠は、にやあり、にやありと笑うではありませんか。

いや、これは、小説のネタ本としてもとてつもないパワーと迫力があると気がついた筆者は、鼻はひくひく、眼はぎらぎら、喉はぐびぐびと鳴り、発情期の犬のごとくにはあはあと喘《あえ》いでしまったというわけなのでございます。

「いや、それはぜひぜひそのネタ本を読みたいなあ。ほんとにほんとに読みたいなあ」

「では、さっそくお送りいたしましょう」

というわけで届いたのが、皆様に御紹介した、前述の三冊の本なのでございます。

読んでみたら、ああた、これがもう無茶苦茶。歴史や史実などはもう、散りぢりにどこかへぶっ飛んでおり、時代的に出会うはずのない人間が会っているわ、あの阿倍仲麻呂《あべのなかまろ》はなんと、安倍晴明の祖先ということになっておるわということで、現代伝奇小説そっくりそのまんま。これまで、日本の歴史の中に出てきた、能やら歌舞伎やら、伝説やらの安倍晴明ものを全て一緒の鍋の中に突っ込んで、ぐわらぐわらとおもいきり煮込んだようなお噺でございます。

これをば小説にぶっ書いてやるべいという欲望に、頭には血が昇り、わたくしと同じように節操のないあの作家、あの漫画家の顔が浮かび、

〝くそう。ほっときゃ、いずれはあやつらがこのおいしい噺に気がついて、おれより先にこれを始めてしまうかもしれないじゃんかよう。そんなことは許さんぞう。このおれが、これを最初にぶっ書くのじゃ。いや、このおれ以外にこの噺をぶっ書けるやつがおるか。おらんでえ――〟

と思い込んでしまったのでありますね。

わたくし、単なるお調子者の作家でございますが、のせると自分ながらコワいところがあるのでございます。

さっそく、中央公論社と話をつけて、伏すこと幾星霜、ようやく、本日の講釈開始とはあいなった次第なのでございます。

そこで、気になってまいりましたのが、著作権の問題でございます。

果たして、この噺に、著作権があるのでありましょうか。あるとして、それはいったい誰が持っているのでありましょうか。

そもそも、この噺はいったい誰が創ったのでしょうか――という、最初の問題にようやくもどってまいりました。

これはもう、旭堂小南陵師匠に訊いてみるしかありません。

さっそくお訊ねしたところ、

「心配いらんのとちがいますか」

というお返事。

つまり、本という形態はとっているものの、この噺を創ったのは、噺している方ではなく、その方々は、たまたま、その噺を代々受け継いで来られた方々であり、真の作者が誰であるかなどは、もうわからないのであると、つまりはそのようなことであるらしいのであります。

ともあれ、実際にこの話を書いてゆくのにネタ本がある以上は、知らん顔もできません。

よって、ここに、お噺を始めるにあたって、筆者は、関係者への敬意の意味もこめて長々と事情をば説明してきたのでございますが、我こそは、この噺の著作権者であるというお方がおられましたら、ぜひぜひお知らせ下さい。

お酒など奢《おご》らせていただきながら、わたくし、誠意をもって対応したいと考えているのでございます。

というところで、いよいよ次回から『平成講釈　安倍晴明伝』本編の始まりでございます。

第一席　本朝の秀才安倍仲麿
道を求めて唐へ渡ること

（一）

いよいよ春たけなわの四月。

私、ただいま九州に来ております。

熊本県は山鹿《やまが》市の某温泉宿の一室にて、この原稿を書き始めたところであります。

この山鹿市、『忠臣蔵』で有名な、あの〝山鹿の陣太鼓〟の山鹿でございます。そもそも、何故《なにゆえ》にかようなる場所に来ておるかということでございますが、手短かに申しあげれば、芝居見物でございます。

この山鹿には、明治四十四年にこけら落としが行なわれた、八千代座というたいへんに雰囲気のある木造の芝居小屋がまだ残っており、そこで坂東玉三郎丈《じょう》の公演があったのでございます。これは、ぜひともゆかねばなりません。

と申しますのも、私、坂東玉三郎丈とは御縁がございまして、玉三郎丈が踊る『楊貴妃《ようきひ》』の作詞や、歌舞伎座でも上演されました『三国伝来玄象譚《さんごくでんらいげんじょうばなし》』の脚本などを、書かせていただいたことがあるのでございます。

さらに申しあげておきますと、この八千代座、なにしろ明治からの小屋でございますので、本編のお噺を語っておりました、桃川實先生、玉田玉麟先生も、ここで「安倍晴明伝」などをお演《や》りになったことがあるかもしれません。

これは何をおいても観ておかねばと思いたち、山鹿までやってきたという次第なのでございます。

かようなわけで、私、第二部——つまり夜の部を昨夜観てきたのでございますが、いや、坪内逍遥《つぼうちしようよう》作の『お夏狂乱』がようございました。

坂東玉三郎丈が踊って、はじめて、私理解できたのでありますが、これは、まぎれもない坪内逍遥自身のお話でございます。ああ、なるほど、これはこういう話であったのか、と、すっかり腑に落ちた次第。

子供に馬鹿にされ、笑いものにされる狂ったお夏は、これ正しく逍遥自身ではありますまいか。

終演近くの常磐津《ときわず》に、

〽はしなく流れあふみ路や
一樹の下の行くあひも
他生の縁や菩提《ぼだい》の縁
げに大慈悲の御仏の
堅き誓ひぞ頼もしき

堅き誓ひぞ頼もしき

とありますが、逍遥自身が、〝御仏の大慈悲〟など拒否しているのは、玉三郎丈の踊りを観れば明らかでございます。

ここに出てくる、地蔵を拝むいたわりあう老夫婦――世に言う幸福な場所から差し伸べられてくる救いの手すらも、逍遥であるお夏に届きようがないのであります。

狂ったお夏は、もはや人間界を遠く離れており、かといって高く天上に飛翔しているわけでもなく、地獄に生きているわけでもありません。

ただ、狂気の中にいる――

それによって、その狂気によってのみ、どのようなあざけりからも、さらには救いからも、お夏は孤高しているのであります。それ故に美しく哀しいのであります。

〽次第に迫る烏婆玉《うばたま》の
　無明を破る鉦《かね》の声

最後の、狂ったお夏の、つまり玉三郎の立ち姿……
ああ、生涯一芸術書生であった坪内逍遥の、なんと美しく哀しい覚悟の姿であることか。

とまあ、ここまで、観る者に深読みさせてしまうほど、お夏を演った玉三郎がものすごかったということなのであります。

ああ——

今、私の前には菊池川が広びろと流れ、あちらやこちらに、菜の花の黄色が点々と風に揺れているのであります。

というところで、いよいよ、安倍晴明伝本編のお噺でございます。

まずは、天下の陰陽師、安倍晴明公が、いかにしてこの世に誕生されたのかという、そのあたりのところからお話し申しあげるのがよろしいかと思われます。

これについては、玉田玉麟先生が口演されました『安倍晴明』にも、桃川實先生が口演されました『安倍晴明』にも書かれておりますが、その最初のシーンとなります、安倍仲麿公の入唐伝《にゅうとうでん》については、桃川版は、なんと物語が半分以上も進みました途中に、この逸話が挿入されているのであります。

予定通り、桃川版に沿ってやってゆくのなら、このエピソードは物語の後半に紹介すべきなのでありますが、それではあまりに唐突でございますので、本編においては、まず最初に皆様方にお話し申しあげようと考えている次第なのであります。

さて、今も名前の出てまいりました、安倍仲麿公、何を隠そう、この人物が、安倍晴明公の御先祖にてあらせられるお方でございます。

一般的には阿倍仲麻呂と表記されるのが多いのでありますが、ここでは、桃川實先生に敬意を表しまして、桃川版の表記である安倍仲麿を使用することにいたしました。

今、私、安倍晴明の御先祖が安倍仲麿公であると申しましたが、現実の問題としては、そうした事実も、可能性もございません。歴史的には、どちらも実在の人物であり、血族としてはどこかで繋がっているやも知れませぬが、今のところ、私の知る限りでは、それは証明されておらず、説として誰かがとなえているわけでもありません。

唯一、この世では、桃川實先生、玉田玉秀斎先生の講談本があるのみでございます。

それをこうして書く以上は、筆者もまた両先生の仲間なのでございますが、皆さまがたにおかれましては、本話において、史実と違う箇所や、明らかに嘘と思われる記述や講釈を発見しても、その度に目角《めくじら》をたてぬよう、老婆心ながら、ここで申しあげておく次第なのであります。

時には、筆者である私の無知による失敗や大法螺《おおぼら》もございましょうが、笑ってかんべんしてやっていただきたい。

〝講釈師、見てきたような嘘を言い〟

とは、昔から言われていることであり、ここはひとつ、広い心でお許し下されますよう、お願い申しあげる次第でございます。

で、まず事実を申しあげておきますと、この安倍仲麿公、史実においては文武《もんむ》二年（六九八年）に本朝で生まれ、宝亀《ほうき》元年（七七〇年）に、唐の国で亡くなられておられます。奈良時代の文人で、中務大輔船守《なかつかさのたいふふなもり》の子であります。

霊亀《れいき》二年（七一六年）に、十九歳という若さで遣唐使に選ばれ、翌養老《ようろう》元年に、後に怪僧などと言われることとなる僧の玄昉《げんぼう》などと共に留学生として唐へ渡っております。

この仲麿公、唐の都長安で大学に入り、科挙に合格して朝廷に仕えたたいへんな秀才でございました。

時あたかも、玄宗皇帝の御世であり、安史の乱にも遭遇し、李白とも詩文をかわし、酒を飲み、楊貴妃の舞いもその眼で見ているという人物。

唐の高僧鑑真《がんじん》が日本国へ渡るおり、共に船に乗って帰ろうとしたのでありますが、仲麿の乗った船は、途中嵐にあい、安南《あんなん》に漂着して、心ならずもまた長安へもどってまいりまして、ついにその生涯を唐で終えられたのでございます。

天の原ふりさけみれば春日なる
三笠の山にいでし月かも

という仲麿公の有名な歌がございますが、これは、公が、いざ日本国へ帰ろうかというおりに、唐の国で詠《よ》みましたものであります。

筆者は、かつての長安——現在の西安に、仲麿公の足跡を訪ねて出かけてきたことがございますが、なんと、この歌が、西安の中心にある大きな公園の新緑の中に建つ公の記念碑に、漢訳されて刻まれておりました。

翹首望東天
神馳奈良辺
三笠山頂上

想又皎月円

首《かうべ》を翹《あ》げて　東天《とうてん》を望む
神《こころ》は馳《は》す　奈良の辺《あた》り
三笠　山頂の上
又　皎月《かうげつ》の円《まどか》なるを想う

いやなかなかに名訳と思われます。

さて――

以下は、本講釈のお断でございます。

（二）

大日本国は、国常立尊《くにとこたちのみこと》の昔より天神《てんじん》七代、地神《ちじん》五代、統々《とうとう》と御相続《ごさうぞく》あつて、神武帝より明治の今日に至るまでも神国と講《とな》へ、又美国《びこく》と申して、外国《ぐわいこく》の人も実に日本は侮り難き国といつて恐れて居《を》りまする位《くらゐ》。初めて都を日向《ひうが》の橿原《かしはら》に置いて、其後《そのご》大和《やまと》の畝傍山《うねびやま》に遷《うつ》され、皇統連綿《くわうとうれんめん》として、一器《いつき》の水を一器に移すが如く、外国《ぐわいこく》にはさういふ事はございません。屢々《しばしば》国が乱れて強い者が其王《そのわう》となり、又共和《きようわ》政治とか申して、大統領が其国《そのくに》を総轄《そうかつ》するとか云《い》ふやうな事で、開闢《かいびやく》以来同じ系統を継《つ》いで来るといふ国は一国もございません。

夫《それ》から見ると日本は実に目出度《めでた》い国と申しても宜《よろ》しうございまする。されば草も木も皆大君《おほきみ》の物ならずといふ事なく、日本全国の物は悉《ことごと》く帝《みかど》の御有《ぎよいう》でございまする。能《よ》く金持《かねもち》が、岩崎さんとか、安田《やすだ》の善《ぜん》さんとか、川崎の八さんとか云《い》つて、大層威張《いば》つて居《ゐ》るやうでございますが、ナーニ自分の金ではない。日本の金を日本の民が預《あつか》つて居《ゐ》るのであり、澤山《たんと》預《あつ》かるのと少なく預かるの違《ちが》ひがあるだけでございます。

講釈師の桃川實も幾らか預つて居《ゐ》るので、只誠《ただまこと》に聊《いささ》か預つて居《ゐ》るだけのことで……夫《それ》ゆゑ徴兵《ちょうへい》適齢になれば進んで出なければならない譯《わけ》のもので、此頃《このごろ》では頓《とん》とさういふ事はございませんが、七、八年前までは、俄《には》かに人の養子《やうし》などになつて徴兵《ちょうへい》を免《のが》れやうといふ事を考えた人《じん》も大分《だいぶ》ございました。我国《わがくに》に生《うま》れて我国の為めに盡《つく》すのでございますから、何事もいたさなければなりません。

併《しか》し此《こ》の書物などは多く漢土より渡《わた》りましたもので、是《これ》はどうも仕方がございません。総じて彼国《あちら》の方が先に開《ひら》けて居《を》りまするから、已《すで》に人皇《じんくわう》の四十四代元正帝《げんせいてい》の御宇《ぎよう》、霊亀《れいき》二年丙《ひのえ》の辰年《たつどし》、初めて彼の地へ遣唐使《けんたうし》といふものを送られました。

長ながと引用してしまいましたが、かような具合に、桃川實先生の口演《こうえん》は始まっているのであります。

いやなんとも、明治という時代の気分、あるいは香りのようなものが、文章の間から立ち昇ってくるようでございます。

さて、これからは筆者の平成講釈——

桃川版では、霊亀二年、時の帝の元正帝が、唐へ遣唐使を遣わすところまででございました。

まあ、何故、帝がそのような決心をするに至ったのかと申しますと、唐の国に保管されている書物を手に入れんがためでございます。

その名も、

『金烏玉兎集《きんうぎょくとしゅう》』

『簠簋内伝《ほきないでん》』

の二巻。

この二冊、今日、本朝における陰陽道の大本《おおもと》ともいわれる書物であり、本編の主人公である安倍晴明公が書いたものであるという方もございます。『金烏玉兎集』などという書物はこの世に存在せず、架空の書であるとする方もあり、『簠簋内伝』については、後に本編に登場する吉備真備《きびのまきび》が唐より持ち帰ったのだと『今昔物語』は伝えております。

さらに書いておきますれば、この書物、実は二巻ではなく『金烏玉兎集簠簋内伝』という一巻ものであるという説もあって、これがどうなっているのか、本当のところはわたくしもよくわからないのでございます。

ま、そこはそれ。

今は桃川先生の速記本にならって本編を続けましょう。

ともかく、彼《か》の二冊の書の中には、この宇宙の運行の秘密から、宇宙の根本原理である、陰陽大極《いんようたいきょく》の力を自由にあやつるための技術が記されているという、ま、そのような本なのであります。

天文――つまり星の運行について知るということは、人の運命について知るということであります。

このような書物を手に入れれば、まさに、帝の御世は安泰、千年二千年の後の世までも、本朝の未来は約束されたも同然であります。

これは、どうしても手に入れねばなりません。

しかし――

いくら欲しいからといって、のこのこと出かけてゆき、これこれこのような理由《わけ》でありますから、

「ひとつ、その二冊をいただけませんか」

そう言って、もらえるわけではありません。

その二冊の書に書かれている情報は、言うなれば唐王朝の国家機密であり、最大シークレットであります。

どうしたらよいか。

唐王朝がそれを渡さない場合には、盗んででも本朝に持ち帰って来なければなりません。

そのようなことができる者がおりますでしょうか。

さっそく、企業でいうなら重役会議でございます。

「人物はおるか」

帝は、このように臣下の者たちに訊いたものと思われます。

うーむ。

と、一同が首をひねっておりますところへ、

「安倍仲麿はいかがでございましょうか」

このように誰かが言ったのではありましょう。

そうでないと、このお噺は先に進みません。

「安倍仲麿とな？」

「はい」

「何者じゃ」

「中務大輔船守の子でございます。弱冠十九歳ながら、たいへんな秀才で、六歳の時には唐語を唐人の如くにしゃべることができたそうで、漢書は言うにおよばず、天竺《てんじく》——悉曇《しったん》の文字まで読むことができるとか」

「かような者が本当におるのか」

「おりまする」

「さっそく、その仲麿を召せい」

というわけで、安倍仲麿が、重要な密命を帯びた遣唐使として選ばれたのではございい

ました。

しかし、

「いかに安倍仲麿、秀才とは申せ、独りでは何かと不都合であろう」

「おう、誰ぞをつけてやらねばなるまい」

ということになって、もう一名、この密命のために人が選ばれることとなりました。

この時期から申せば未来のことではございますが、昔から、シャーロック・ホームズ氏にはワトスン博士、バットマンにはロビン、源義経には弁慶が付いておりましてはじめて、彼等もその偉大な足跡を残すことができたのでございます。

主人公にいい脇役をつけるというのは、物語の鉄則でございます。

「誰がよかろうか」

「玄昉《げんぼう》僧正はどうか」

「それはよいではないか」

と、話はとんとんとまとまって、玄昉僧正が、安倍仲麿に同行することとなりました。

では、この玄昉、いかなる人物でありましょうか。

桃川版によれば、ただひと言、

〝大学者〟

であります。

この大学者という三文字でかたづけられてしまうところが、脇役の哀しさではありますが、この玄昉、実在の人物であり、唐より帰って後、さまざまな妖しの技をもって、本朝をおおいに騒がせたりするのでございますが、それはまた別のお話。

ともかく、安倍仲麿、僧玄昉と共に縣守藤原宇合《あがたのもりふじわらのうまかい》という人物を路次の案内として、遣唐使船にて、入唐《にっとう》を果たしたのでございました。

（三）

この時、唐の国は、開元五年、玄宗皇帝の時でございました。

さて、唐の都である長安に着きました安倍仲麿、日本国より持ち込んでまいりました沢山の皇帝への献上品も唐人の眼を奪い、わけても仲麿本人のその非凡な才のことは、たちまち都でも評判になりました。

「あの安倍仲麿という人物、なかなかの学識ありと見受けられます」

「あれだけの者、この長安にも何人いるか」

と、人々がその才を口の端《は》に乗せるようになりました。

もともと、唐人にとって、日本国は東海の小国。自分たちの国の方が、文化においても、知識についても勝《すぐ》れているとの自負もプライドもあります。

こうなってくると、仲麿の才を試してみたくなるのは、西も東も同じでございます。

「安倍仲麿、いったいどれだけの知識を持っているのか――」

さっそく、仲麿を呼び出しまして、様々のことを訊ねたのであります。

此時に仲麿は、もとより多くの公卿《くぎやう》の内《うち》に撰ばれ、遣唐大使の大任を帯《おび》て参りまする位《くらゐ》の人物でござりまするから、百事其《ひやくじそ》の尋《たづ》ねに従ひ、速《すみ》やかに答へ、中々唐土《なかなかたうど》の者も舌振《したふる》ひをいたしまする位で、玄宗皇帝も、實《げ》に仲麿の才智、其智《そのち》謀《ぼう》の勝《すぐ》れたるに感心をして……

とは、桃川先生の講釈。

どのような質問をされても、仲麿の答にはよどみがございません。

これには唐の国のインテリたちもびっくりでございます。

「そなたほどの人物が、いったいいかなる理由《わけ》で、この長安までまいったのか」

玄宗皇帝に問われ、仲麿、手を突いて、

「よくぞお訊ね下されました。わたしが、遥《はる》ばる日本国より唐まで参りましたのは、この国に伝わると聴く、『金烏玉兎集《きんうぎょくとしゅう》』、『簠簋内伝《ほきないでん》』なる二巻の書物を、わが国に招来せんがためにてござります」

深々と頭を下げたのでございました。

これに驚いたのが、皇帝とその臣下たちでございます。

いくらたくさんの献上品をもらっているとはいえ、国家機密を、そう簡単に他国の使者に、

「あいよ」

と渡せるものではありません。

「おって返事をする故、しばらく自室で待つがよい」

仲麿を返して、さっそくこちらでも会議でございます。

「献上品をたくさんもらった上、ああまではっきり頼まれては、断わるというのもなんだかセコいのではありませんか」

「しかし、かの書物を渡してしまっては、日本国がだんだんと開けてゆき、国力が増してしまいます。ただでさえ、あの仲麿のような人物を輩出する国でございます。これ以上、力をつけてきたら、いずれ、我が国にとって障《さわ》りとなるのではありませんか」

「そんな書物などないと、とぼけて国へ追い返してしまえばよいのです」

臣下たちが、あれこれ言いあっていると、玄宗皇帝が口を開いて、

「欲しいなあ」

ぼそりと言うではありませんか。

「は？」

「これほどの才、帰してしまうのはおしい。唐土に留め置きて、なおかつ、彼の書を渡さずにすむ工夫はなきものか」

そこへ、進み出て来たのが、宇文融《うぶんゆう》という男。

「易《やす》きこと――」

宇文融は、こともなげに言ったのでございました。

「あると申すか」

「はい」

「ならばそれを申してみよ」

「さればでございます。まず、日本国より遣わされた三名をここへ呼び、そなたらの言うこと、あいわかった。『金烏玉兎集』ならびに『簠簋内伝』二巻の書を、書写させてやろうではないかと申されませ」

「なに。彼の二書を渡してしまえというのか」

「いえいえ。これはあくまで方便にてございます。話にはまだ続きがございます」

「申せ」

「しかし、書写を許すは、安倍仲麿一人《いちにん》のみ——と申されませ」

「ほう」

「縣守藤原宇合、ならびに玄昉僧正の両名は速やかに本国に帰朝すべしと」

「して？」

「安倍仲麿には、いまだ学問足らぬところあり。学問なくば、両書の書写はかなわず。さすれば、一年の間を置きて勉学に励み、しかるべき学問を身につけてから書写なせと申し伝えれば、彼らには、否応《いやおう》もございません。皇帝の勅命とあらば聞く他はありませぬ」

「ほほう」

「こうして、残りたる仲麿には、高い官位を与え、莫大の賞を与えてしまえば、日本《ひのもと》の国へ帰るの念を断ち、唐土《とうど》の人間になろうと心を決めるに相違ありませぬ」

「なるほど」

玄宗皇帝、はたと膝を打ち、

「それは良き策にてあれば、さっそくにその手筈をばととのえよ」

「はは――」

というわけで、御沙汰《ごさた》の次第があって、藤原宇合、玄昉僧正は、心を残しつつも帰朝していったのでございました。

さて、ただひとり、唐土に残されましたる安倍仲麿公、

「未だ学問の足らぬところのあるは、我自らの思うところ。これを補いて、しかる後に件の書を書写せよとは、まことにもっともなこと。しかも皇帝の勅命とあらば、従うもやむなし。しかし、藤原宇合、玄昉僧正は、互いに志あって共に唐土に入った者。然《しか》るに、我一人《われいちにん》のみこの地に止《とど》まりて勉学せねばならぬとは、情なきことなれども、かの二書手に入れるためとあらば、これも我が運め《さだめ》――」

と覚悟を決めたものの、いっこうに勉学のための準備がはかどりません。

というのも、役人たちが仲麿のもとへ、入れかわり、たちかわり訪れては酒をすすめ、よもやまの話をして帰ってゆくからであります。

「ところでそなた、明日より、左春坊司経局校書《さしゅんぼうしきょうきょくこうしょ》となったぞ」

いきなり役所の仕事をまかされたかと思うと、

「本日より、そなたは左拾遺《さしゅうい》じゃ」

「次は左補闕《さほけつ》をやってくれぬか――」

「いや、秘書監《ひしょかん》によい人材がおらぬでなあ。ぬしはどうか」

「今度は左散騎常侍《ささんきじょうじ》ぞ」

と言われるままに、官位をもらい、もとより仕事は嫌いではありませんから、それぞれの部署で、仕事をこなしてゆくうちに、歳月は、いつの間にか過ぎてしまったのでございます。

「例の、書写のお約束、いかがなりましたでござりましょうか」

皇帝にかけあっても、

「まあまあ……」

ととぼけられ、さらに月日は重ねられていってしまったのでございました。

ああ——

安倍仲麿は、ある夜、高き望楼に登って、深き溜め息をばひとつ、つきました。

「いったい、いつになったら、あの二書の書写ができるのであろうか。これまで、一書も書写すらできぬうちに、いったいどれほどの歳月が過ぎてしまったのであろうか」

そして、桃川版によれば、この時詠んだ歌というのが、彼《か》の、

〝天の原……〟

の歌であったのだということになっております。

「ことによったら、自分は騙《だま》されたのではないだろうか」

やがて、そう思うようになり、ついにそれで病を得て、安倍仲麿公は、哀れ本朝を遠く離れた彼の地に果ててしまったのでございました。

（四）

一方、我が朝においては、先に藤原宇合《うまかい》と玄昉《げんぼう》が帰ってきたばかりで、いっこうに安倍仲麿の帰ってくる気配がなく、帝もそのことが気にかかっておりました。

いずれは、書写した二書を持って帰朝するであろうと考えていたのですが、そのうちに五年の歳月が過ぎてしまいました。

あちらより便りもなく、こちらからは便りを出してはいるのでありますが、返事はやってまいりません。

というのも、我が朝からの文《ふみ》は、いずれも長安のその筋の役人が、仲麿の手に渡る前に、焼き捨ててしまっていたからでございます。

仲麿は仲麿で、何度か文をしたためて、本朝に送ろうとしたのでございますが、その文も、役人が手に入れて、本朝へゆく船に乗せる前に、全てこれを焼き捨ててしまっておりました。

これでは、返事のとどきようがありません。

というわけで、またもや、本朝では百官を集めて会議でございます。

「この上は、いまひとたび、人選をして、その者を唐へやって、様子を見てこさせるのがよかろうと存ずるが」

「おう。彼《か》の二書の件も、どうなっているか調べさせましょう」

話はとんとんと進んで、結局、遣唐使として選ばれたのは、吉備真備大臣でございました。

かの仲麿のあとを継ぎ、唐土に渡ろうというくらいですから、これは、仲麿に負けず劣らずの秀才でございます。

（五）

今回は、船人こそ多く付いてはおりますが、遣唐使としては、吉備真備ただ一人。供も連れずに、浪花潟《なにわがた》より船を出《いだ》し、肥前松浦潟《ひぜんまつらがた》に至って船を乗り替え、漸《ようよ》うにして唐土に着いたのでござりました。

吉備大臣、まずはさっそくに、用件のむきを、宇文融に書き送ったのであります。

『金烏玉兎集《きんうぎょくとしゅう》』『簠簋内伝《ほきないでん》』の二書を始めとする、唐土の珍書を求めて、この国に入ったはずの安倍仲麿の消息はどうなっておりましょうや。もし、安倍仲麿に万一のことあらば、自分が、公になりかわって、その役をまっとうせんと考えておりますれば、右のこと、よろしくお願い申しあげたく――

まあざっとそのような文面でござります。

これには、宇文融もびっくりいたしました。

「なんと、又もや日本国より、そのような使者がまいったか」

さっそく、皇帝に報告でございます。

話を耳にした皇帝も、

「なに、吉備真備とな」

またびっくりしております。

「先にこの国に入った、安倍仲麿はどうしているかと訊いておりまするが――」

「仲間の身を案じて、はるばるこの唐土までやって来るとは感心なことだが、かといって、吉備真備に仲麿公の死を知らさば、どのようなことをまた言ってくるかわからぬぞ」


唐の朝廷では、百官が集まりまして、また評議でござります。

「つまり、吉備大臣なる男もまた、かの二書を欲しがっているというわけか」

「そうかんたんにはくれてやれぬわ」

「仲麿公、この国に死したりと知れば、ではかわりにこの自分がと吉備真備が申すのも、筋のある話――」

「いったんは、我らも、かの二書の書写を許すと言ったてまえ、吉備真備の申し出あらば、頭から無視するわけにもゆきませぬ」

「ここはひとまず、時間を稼ぐが得策かと――」

「ほどよい館に案内し、旅の疲れをまずとられよと、三日ほど待たせて、その間にこちらの対応を決めればよろしかろうと存ずるが――」


桃川版によりますと、吉備真備の登場により、唐の都は上を下への大騒ぎといった体《てい》でありますが、実際にはまずこれはあり得ぬことと申せましょう。

当時、大唐国の長安と申せば、人口百万人の、ローマを凌《しの》ぐ世界一の大都市であります。唐から見れば、日本国などは、東海の島国であり、文明の遅れた野蛮国。

日本国からやってきた遣唐使節団に、立場上かたち通りの拝謁は許し、話もするものの、それはいずれも儀礼的なものばかりで、日本国の使者が、このような高ビーなものの言いなど、始めからできるものではありません。

『金烏玉兎集』、『簠簋内伝』の書物を頂戴などというのは、軍事機密——国土防衛のレーダーシステムやら、ミサイル基地などの配置図を教えて下さいというのと同じであります。

鼻先で、

「ふふん」

と笑われて相手にされないのは当然として、場合によっては、スパイとして牢に入れられ、あげくの果ては、首を切られても文句の言えないところ。

それを、うろたえているのは、大唐国の朝廷の方であり、むしろ、もらおうという立場でありながら、日本国側の方が態度が大きく感ぜられます。

それもこれも、この桃川版の講釈が、日本国の勢いが今を盛り頃である明治期にできあがったものと考えれば、なるほどとうなずけるところもございます。

ま——

かような、子細にこだわっていては、この講釈のおもしろみも半減してしまいます。

ともあれ、吉備大臣は、用意された館に通され、しばらくの休息でございます。

吉備公が参内《さんだい》を許され、玄宗皇帝に拝謁したのは、四日目のことでございました。

吉備公、前回にも勝る量の贈物の数々を皇帝の前にひき並べ、丁寧にまずは型通りの御挨拶でございます。

ついでながら、ここで筆者が申しあげておきますれば、玄宗皇帝の傍には、かの傾城《けいせい》楊貴妃の姿が、絢爛《けんらん》たる牡丹のごとくにあったと考えてよろしいかと思われます。

「貴妃さまには、わが日本国の帝より、特別にかようなるものをば用意させていただきました」

若い安倍仲麿公より、さすがは歳の功、吉備公は世渡りに慣れておりますれば、楊貴妃へのお土産品も怠りありません。

金銀の螺鈿《らでん》の紋様《もんよう》の入った、鼈甲《べっこう》の櫛《くし》に、鼈甲の髪飾りを、うやうやしく手渡しました。

日本国の名工が、腕によりをかけて創った細工ものであり、これが悪かろうはずがございません。

「んまあ」

楊貴妃が悦《よろこ》べば、玄宗皇帝も御満悦でございます。

おおまかに申せば、この楊貴妃、玄宗の息子である寿王《じゆおう》の嫁はんであったお方でございます。なんと、玄宗皇帝、楊夫人の美しさに眼がくらんで、息子と強引に別れさせ、自分の女にしてしまったと、こういう事情がふたりにはあったのでございます。

この楊夫人を自分の女にした時の玄宗の年齢は五十六歳、楊貴妃は二十二歳という若さ。歳の差、三十四歳。

当然のことながら、夜の方のおあいては充分というわけにはまいりません。いったい、いかにして、この、歳若い女性の関心を惹くかという思いで、いつも玄宗皇帝の頭の中はいっぱいであったことでございましょう。

虫であろうが、鳥であろうが、皆、雄が雌に求愛する時には、よい声で鳴いたり、ダンスを踊ってその関心を惹くことになっております。

極楽鳥の求愛ダンスは、まことにもって美しいものでございまして、これには鳥でなくともつい、ふらふらっとなってしまいます。

人間も、まったく同じでありますね。

男性は女性の関心を得るため、様々なダンスを踊ることになります。男がビッグになろうと志すのも、身体を鍛えるのも、金を稼ぐのも、プレゼントをするのも、皆、このダンスの一種なのであります。

このダンスに疲れ果て、女性の前であらゆるレパートリーを踊り尽くしてしまった男性は、売れなくなった作家や芸人よりも悲惨でございますね。踊り尽くしたら、舞台を去らねばならないのは、世の掟《おきて》でございます。

というわけで、玄宗皇帝に、若い男のようなダンスは、もちろん踊ることはできません。唯一、できることといえば、その権力を駆使することでございます。

かくして、玄宗皇帝は、このただひとりの女性のために、巨大なる庭園を造ったり、春、夏、秋、冬の、四季の宮殿を建てたりと、それはそれは、色々なダンスを踊ってしまったのでありました。

玄宗皇帝が、他人より、唯一、勝っていたのが、この権力であります。

つまり、異国からの使者が、玄宗の権力の前に膝を突き、珍しき品物などを、奥方である楊貴妃に持ってくるという状況などは気分のよいものであり、ましてやその楊貴妃が悦んでいるという光景は、まことにもって、皇帝にとっては嬉しいことだったのであります。

いや、なんとも、吉備大臣、苦労人でございます。

実は、この吉備真備、正史においては、安倍仲麿と共に一度、入唐しているのでございます。

七一六年に、仲麿と共に遣唐使節団に選ばれ、七一七年に入唐、七三五年に帰朝。

そして、二度目の遣唐使と決まったのが、七五一年であり、このおりも、七五二年に出かけて、七五四年には日本国に帰っております。

ですから、この吉備大臣の入唐が二度目のおりであれば、大臣が、玄宗皇帝と並んでいる楊貴妃と対面することは可能なのでありまするが、これが、仲麿が入唐してから五年後といたしますと、それは西暦では七二二年となり、このおりは、楊貴妃は、まだ数えで四歳——子供であります。とても、講釈にあるような艶然《えんぜん》とした様子はどこにもございません。

しかし、そこはそれ。

堅いことは言いっこなし。

吉備大臣が会った楊貴妃は、すでにこのとき、玄宗皇帝のものであったとするのが、この物語をおもしろくするのでございます。

すでに書きましたが、読者の皆様におかれましては、お心を広く持ちまして、この講釈をば楽しんでいただきたいと、かように思っている次第なのであります。

さて、続きでございます。

玄宗皇帝と楊貴妃が悦ぶのを見やって、吉備真備、すかさず、

「この唐に着いてより、何度か文によってもお願い申しあげているのでござりまするが、安倍仲麿公は、ただいまいずくにおられましょうや。また、『金烏玉兎集』と、『簠簋内伝』の二書書写の件、いかがなりましたでしょうか」

単刀直入――真《ま》っ直《すぐ》な言葉で尋ねたのでありました。

思わず、何か言いそうになる玄宗皇帝に、宇文融が目配せをして、思いとどまらせました。

しゃべってもいいのは、打ち合わせのおりに決めたことだけでございます。

「其儀《そのぎ》については、承知いたしておる。しかし、すぐには沙汰もできぬので、其のうちには、二巻取りそろえて、書写できるようにはからえるであろう」

と、無難な台詞でございます。

さて、ここでひと言申しあげておきたいのですが、唐の朝廷側が仲麿公の死を、ここでことさらに隠そうとする理由が、実は筆者にはよくわからないのであります。

仲麿公、別に毒殺されたわけでも、何者かに暗殺されたわけでもありません。

安倍仲麿公、二書の書写の件以外については、己れの才能を高く評価され、やりがいのある仕事もあり、高い地位にあって、それ相応の収入もあるという、男にとっては望み得る最良の状態にあったといってもよろしかろうと思われます。

唐の朝廷側としては、国家機密を守ろうとするのは当然であり、ひとえに、安倍仲麿

の死は、本人の真面目な性格からくる心労、働きすぎにあると考えた方がよろしいのではないか。仲麿公の死については、ここでぶっちゃけた話をしてしまってもよいのではないかと思うのですが、これは現代的な考え方。

唐の朝廷が、吉備大臣に仲麿の死を隠そうとするのは、

〝仲麿に嘘をついてしまった〟

〝それ故に、仲麿を死に至らせてしまった〟

という責任感と、後ろめたさであると、ここは、解釈しておきましょう。

さて、吉備真備、皇帝との拝謁《はいえつ》も無事に済んだのですが、事態そのものは、いっこうに前に進んではおりません。

吉備大臣、用意された館にあって、あちらこちらに顔を出しては仲麿公の行方を訊ねるのですが、いずれもはっきりした返事が返ってくるわけではありません。

生きているのか、死んでいるのか、それすらも教えてもらえないのでございます。

いったいどうなっているのか。

　愈々大臣《いよいよだいじん》は胸中《きようちゆう》に疑《うたが》ひを起《おこ》し、シテ見《み》れば彼《か》れは事《こと》に依《よ》ると、此国《このくに》の虐待《ぎやくたい》を被《かう》むり、最期《さいご》を遂《と》げしか、左《さ》なくば遠《とほ》き島《しま》へでも送《おく》られ、情《なさ》けなき年月《としつき》を送《おく》つて居《を》りはせぬかと思《おも》ひましたが、夫《それ》より後《のち》十日経《た》つても二十日経《たつ》ても何《なん》の沙汰《さた》もなく、唯鬱々《ただうつうつ》として居《を》りまする内《うち》に……

玄宗皇帝、何を思ったか、多くの役人を集め、評議を開き、その席上で次のように仰せになられたのであります。

「先に来唐せし安倍仲麿という人物もなかなかの者であったが、このたびやってきた吉備真備もなかなかの人物のようである。ついては、この男の力がいかほどのものか試したいと思うのだが、どうか」

国の最高権力者が、自ら評議を開いてそう言うのであっては、誰も反対できるものではありません。

「承知いたしました」

と役人たちは答える他はございません。

いったい、どうして、皇帝がこのようなことを言い出したか。

桃川版にはありませんが、その背景には、あの楊貴妃の力があったのではないかと、筆者はまず考えたいのであります。

楊貴妃、実のところ、かなりの暇人であります。することがございません。いつも、何かおもしろいことはないか、暇潰しのネタはないかと考えている人物でございます。

この楊貴妃の眼にとまったのが、吉備真備であります。

大臣、美男子《ハンサム》とは言えぬまでも、性格にきりりと一本筋の通った好男子であります。日本の宮廷内で生き抜いてきて、大臣にまでなった人物でありますから、この世の酸《す》いも甘いもよく心得た痒《かゆ》いところに手が届く人物。

唐まで、ただひとりやってくるような方でありますから、肉体的にも頑丈、しかも教養人《インテリ》――。

なお申せば異国人であります。

さらに申せば、楊貴妃の心をくすぐるようなプレゼントも用意してまいりました。

おそらくは、

「我が国の女房全てを合わせたとて、あなたさまが、ふとお口元に浮かべられる微笑ひとつに、遠く及ぶものではございませぬ」

吉備真備もこのくらいのおべんちゃら――いえ、社交辞令は楊貴妃に言ったものと思われます。

たとえ、お世辞とわかっていても、自分の美貌や、本を褒《ほ》められて、嬉しくない女性や作家はこの世におりません。

「いや、貘センセイ、今度のお作品は最高でございましたねえ。ほら、あの、あれ、そうそう、脇役のメフィストってえのがまたいい味出してますねえ。いや、強いのなんの……」

こらこら、それはおれの作品ではないよ。

それは菊地秀行先生の『魔界都市』シリーズのことでないの。

いやいや、これは本当にあったお話。

皆さま、くれぐれも、本を褒める時は、作品と作者名をしっかり確かめてからにいたしましょう。

〝される身になってヨイショはていねいに――〟

これは、ヨイショで業界を生きぬき、ついにヨイショ御殿を建ててしまったある落語家さんが色紙に書く言葉であります。

ともあれ、楊貴妃が、この異国の教養人にすっかり興味を覚えてしまったというのは、想像に難くありません。

「あの人ステキ」

とは、玄宗には申せませんから、

「あの倭人《わじん》、なかなか興味があるわ。いったいどれだけの能力があるのか試してみないこと――」

夜のベッドの上で、このくらいは言ったのではないでしょうか。

こうして、吉備大臣の力が試されることになったのではありました。

すなわち、各界の専門家が、吉備大臣の館を訪れては、様々のことを質問してゆくということになったという次第。

しかし、吉備大臣、問われて答によどみなく、筆を執《と》っては、また一流の書、詩、文章をしたためます。

その学識、教養、先の安倍仲麿に勝るとも劣りません。

しかも、人生経験においては、仲麿以上でありますから、訪《おとな》う人々は、これまたおおいに驚き、感心することしきりであります。

「あの仲麿に続いて、このような人物までおるとは、いよいよ日本国とはたいした国である」

日本国、畏《おそ》るべし。

玄宗皇帝も、頭を抱えてしまいました。

「これだけの国であるところへもって、この上、『金烏玉兎集』、『簠簋内伝』の二書を与えてしまっては、彼の国がどれだけ強大になってしまうかわからないではないか」

なんとか、二書を渡さずにすむ方法はないかと思案しているところへ、またもや、前に進み出てまいりましたのは、宇文融であります。

「よき方法がござります」

「何じゃ、申せ」

「いかに、吉備どのが才智溢《あふ》るる人物といえど、未だ日本国の知らぬものについては、どうこうできるものではございませぬ」

「ほう」

「我が国に伝わる碁《ご》というゲームがございますが、この碁の勝負をかの人物にさせてみてはいかがかと――」

「どのように」

「長安には、碁の名人として、安禄山《あんろくざん》、楊国忠《ようこくちゅう》なるふたりの人物がおります。このうちの安禄山と碁の勝負をなさしめ、これに勝てば二巻の秘書を与えよう、負ければ空《むな》しくして日本国へ帰り、また、修業して唐国へ渡って参れと、吉備大臣に申しつければよろしいかと思われまする」

「おうそれじゃ」

玄宗皇帝、思わず膝を打ち、

「よきところに気がついた。いかに才智勝れていようと、未だ知らざる碁の勝負において、いかにして相手の石を囲うことができようか。負ければ、望む書物は渡さぬと、あらかじめ言いおいておけば、彼に秘書を持ち帰らせることになるはずもなし」

上機嫌であります。

さっそくのお召しの声がかかり、吉備大臣が参内いたしますと、先のような話を唐朝廷側より伝えられたのでありました。

「では、明日、辰の刻より、宮廷内の高楼《たかどの》に登りて、安禄山と碁の勝負をいたすべし」

「その儀、承知いたしました」

吉備真備としては、否も応もござりません。

いかようなことを言われてもはいとうなずく他はない立場でございます。

「もし、私が勝ちましたる時には、約定通り、彼の二書をお渡しに与《あずか》りたく、そのこと含めおきまして、重ねてここにお願い申しあげます」

「あいわかった」

ということで、碁の勝負、あっという間に話が決まってしまったのでございました。

しかし、吉備大臣、宇文融の言う通り、碁というものがどのようなゲームであるかを知りません。

何故、この申し出があった時に、大臣、そのことを言わなかったかと申しますると、桃川先生は、それを以下のように説明しておられます。

　吉備《きび》公《こう》まだ囲碁《ゐご》といふものを見《み》た事《こと》がない、勝負《しようぶ》をしろといふのであるから何《いづ》れ何《なに》か争《あらそ》ひ事《ごと》に相違《さうゐ》ない。併《しか》し囲碁《ゐご》といふものはどういふものでございますと聞《き》くのは何《なん》でもないが聞《き》けば必《かなら》ず笑《わら》はれる、大日本《だいにほん》を代表《だいへう》して遣唐使《けんたうし》として来《きた》つたる者《もの》が囲碁《ゐご》といふものを知《し》らんかと恥《はづ》かしめられゝば、自分《じぶん》の恥《はぢ》ばかりではない、我国《わがくに》の恥辱《ちじよく》に相《あひ》成《な》ると大胆《だいたん》の吉備公《きびこう》其場《そのば》に出《い》で品物《しなもの》を見《み》たらば大抵《たいてい》分《わか》るだらうと思《おもひ》まして……

勝負を受けてしまったというわけなのでありました。

大胆というよりは、はっきり、これは無謀というものでありますが、これも、明治の講釈の心意気でございます。

「では明日、高楼にて――」

と、吉備大臣、その場を辞しましたのではありますが、居並ぶ長安の百官は、口々に、大臣の無謀を嘲《あざわら》ったのであります。

「どうだい、日本人というのは、ナンと無謀な奴らだろう。まだ見もしないうちに、鼻《はな》元思《もとし》案《あん》で、委細承知と約束をしてしまった」

「吉備真備という人物、もう少し思慮深き人間と思うていたが、これはとんだ見込み違いであった。存外に智恵の浅い人物ではないか――」

「いよいよ、盤上で安禄山と向かいあったら定めし驚くであろう。どうして石を結ぶか、囲みかたなど知るはずもない。まして、相手は、我国四百余州にその人ありと言われた安禄山である。勝つべき道理がない」

「吉備大臣が負けた時には、おおいに笑ってやろうではないか」

まさに言いたい放題の体《てい》であります。

（六）

さて――

では、ここで、安禄山という人物について、少し触れておかねばなりません。

この人物、実は、正史においては唐人――つまり漢人ではございません。

胡《こ》の人――

唐では胡人と呼ばれている人々のひとりであります。

では、胡人とは何かと申しますと、それは、唐から見て西域の国々の人々であります。

すなわち、大食《アラビア》、波斯《ペルシャ》、土耳古《トルコ》の人たちは、皆、胡人ということになります。

この安禄山、もともとは、西域の治安を守る仕事をまかされていた、地元のマフィアといったところであったのでございますが、西域ともなりますと、大唐帝国の威光も及ばぬ地域や場所や人間が多くありますので、仕事には事欠きません。

そういう仕事をひとつずつこなしておりますうちに、手柄をたて、だんだんと出世してゆくうちに、顔も態度もでかくなってゆくのは人の常。

ついには、謀叛を企て、長安にまで攻め入って、玄宗皇帝や、楊貴妃を追い出してしまった人物であります。

この安禄山、結局は息子に殺されて、歴史的には安史の乱と呼ばれるこの大事件は収まってゆくのですが、この事件の最中に、なんと、楊貴妃は、玄宗皇帝の命によって、長安から蜀《しょく》の国へ逃げてゆく途中、殺されてしまうのであります。

というのも、本来であれば、皇帝の生命を守って蜀までゆくべき兵士たちまでもが、反乱を起こしてしまったからでありました。

その反乱の理由というのが、

〝安禄山が、反乱を起こしたのは、皇帝が楊貴妃にうつつをぬかし、政《まつりごと》をおろそかにし、政治的な実権を、楊貴妃の身内の人間にまかせてしまったからである。だから、国が乱れ、安禄山などという、もとは西域の地方マフィアの親分が、大それた考えを抱くようになったのだ。この責任者である楊貴妃をこの場で殺さなければ、いつまた同様のことが起こるやもしれず、我らも心から皇帝のお生命を守る職務につけません〟

というものであったのであります。

それで、玄宗皇帝、泣く泣く、楊貴妃をば殺す決心をするに至ったわけなのですが、殺される方はたまったものではありません。

幸福に暮らしているところへ、いきなり爺《じじ》いがやってきて、無理やり夫と別れさせられて、妾にされ、そうなれば家や国家が乱れるのはあたりまえで、今度はその責任をとらされて殺されてしまうのでは、あんまりでございます。

この顚末《てんまつ》は、白楽天《はくらくてん》という唐の詩人が、「長恨歌《ちょうごんか》」というたいへんに美しい詩物語にしたてあげておりますが、その内実というものは、もっとどろどろとした、実際は陰惨なものであったろうとの想像はつきます。

いやいや、脱線話はこれまで――

ともかくも、やがて玄宗を長安から追い出す張本人の安禄山が、ここでは、玄宗を守るために碁を打つという役どころの妙を楽しむこととして、お話は、本編の方でございます。

さて、こちらは館にたち帰った吉備大臣。

冠こそとっておりますが、皇帝と接見した装束のまま、机にもたれて思案の体であります。

碁というものは、はたしていかなる勝負をするものなのであろうか。

これで、もし負けでもしたら、秘書は手に入れることかなわず、さらには、安倍仲麿公の生き死にもわからない、このままでは、生きて日本国に帰ることもできないではないか――

と、眼を閉じ、腕を組んで考えております。

そのうちに、夜も更け、かといってよい案も浮かばぬまま、短檠《たんけい》の燈火《あかり》を掻き立てながら、しきりに勘考しているところへ、何やらの気配がいたします。

そちらへ眼をやると、

おう――

机の向こうに、茫然《ぼうぜん》と現われし影は、なんとその消息を捜していた安倍仲麿公の姿ではありませんか。

「吉備公、吉備公……」

と、安倍仲麿公が呼びかけますと、吉備公も気がついて、

「オオ、これは仲麿公。なんと、御身は無事にこの唐国にあったか。我は、先頃、遣唐使としてこの唐土に至りて、はや六十日余りが過ぎなんとするが、この間、尊公《そんこう》のことを、幾度も相尋ねたれども、ひとりとしてその行方を知る者なし――」

胸を痛めていたところなのだと、仲麿公に、これまでのことを語り、

「尊公は、これまで、どこで、どうしておったのだ」

と、問いかけました。

「いや、吉備殿、わたしもこの国に至り来て、彼の秘書を手に入れんと、皇帝にも色々とお願い申しあげていたのだが、そうやすやすとは渡してもらえぬのが、秘書の秘書たる所以《ゆえん》。皇帝は、我をこの国に留め置かんことを計り、ついに帰朝も許してはもらえぬ状態であったのだ。この度、尊公が、この唐国に来られたことは、まことにもって心強きこと――」

「そのことなのだが、実は今日、皇帝より囲碁の勝負を仰せつかり、その勝負に勝たねば、彼の二書を手に入れることかなわぬのだ」

「そのことなれば、すでに我の承知するところ。もとより、この碁というもの、我国に伝わっておらぬものなれば、さだめし尊公が胸を痛めているであろうと察し、碁のこと、

お教え奉らんと、こうしてやってきた次第――」

「おう、それは心強い。シテ、碁というのはいかなるものなるか。尊公は、この国の滞在が長ければ、碁というものも、よくわきまえておられよう」

「然《しか》り」

「では、早速に、その勝負の方法を教えて下さらぬか」

「さればなり――」

と言いおいて次に語り出したる碁のあれこれ、ここは実に講釈の語りどころ、桃川先生の名調子を偲《しの》びつつ、まずは原文にてごらん下されたく――

抑《そもそ》も棋局盤面《ききよくばんめん》四九三百六十、黒白《こくびやく》の小石《せうせき》三百六十個あつて、一年《いちねん》の数《すう》に象《かたど》り、石《いし》に黒白《こくびやく》あるは日月《じつげつ》を象《かたど》れるなり、是《これ》に様々《さまざま》の言葉《ことば》あつて、切掛《きりかけ》る、繋《つな》ぐ、渡《わた》るなどゝいふ語《ご》を用《もち》ゐ、第一其石数《だいいちそのいしかず》を一ツでも勝《すぐ》れて得《え》たる方《かた》を勝《かち》とする――

まことに、これでわかるかというくらい、言葉で碁のルールの説明をするというのは難しいものでございます。

しかし、語る方も聴く方も、本朝の秀才でございます。聴くそばから、吉備公そのルールを頭の中に入れている様子でございます。

（七）

さて、その説明をば聴いた吉備公、

「オオ、なるほど、わかり申した。結局、その黒石、白石を用いて、盤面の土地争いの勝負をするということでございますな」

とんと膝を打って頷《うなず》いたのではございました。

「しかし、明日、そなたの相手をする楊国忠、安禄山なる人物は、唐土四百余州のうちでも、極めて優《すぐ》れたる碁の名人。玄宗皇帝に碁の指南までいたしておる方々。御身はただいま、碁の打ち方を覚えしばかりの身なれば、くれぐれも御油断めさるるなよ」

「むろんのこと」

「某《それがし》、勝負のおりにはそなたの傍にあって、危き場合には、助勢《じょせい》つかまつらん」

「おう、それはかたじけなし。シテ、仲麿殿には、今、何《いず》れに住《す》まわるるや」

と尋ねた折に、机に掛けたる左の肘が、ふっとはずれて、左手に乗せていた頭が宙に泳ぎ、気づいてみれば、安倍仲麿の姿はどこにもございません。

「はて、今のは夢であったか。夢でなければ、仲麿公、幽冥界の鬼となられしか。今雄姿を現わされしは、わが危機を御覧あって、これを助けんと思《おぼ》しめされてのことか――」

吉備大臣、心の裡《うち》で礼をのべ、終夜《よもすがら》、碁の手のあれこれに思いをめぐらせているうちに早くも鶏鳴暁《けいめいあかつき》を告げ、勝負の朝とはなったのでございました。

（八）

さて、戦いの場となるのは、長安でもきっての、豪華な大廈《たいか》高楼でございます。実に二千畳の敷けるという広間を、金銀をもって飾りたて、錦をもって柱を巻きあげたる有様は、天上の宮殿もかくやと思われる威容でございます。

宮廷内の忠臣従僕、主《おも》だった者は、ぜひともこの戦いを見物しようと、全てこの場に駆けつけてきております。高楼の広間に入ることができたのは、それでも、三千余人。これに倍する人数が、入りきれずに外でひしめいているのは、さながら、砂糖にたかる蟻の群のごとき有様でございます。

広間の北側に玄宗皇帝の玉座が設けられ、その直前に、吉備公と安禄山の対決のための、机と椅子が用意されております。

安禄山と、吉備公が席に着くのを、今か今かと待っている宮廷人の中には、着飾った美しい御婦人方も多数ございますが、その中でもひときわ美しいのが、玄宗皇帝の傍におります、楊貴妃と、それからもうひとり、柳圭女《りゅうけいじょ》という御歳《おんとし》二十七になる婦人でございます。

この柳圭女、実は、本日の、吉備公の対戦相手である安禄山の妻女であり、胡の人でございました。

肌の色は、血が透けて見えるかと思えるほどに白く、眼には妖しげなる光が常に点っております。この眼に見つめられると、ついつい、殿方もふらふらとなって、何でも言うことを聞いてしまうという評判の女性でございます。

安禄山も、この婦人の言いなりであると言われており、それについては良くない噂もたくさんある方でございました。

本日は、夫の安禄山が、唐の国の威信を懸けたる碁の大勝負をするというので、常にも増して、その身を着飾っております。

そこへ、吉備大臣が案内されて姿を現わしまするると、広間が大きくざわめきました。

無数の見物人の中にあって、吉備大臣、少しも臆することなく、御自分の席につかれました。

続いて現われましたのは、楊国忠を引き連れた、安禄山。

これはもう、自信満々、よもや自分が負けるとは考えていない様子で、皇帝には挨拶をし、どっかりとこれもまた自分の椅子に座ったのではありました。

立ち会い人の、宇文融が、うやうやしく挨拶をし、いよいよ戦いの始まりでございます。

「あいや、吉備殿。初めての面会なるが、某《それがし》は安禄山と申す者。本日は、勅命によりてそなたと碁の勝負をすることにあいなったが、もとより、貴公に恨みある勝負ではござらぬ。勝敗いずれにあろうと、互いに後日に恨み残さぬよう――」

これまで、凝《じ》っと、無言で互いの顔を見合っていた両人でございますが、先に口を開いたのは、安禄山でありました。

これに応えて吉備公も、

「某も、思うところは同じ。いざ、尋常に勝負つかまつらん」

かように言いましたものですから、戦いに対する人々の期待は、ますますもって高まったのでございました。

「ときに吉備公、昔より碁の勝負というものは、黒石を持ちたる者が最初に石を置き、白石を持ちたる者が、次に石を置くと決まっております。普通は、上手《じょうず》が白石を持つものなれど、吉備公は日本国からいらした、言うなれば客人。敬意を表して、某が、黒石つかまつらん」

安禄山、そう言って、早くも黒石を手にいたしました。

これはもちろん、安禄山の作戦でございます。先手必勝と言うがごとくに、碁の勝負と申しますのは、黒石を持ちましたる先手側が断然の有利であり、現在においても碁のタイトルマッチなどの正式な勝負は、先手側に五目半《ごもくはん》のハンデをつけている次第。吉備公の頃の唐に、このハンデなどあるわけもなく、これで、安禄山、絶対の有利となってしまいました。

しかし、吉備公、動じたる風もなく、

「某が上手とは、なるほどの心遣い。お言葉に甘えて吾《われ》が白石つかまつらん」

おもむろに白石を手にしたのでございました。

「いざ」

「いざ」

かくして、両名の対決は始まったのでございました。

（九）

まずは、黒石の安禄山が先手で、盤面中央の真ん中に黒石を置きました。

これには、吉備公も驚きました。

普通は、盤の四角《よすみ》に近い場所から打ってゆくのが碁の手筋であると、一夜漬けにしろ、碁の勉強をした吉備公にもわかります。

桃川版においては、この後吉備公は、その安禄山が中央に置いた黒石の上に、自分の白石を乗せてしまうのですが、これは意表をついていてなかなかおもしろい手口ではあるのですが、いかんせん、一時の受けをねらっただけで、その後の話の展開にこのエピソードが結びついておりません。

「わが日本国の碁は、かようなるもの」

と、吉備公そのまま平然と勝負を続けてしまうという、ただそれだけのことであって、これではかえって不利。その不利をいかに有利に転じたかという話の運びもなく、これは、私などのようなお調子者の作家が思わずやってしまう、その場限りの受けねらいの手と言ってもよいでしょう。

平成版の本講釈は、その手はなし。

吉備公、その手を何者かの見えぬ手に誘われるごとくに、迷わず隅に近い目に白石を置きます。

安禄山の、奇策にも驚かず、泰然自若《たいぜんじじゃく》。

こうして、対戦が進んでゆきますうちに、額から脂汗を流しはじめたのは、安禄山でございます。

なにしろ、吉備公が、要所要所に、ぴしりぴしりと白石を打ち込んでゆくので、少しもゆるみがございません。

ああ、碁などは初めて打つはずの吉備のやつが、どうしてここまで碁のことを熟知しているのか。

誰か、見えざる者が、吉備公に碁のことを教えているのではあるまいか。

見物人にはわからないかもしれないが、この勝負、互角。むしろ、最初に中央に黒石を置いてしまったあの分、自分が半目ほど不利であろうかと、安禄山、考えております。

さらに、終盤に近くなってゆきますと、安禄山、一目の不利。

吉備公に、間違いの手がなければ、明らかに負けてしまいます。

見物人のうちで、この安禄山の不利がわかっている者が、ただふたりだけおりました。

それは、安禄山と並ぶ碁の名人である楊国忠でございます。さすがに、唐土において、安禄山と実力を二分する人物だけありまして、碁の勝負を見抜く眼力は充分。

はじめは、吉備公のことを笑って眺めていたのが、今は真面目な顔になって、腕を組んで、考えております。

何かよい手があれば、それとなく安禄山に教えたいが、自分が考えつく手であれば安禄山も考えつくであろうし、これはもう、いかんともしがたい——と、心のうちで唸ることしきり。

〝吉備公、これほどの器量であったか。いやはやなんともおそろし〟

さて、安禄山の不利に気づきたるもう一人というのは誰でございましょうか。お教えいたしましょう。その人というのは、誰あろう、安禄山の夫人である柳圭女であったのでございます。

何故、そのことに気づいたのか。

いくら、碁の名人の妻女であるからといって、柳圭女までが碁の名人であるというのは納得がゆきません。いったい何故《なにゆえ》に、柳圭女、そのことに気づいたのか。

これもお教えいたしましょう。

実は、この柳圭女、人間ではございません。

いえいえ、正確に申しあげるならば、柳圭女その人は人間であるのですが、実は、人ならざるものに、憑《とりつ》かれていたのでございます。

その、柳圭女に憑依《ひょうい》したるものこそ、齢《よわい》数百年、歳経た一匹の妖狐《ようこ》であったのでございます。

もとは、天竺《てんじく》はマガダ国の都、ラージャグリハで害を為していた大妖狐、九尾の狐が、この柳圭女に憑いたものの正体でございます。

その九尾の妖狐が、天竺よりシルクロードを渡り、途中、西域でこの柳圭女に憑き、安禄山をたぶらかして、ついには唐の都であるこの長安までやってきてしまったと、かようなわけであったのでございます。

この妖狐の目的は、夫である安禄山をそそのかし、玄宗を皇帝の座から追い落とし、夫である安禄山を皇帝となし、自らが、この唐土を思いのままにすることであったのでございます。

しかし、大妖狐であろうと、何故、碁のことがわかるのかという質問も聴こえてきそうでございますが、これはもう、大妖狐であるからと申しあげる他はござりませぬ。

この大妖狐——いずれは海を越えて本朝に渡り、安倍晴明の宿敵となってゆくのでございまするが、桃川版においては、後半、日本国へ帰る吉備公の船に、突然、美しい女の姿となって姿を現わすだけであり、むろんのこと、桃川版においては柳圭女に憑いているわけではございません。

柳圭女に憑いているとしたのは、筆者の創作であり、そうしないと、この柳圭女が碁の勝負を見抜く力を持っていたことの説明がどうしてもつかなくなってくるからでございます。

しかも、この時点で柳圭女に妖狐が憑いていたとなれば、安禄山の乱の伏線ともなり、さらには、本朝に渡ってからの、妖狐の安倍家の血統に対する宿怨の説明もいっきについてしまうという、まさに、一石二鳥、三鳥の、筆者の離れ技でござります。

この物語、いずれは、筆者流の晴明ものとなってゆくのでござりまするが、今回は、その伏線として、御理解をいただきたいと、かように考えているわけなのであります。

さて、この妖狐、このままでは夫である安禄山が負けてしまうと考えました。

負ければ、夫安禄山の、唐での権威ががらがらぐわらと、音をたてて崩れ落ちてしまいます。

そうなってしまっては、唐の都を手中に収める計画も、おじゃんになってしまいます。

これはいけません。

そこで、柳圭女、一計を案じまして、何げなく、夫の安禄山と吉備公が対決している机の前まで歩いてゆきました。

と、その時――

どおん、
と、いきなり、外の庭の方で、何かが爆発するような大きな音がしたではありませんか。

あっ、と思って、一同の眼がそちらへ向きましたる隙に、柳圭女、吉備公が取った黒石のうちのひとつを盗《と》って、それを口の中に入れて呑み込んでしまったのでございます。

誰もそのことに気づきません。

こうして、ひと通り、黒石、白石を盤面に置き終り、互いに取った石を相手の目の中に置いてゆきますと――

やや、どうしたことか、引き分けではございませんか。

吉備公、この勝負、自分の勝ちと思っておりましたので、これでは納得がゆきません。

安禄山は安禄山で、自分の負けと思っておりましたところが、終って数えてみれば対《たい》対《たい》の引き分けでございます。

わけはわかりませんが、これはともかく嬉しいことでございます。

周囲は、唐が勝ったと言って、大騒ぎでございます。

「あの吉備と申す男もようやったが、所詮は安禄山には敵《かな》うはずのないこと」

約束では、吉備公が勝ったら——ということでありますから、引き分けでは吉備公、勝ったことにはなりません。

「これで秘書を書写させることもなくなったわけで、ひと安心じゃ」

口々に言っているところへ、吉備公が、

「あいや、待たれよ」

声をかけました。

一同の目が集まったところへ、

「某、碁について聴きおよびましたところによれば、黒石、白石、その石の数、互いに三百六十一とのこと。しかし、ただ今この石数を数えてみますれば、黒石の数、三百六十しかございませぬ。これは、何者かが、黒石を隠してしまったとしか思えませぬ」

そう言ったものですから、これには、宇文融も怒って、

「何を言われる、吉備殿。吾の見るところによれば、勝負の間、誰かがそなたの取った黒石を盗って隠すなどということをするのを見た者など一人もおらぬ。尋常の勝負に、そのような言いがかりをつけるとは、もってのほか——」

そう叫びました。

誰かが黒石を盗ったとしか思えぬが、しかし、誰が盗ったのか。それがわからぬ以上は、いくら訴えても、無駄でございます。

しかし、いつ、誰が!?

吉備公、考えて、思いあたることがありました。

勝負が終盤近くなった頃、確か、安禄山の妻女である柳圭女が近づいてきたことがあった。その時、庭の方で大きな音がして、一瞬、自分や皆の注意がそちらにそれたことがあった。もし、黒石が盗られたとするならその時——

しかし、それを言い出すわけにもゆきません。

吉備公、ううむと歯を噛んでいるところへ、

「いや、しばらく——」

声がかかって、前へ進み出てまいりましたのは、白髪白髯《はくはつはくぜん》のひとりの老人でございました。

「おお、太華《たいか》殿——」

と言ったのは、宇文融でありました。

この老人こそ、宮中にあって、玄宗皇帝のお側近く仕えている、儒者の太華でございました。

「いかがいたした、太華」

声をかけたのは玄宗皇帝でございます。

「はは——」

と、儒者の太華、うやうやしく頭を下げて申すには、

「まことにもって、こたびのこと、日本国の吉備殿には、言いにくきことなれば、この私がかわって申しあげるのでござりまするが、勝負のおり、ただひとり、盤に近づいた

方がおりまする」

そう言いました。

「ほう」

「安禄山が妻女の、柳圭女殿が、さきほど、盤に近づきましたのは、どなたもごらんになっていたはず」

「しかし、あの時、柳圭女殿が黒石を盗るのを誰も見てはおらぬぞ」

と言ったのは、宇文融でございます。

「庭で、大きなる音がいたしましたのは、まさにその時。そのおりに、柳圭女殿、黒石をお盗りになられたのではと、私考えておりまする」

「まあ、何という言い掛《が》かりをつけるおつもりなのですか。どうして、この大事の一番に、わたくしがそのようなことをいたしましょうか。何なら、わたくしを裸にして調べてごらんになれば――」

言われた柳圭女、髪の毛を逆立てんばかりの見幕《けんまく》で、太華に言いました。

これを見ていた吉備公、驚きました。

まさか、この唐土に、自分の味方などひとりもおらぬであろうと思われていたのに、この老人が自分をかばってくれるからでございます。

見やれば、太華の右耳のあたりに、小さき豆蜘蛛《まめぐも》が一匹たかっておりますのが見えますが、それがどういうことを意味するのか、この時の吉備公には、まだわかってはおりません。

柳圭女、さっそく別室に入って、着ているものを全て脱ぎ捨て、その裸のみならず、やんごとなき秘所までも、他人にあらためさせましたが、口の中から胃まで呑み込んだ黒石が見つかるわけもございません。

もどってきた柳圭女、凄い怒りようでございます。

「黒石は見つからなかったわ。さあ、太華さま、この始末をどうおつけになるおつもりなの？」

「わが妻を辱《はずか》しめたる罪、謹慎くらいではすまされぬぞ」

と、安禄山も、声を大きくしています。

というのも、この太華、安禄山が皇帝にとり入って、近づいてゆくのを、こころよく思っていないらしく、何かにつけて、安禄山を皇帝から遠ざけようと、日頃から謀《はか》っている人物だからでございます。

「いや、しばらく。これほど捜して見つからぬとあらば、これはきっと、柳圭女殿が黒石を呑み込んだからに他なりません」

と太華も声を大きくして、

「幸いにも、私、ここにかようなる鏡を用意いたしております」

そう言って懐から取り出したのは、錦《にしき》の袋でございます。

さらにその袋の裡《うち》より、一枚の鏡を取り出しました。

「これこそ、我が先祖より伝わりたる名鏡。これにて映さば、人の腹中にあるもの、皆全て見えてしまうというものなれば、何とぞ、これにて柳圭女が腹を映し、その腹中に黒石のありやなしやを今一度、御詮議のほど、お願い申しあげまする」

そう言いました。

「おう。よいではないか――」

そんな鏡など、この世にあるはずはあるまいと考えている安禄山、大きくうなずき、

「いつでも、その鏡に映せばよかろう。そのかわり、もし、腹中に黒石無き場合には、そなたの素っ首、この場でたたっ切ってくれるぞ。さあ、圭女よ、その鏡の前に、いざ――」

そう言ってしまったのでございます。

「ちっ」

と、この時、柳圭女が舌打ちするのを、誰が聴いたでありましょうか。

というのも、この鏡の正体を見ぬいたのは、他ならぬ柳圭女だったからであります。

その、太華が取り出したる鏡、安禄山が思った通りに、人の腹中を映すものではありません。

しかし、その鏡には別の能力があったのでございます。

古来より伝わるその鏡に映《えい》じたものは、その真《まこと》の正体がたちまちそこに映し出されてしまうと言われております。その神鏡〝満月〟こそが、今、太華が手にしたる鏡に他ならなかったからでございます。

もし、その鏡に映されたならば、妖狐である自分の正体が、ばれてしまいます。

夫の安禄山さえ余計なことを言わねば、何とでも言い逃れることができたところを、

つまらぬことを安禄山が言ってしまったために、柳圭女も、後へ退《ひ》けなくなってしまいました。

「さあ、さあ」

と、太華と夫の安禄山から責めたてられ、ついに、柳圭女は、

わっ、

と泣き叫んで床に身を伏せてしまいました。驚いたのは、安禄山。

「こ、これ、どうしたのじゃ」

妻に声をかけますと、

「申しわけございません」

むせび泣きながら、柳圭女が言うではありませんか。

「太華さまのおっしゃる通り、黒石を盗ったのは私でございます。と申しますのも、ここで碁の勝負に負けたとあっては、夫の恥、さらにはこの唐の国の秘書が海を渡ってしまいます。夫に恥をかかせてはならぬ、秘書を守らねばならぬと、このふたつの考えでもうどうしようもなくなって、思わず、黒石を盗んでしまったのでござります。鏡に映すまでもございませぬ。黒石は、私が盗み、わが腹中に呑みました」

言って、柳圭女、喉に指先を入れ、胃中より吐き出しましたものを見れば、まさしく、黒石。

「おう」

と、一同、大きくどよめきましたところへ、またもや、

わっ、
と泣き伏した柳圭女が申すには、

「たいへんに恥ずかしきことをいたしましたからには、もはや生きてはおられませぬ。さあ、吉備殿、この私を剣で突くなり切るなり、存分に御成敗《ごせいばい》下さりませ」

とのこと。

これは、鏡に映されて正体をあばかれるよりは、黒石を呑んだことを白状してしまう方が、まだしも得策と妖狐が判断したからでございます。

しかし、そう言われて、ではと剣を取って柳圭女を切ることができるわけではございません。

「待たれよ。柳圭女様には、よくよくの思いあってのこと。夫や国を思う気持は、唐も日本もございません。今の勝負はなかったことといたし、今一度、あらためての碁の勝負をいたさんと思いまするが、このことよろしゅうござりまするか」

と、吉備公が玄宗皇帝に問えば、皇帝も、

「よかろう」

と、うなずく他はございません。

このままでは、吉備公の勝利となり、彼の秘書は二冊ともに、日本国へ渡ってしまいます。

それを自ら、いまいちど碁の勝負を望むとは、敵ながらあっぱれであり、望むところでございます。

「許す」

と、玄宗皇帝がお答えになると、わっと広間は沸きかえり、安禄山もひと息ついたのではございました。

しかし、二度目の勝負、勢いに乗っている吉備公に比べ、安禄山の心の動揺ははなはだしく、思うように石が打てません。

ついに、二度目の勝負も、一度目よりも大きな、三目の差をつけて、吉備公が勝ってしまったのでございました。

（十）

吉備公のこの勝利に、安禄山はじめ、楊国忠、宇文融、玄宗皇帝、もはや、言葉もございません。

吉備公にどう返事をしてよいかわかりません。

口を開けば、当初よりの約束通りに、

〝そなたに二書の書写を許す〟

と、そう言ってしまいそうです。

心の裡では、次なる難題をふっかけて、二書を与えずにすます方法はないかと考えているのですが、さて、ではどのようなことを言い出せばよいのかと、そこまで頭がまわらないのでございました。

まさか、吉備公が勝つとは思ってもおりませんでしたので、次なるネタを誰も考えていなかったのでございます。

「御覧の通りなりました以上、皇帝自らのお言葉を頂戴いたしたいと思いまするが――」

さあ、早く〝許す〟のひと言を、皆の前で言っていただきたいと、吉備公が申すものですから、玄宗皇帝の額からは冷や汗と脂汗がたらたらと流れ、口はぱくぱくと、まるで酸素の失くなった日なたの池の鯉のごときありさまでございます。

と、その時――

「あいや、しばらく――」

声がかかって、その方を見やれば、居並ぶ人の群の中から、前へ進み出てきた老人の姿がございました。

年齢六十歳余り――

「おう、李林甫《りりんぽ》か――」

玄宗皇帝、額の汗を手でぬぐいつつ、その名を呼びました。

この老人こそ、長安きっての博学の詩人、李林甫であったのでございます。

「ひと言申しあげたき議これあり」

李林甫は、懐より一冊の書を取り出し、それを皇帝にうやうやしく差し出しました。

「是なるは、我国に秘す『野馬臺《やばたい》の詩』にてござります」

「おう、これか――」

と、皇帝声をあげました。

題のごとくに、詩の書ではありますが、これがただの書ではございません。

伝説の詩書でございます。

どのような伝説かと申しますれば、唐の時代を去ること、一千有余年——当時の代に、その名を四百余州に轟《とどろ》かせたる学才の士、寶誌《ほうし》和尚《おしよう》という者がおりました。

この和尚の御歳九十のおり、天童《てんどう》より授かりたる詩こそ、この『野馬臺の詩』であったのであります。

この和尚が、ある時、一日机にもたれて庭の景色を眺めながら詩想にふけっておりました。筆と白紙を用意して、詩を書かんと思うのではありますが、これが、どうしたことかなかなか書けない。

いつもであれば、筆を手にした途端に、詩想はあふれ、たちどころに、十も二十も詩が筆先より生まれ出てくるのですが、この時ばかりはどうしたことか、ただの一文字も字が浮かんでこないのでござります。

庭を見ておりますれば、その上に紫の雲たなびき、東へ向かって動いております。ぼんやりとその雲を眺めておりますと、その雲の上より、ひとりの天童が、和尚の前まで舞い降りてきたではありませんか。

天人が着るという五色の衣を身に纏《まと》った、眼光涼やかにして、唇はほんのりと赤い、色っぽい天童でございます。

その天童、和尚の眼の前の白紙をしばらく見つめておりましたが、何を思ったか、ふいに和尚が手にしたる筆を自分の手にとって、白紙の上に何やら一文字書き記して、さあっとまた天に帰っていってしまったのであります。

「不思議なことがあるものだ……」

そう思いながら、和尚、机の上の白紙に書かれた一文字を見つめました。

しかし、その一文字、何のために書かれたのか、また、どういう意味があるのかよくわかりません。

それを、そのまま机の上に置いて、またその翌日、和尚が、一文字だけ書かれた白紙を前にして、その意味を考えておりますと、また庭の上に紫の雲がたなびいたかと思うと、その上から、昨日のあの天童が舞い降りてきたではありませんか。

天童は、再び和尚の筆を取り、また白紙の上に字を一文字だけ書いて、天に去っていってしまいました。

その翌日、またその翌日も天童は現われ、字を一文字ずつ書いては天に去ってゆきました。

結局、そのようなことが、一百二十日続き、そこに一百二十文字の詩が残されたのでございます。

しかし、それをどう読んでいいのか、和尚にはわかりません。

一文字ずつは、むろん読むことはできるのですが、それをどう読み砕《くだ》くのか、それがわからないのであります。

賓誌和尚、意地になり、なんと百日の間沐浴斎戒《もくよくさいかい》して、天地の神々を心に念じ、ようやくにして願いかなってそれを読むことができたというお話。

和尚、おおいに喜んで、その詩に『野馬臺の詩』なる題をつけて、この世に残したのではありますが、いかんせん、読めたのは和尚独りであり、まだ他の誰も、今日に至るまでそれを読む者がございません。

李林甫が出したのは、そのような詩であったのでございます。

「これは、わが家に伝わる家宝。これを日本国の吉備殿に見せ、めでたく読めた暁には、彼《か》の『簠《ほ》簋《き》内《ない》伝《でん》』、『金烏玉兎集《きんうぎょくとしゅう》』、さらには他に三十六巻の秘書も渡してやるということでは、いかがでありましょうか」

「おう、それは名案」

玄宗皇帝、唇に笑みをもどしてそう言いました。

あの『野馬臺の詩』なれば、何しろ寶誌和尚以外には誰も読むことができなかったものです。さらに申せば、寶誌和尚も本当に読めたのかどうか。もっとつきつめれば、きちんと意味の通った文章であるのかどうか。

誰かがでっちあげたものであっても不思議はない——

そうも思っています。

現に、今、手元の『野馬臺の詩』を見てもちんぷんかんぷん、何が書いてあるのやら、さっぱりわかりません。

「ようし、そうせいそうせい」

玄宗皇帝、急に元気になって——

「どうじゃ。吉備よ、そなたも今の話を耳にしたであろう。この『野馬臺の詩』をみごと読めたら、望みの書をとらそうではないか――」

「わかりもうした」

何を言われようと、吉備公としては、うなずくより他はありません。

しかし、『野馬臺の詩』を手渡されたのはよいのですが、やはり読むことはできません。

その字は、ちょうど、四角い碁盤の目の中に書かれているように縦十文字、横十二文字で書かれているのですが、どこからどう読み進んでゆけばよいのか、まるで見当がつかないのであります。

中心から、縦、あるいは横、斜めと読んでも意味は通ぜず、終りから逆に読んでもだめでござります。

いったいどうしたらよいのでござりましょうか。

「ううむ」

と、吉備公が頭を抱えたところへ、

「玄宗さま――」

と前へ進み出てきたのは、先ほどの碁の勝負のおりにも出てきた儒者の太華老人でございます。

「我国にも、この『野馬臺の詩』を能く読《よ》む者はおりません。それを、いきなり他国の吉備殿に読んでみよというは、あまりにも理不尽。されば一刻の猶予《ゆうよ》を与え、しかる後に再びこの場にて読めるか読めぬかを問うのが筋というものではございませぬか」

言われてみればなるほどもっとも。

何しろ、自国の者が千年かかって読めぬものを、いきなり他国の者に見せて、さあ読めと言っても、それは道理が通りません。吉備公が読めぬからといって、ざまあみろと言える筋ではなく、むしろ、大唐帝国の評判を落としかねません。

それに、一刻の猶予を与えたとて、読めなかったものが急に読めるものでもありません。あの吉備公が、言葉を失い、頭を抱えている姿を玄宗皇帝も見ております。

あれが演技であるとは思えません。

読めるものなら、そんな演技などせずにさっさと読めばいいのですから。

「よろしい」

と、玄宗皇帝はうなずき、吉備公にひと部屋を与えて、一刻後に再びこの場にて『野馬臺の詩』を読むようにと、仰せられたのでありました。

（十二）

吉備公、一室にて、机の上に置きたる『野馬臺《やばたい》の詩』を睨んでおりますが、一向にその読み方が浮かびません。

それにしても、たとえ一刻とはいえ、あの太華老人が猶予を与えてくれたのは嬉しいのですが、いったい、どういう故あって、彼の老人が自分を助けてくれるのかわかりません。

しかし、そのことを考えるよりは、今は、眼の前の詩を読むことを優先させねばなりません。すでに、半刻を過ぎ、もう時間は半分しか残されていないのです。

と、その時――

一匹の小さな米粒ほどの豆蜘蛛が、天井より糸を伸ばしてするすると降りてくると、詩文の上の文字のひとつの上に止まったではありませんか。

おや――

と、吉備公が見つめおりまするうちにも、この豆蜘蛛、糸を引きながら、詩文の上を、ある時は上に、ある時は左に、またある時は右にといった具合に動き出したではありませんか。

その動く通りに文字を追ってゆきまするると、

「おう」

なんと、その詩文が読めるではありませんか。

一文字も余すところなく、その詩文の上を蜘蛛がなぞり終えた時、そこに、みごとな一編の詩ができあがっていたではありませんか。

さてはこれは、安倍仲麿公が、蜘蛛の姿に身を変えて、我を助けに来られしか――

と、思わず天を仰いで手を合わせ――ふと下を見やれば、もう、蜘蛛の姿はどこにもありません。

しかし、吉備公の頭の中には、今読んだばかりの『野馬臺の詩』がありありと残っているではありませんか。

「仲麿公よ、感謝いたしまするぞ」

吉備公、深々と頭を下げてから、『野馬臺の詩』の書かれた紙を持って、すっくと立ちあがったのでございました。

（十二）

「どうじゃ、読めたか？」

玄宗皇帝、再び皆の前に姿を現わした吉備公に向かって言いました。

吉備公、うやうやしく頭を下げて、

「果たしてこれが『野馬臺《やばたい》の詩』となっているのかどうかはわかりませぬが、なんとか我流に読み砕きましたればお聴き下されたく」

そう申しあげました。

一瞬、玄宗皇帝の顔色が変りかけましたが、なあに、読めるわけはないとタカをくくっておりますから、すぐその顔色ももとにもどります。

読めたにしても、こじつけばかりで、一文字二文字をぬかしたり、自分で一文字を増やしたりしたものに違いあるまい。そういう読み方であれば、これまでにも何人もの人間がやってきた、読めたといっても、どうせその類のものであろうよ——と、安心しております。

「では、一同の前で読んでみせよ」

「承知いたしました」

吉備公、胸を張って一同の前に進み出てくると、『野馬臺の詩』を手に取り、朗々とした声で、読みあげはじめました。

東海姫氏国《とうかいきしこく》　百世天工《ひやくせいてんこう》に代《かは》る
右司補翼《いうしほよく》と為《な》り　衡主元功《かうしゆげんこう》を建《た》つ
初《はじ》めには治法《ちはふ》の事《こと》を興《おこ》し
終《をはり》には祖宗《そそう》を祭《まつ》ることを成《な》す
本枝《ほんし》天壌《てんじやう》に周《あまね》く　君臣始終《くんしんしじゆう》を定《さだ》む
各塡田孫《かくてんでんそん》に走《はし》り　魚膾羽《ぎよくわいはね》を生《しよう》じて翔《かけ》る
葛後《かつご》干戈《かんくわ》動《うご》き　中微《なかごろび》にして子孫《しそん》昌《さかん》なり
白龍水《はくりゆうみづ》を失《しつ》して游《およ》ぎ　窘急《きんきふ》にして胡城《こじやう》に寄《よ》す
黄鶏人《くわうけいひと》に代《かは》つて食《しよく》し　黒鼠《こくそ》牛腸《ぎうちやう》を湌《くら》う
丹水流《たんすいなが》れ盡《つき》て後天命三公《のちてんめいさんこう》に在《あ》り
百王流《ひやくわうなが》れ畢《ことごと》く竭《つき》て　猿犬英雄《ゑんけんえいゆう》と稱《しよう》す
星流《ほしなが》れて野外《やぐわい》に飛《と》び　鐘鼓国中《しようここくちゆう》に喧《かまびす》し
青丘與《せいきうと》赤土《せきと》と　茫々《ばうばう》として遂《つひ》に空《くう》と為《な》らん

吉備公、読みあげて、あまりの静けさに顔をあげてみれば、広間に集まりたる三千有余人、声もございません。

わずかに、李林甫ただひとりが、吉備公の手より、『野馬臺の詩』を受け取り、今の読み方で、誤りがあるかないかを、必死で捜しているばかりでございます。

やがて、

「おみごと……」

李林甫、そうつぶやき、『野馬臺の詩』を手に持ったまま、うーん、と呻《うめ》いて、その場に気絶してしまったのでございました。

事、ここにおよんでは、玄宗皇帝といえども、どうすることもできません。

三千有余人の人間が証人でございます。

「『簠簋内伝《ほきないでん》』、『金烏玉兎集《きんうぎよくとしゆう》』、並びに三十六巻の秘書を書写し、持ち帰ることを許す――」

そういう他はなかったのでございます。

こうなってみれば、吉備の大臣は、一躍長安のスターでございます。

人気者。

これまで、吉備の大臣のことを冷笑していた者たちも、掌《てのひら》を返したように、吉備どの、吉備どのと言っては寄ってきて、あちらこちらの宴会に呼び、話を聴くことに夢中でございます。

このあたり、いずこの国も同じようなもので、古今東西を問いません。

すでに、心労のあまりに病となり、仲麿公が死んだことも、吉備公は聴かされております。

仲麿公が死んだといっても、その死を隠しておいたことはともかくとして、唐の人間がよってたかって殺したのではなく、言うなれば病死。

二書の引き渡しを遅らせたりしたのも、それが国家機密、シークレットであることを思えば、無理もなく、許可を得てそれを読んでみれば、よくもまあ、これだけ大事なものを書写するのを許してくれたものだと、驚くばかりでございます。

仲麿公の墓参りを済ませ、二書の書写を済ませ終えると、気になるのは、あの太華老のことでございます。

いったいどうして、あの窮地を二度も救ってくれたのか。

不思議に思っておりますところへ、当の、太華が吉備公を訪ねてまいりましたのは、ちょうど、吉備公が長安を発つ三日前の晩のことでございました。

「ありがとうござりました……」

と、深々と先に頭を下げましたのは、太華老人の方でございます。

太華老を自室へ招き入れ、

「こちらこそ」

と、吉備公も、恐縮することしきりでございます。

「いや、助かり申した」

そう太華老、まだ礼を言っているのでございます。

「礼を言うのはこちらの方なのですが、太華先生が、わたしに礼を言うのは、いったい、いかなる理由によるのでございますか」

「例の、柳圭女のことでござるよ」

「あの、安禄山が妻女の――」

「さよう。あの女、実は人にあらずして、千年の時経たる天竺の大妖狐」

「なんと」

「もっとも、柳圭女はただその大妖狐に憑《とりつ》かれているだけなのじゃが、これがわが大唐国に渡ってきて、とんでもないことを企んでおったのじゃよ」

「とんでもないこととは？」

「唐王朝を滅ぼして、これを乗っとること」

「むう」

「何もしらぬ安禄山めに色々と吹き込んでおったのだが、その正体をあばく機会がこれまでなかったのじゃ。それが、ぬしが一件で、目出たくかたがつきもうした」

「といいますと」

「妖狐め、柳圭女から離れて、どこぞへ逃げてしまいましたわい」

「それは何より」

「色々、吹き込まれていた安禄山めが、これから何かやらかすにしても、妖狐がおらぬでは、結局、うまくはゆきますまい。まずは安心――」

「しかし、どうして、柳圭女が妖狐とわかったのですか――」

「そこよ。実は、一年ほど前に不思議な夢を見ましてな。声が聴こえますのじゃ」

「どのような声が？」

「庭に、一枚の鏡が埋められている、満月の晩にそれを掘り出して、柳圭女が姿をそっと映してみよとな。別に、たあいのない夢と思っていたのですが、あまりに同じ夢をたびたび見ますのでな、ためしに庭を掘ってみたら、出てきたのがあの鏡。満月の晩に掘り出したので、勝手に〝満月〟と名づけました――」

「で、柳圭女を？」

「おう。あるおり、それとなく柳圭女を映してみたらば、そこに映っているのは、人ではなく、九尾の大妖狐。いつか、この正体を皆の前であばかねばと機会をうかがっていたところ、ちょうどよく、碁の勝負があったというわけでしてな」

そう言っているところへ、灯火の影から、ふわりと現われ出でたのが、安倍仲麿の霊でござります。

「これは、安倍仲麿殿――」

と吉備公が言えば、

「なんと、朝衡《ちようこう》殿」

と太華老も驚いております。

生前に、太華と朝衡――つまり仲麿公とは、宮廷のサロンでおつきあいがあったのでございます。

「お許しあれ、実は、かの鏡をあなたに掘らせたのも、囲碁の勝負のおりにあのような振舞をさせたのも、この仲麿が仕業――」

「何と言われる……」

「実は、あの鏡、この世のものにあらず。冥界《めいかい》の鏡なり――」

「なに!?」

「人が、あの世に至りし時、あの鏡の前に引き出されることになっております。すると、生前にその者が為した悪行も善行も全てがありのままに映し出されてしまうというもの。是すなわち、閻魔《えんま》大王が鏡にて、浄玻璃《じょうはり》の鏡と呼ばれるもの」

「なんと」

「私、あの妖狐の正体に気づいていたのですが、彼の二書のことのみに心がとらわれていて、誰にもそのことを言わずに死んでしまいました。二書のことについで、そのことが心残り。ついては、冥界にていろいろと算段いたし、あの鏡を借り受けてきたもの。それをあなたの庭に埋めて、掘り出させたのです」

「むう……」

「小さき豆蜘蛛に姿を変え、あなたの耳元で色々と囁《ささや》いたり、あるいは、細き蜘蛛の糸をもちて、吉備公の碁石を持ちたる手を右や左へいざない、さらには、あの『野馬臺の詩』が読めるようにはからったのも、この私でございます」

「むむむう……」

太華老、言われて、ただただ唸るばかりでございます。

「いやしかし、それにしても、仲麿公のお力添え、感謝いたしております。公の力なくば、かの二書、手に入れること、かないませなんだ」

「いいえ。全ては吉備公御自身のお力あったればこそのこと」

と、仲麿公、あくまでも腰が低い。

と、その時でございます——

天井の暗がりから、不気味な、嗄《しわが》れた声が響いてきたのでございます。

「あなくやしや、そうか、そうであったか。わが事の邪魔したるは鬼界《きかい》のものであったかよ……」

鬼界、すなわち鬼の世界のことであり、中国で言う鬼とは、死んだ人の霊のことですから、日本で言う鬼とは少しばかり意味が違います。ここでは、霊界の者であったか、というぐあいに理解しておけばよろしいでしょう。

「くやしや。あなくちおしや……」

恨みがましい、不気味な声がなおも響いてまいります。

「安倍仲麿、覚えておくぞ。そなたの血筋、子々孫々まで祟《たた》ってくれるわ。このこと、努々《ゆめゆめ》忘るるなよ」

くちおしや……

くちおしや……

という声が、そのまま、天のどこかに遠ざかり、やがて消えてしまいました。

「今のは？」

と、吉備公が申しますと、

「あの大妖狐が声です」

と、仲麿公が言いました。

「そなたの子々孫々まで祟るとか——」

「おう、そのことでござりまするよ、吉備どの」

と安倍仲麿公、幽体の身を乗り出し、

「実は、わたくし、日本に子を残してまいりました」

「なんと言われた」

「日本に、子があると――」

「そなた、確かまだ妻女は……」

「おりませぬ。ただ、この身が、遣唐使に決まりましたおり、あるいは生きて帰れぬこともあるかと思い、想いをかけていた女子と契《ちぎ》りをかわしました。その娘のお腹《なか》に、我が子が宿っておる時に、日本を出でて来たのです……」

「娘の名はなんと?」

「あやめ――」

仲麿公、眼に涙を浮かべ、そう言われました。

「事ならずば、何も言わずにと思うていたのですが、事成って、二書が手に入りました上は、吉備公にこのことお話し申しあげ、もしもの時は、よろしく、あやめと我が子のことをお願い申しあげようと、こうして姿を現わしたのでございます」

「承知いたした。御安心めされよ。この吉備が、そのこと、しかと承《うけたまわ》った」

「ありがとう存じまする」

仲麿公が頭を下げた時、

「さすれば、このわたしにもお願いの儀がござる」

太華老が、右手を懐に入れながら言いました。

「吉備殿、これを」

と、懐から取り出したのは、あの浄玻璃の鏡でございます。

「それを？」

「はい。これをば、日本国に持ち帰り、安倍公の子供に渡してやってはもらえますまいか。いつか、あの妖狐が、安倍公の子孫に祟らんとした時、きっとこの鏡が役に立つはずと存ずるが……」

吉備公、そっと安倍仲麿を見やれば、安倍公、ゆっくりと顎《あご》をひいてうなずいたではありませんか。

「それはかたじけない。ありがたく、それをお預かりいたそう」

吉備公、手を伸ばして、うやうやしくその鏡を受け取りました。

「いや、お世話になりもうした」

と、三人が三人とも、それぞれにあいさつをかわし、その夜は更けたのでございました。

（十三）

かくして、吉備公は、めでたく二書を手に入れて、浄玻璃の鏡と共に、船にて、日本国へ帰っていったのではありますが、実は、この船に、あの大妖狐が乗り込んで、ひそかに日本国まで渡っていったことまでは、さすがの吉備公も気づかなかったのであります。

さて——

いよいよ本編のお話は、本朝へと移り、主人公である安倍晴明公の登場となってゆきます。

宿敵、蘆屋《あしや》道満《どうまん》。

さらには、酒呑童子《しゅてんどうじ》。

大泥棒、袴垂保輔《はかまだれのやすけ》。

あるいは、天竺、唐から、本朝へ渡りし大妖狐などもからんでの、大呪術合戦スペクタクルが展開してゆくのでございますが、今回はこれまで。

この続きは、次回の講釈にて——。

第二席　あやめの子孫安倍保名陰陽の道に入りしこと

（一）

夜であります。

わたくしが、この原稿を書いております机のむこう、ちょうど顔の高さにガラス戸の入った小窓がふたつ。窓の外に見えるのは、まっ黒な闇のみであり、わずかの灯りも見えません。その闇の中から、低く、渓《たに》の水音が響いてくるばかりなのであります。

平安時代の闇も、かくのごときものであったろうと思われます。

ここは、山の中の渓流沿いに建てられた釣り小屋の二階であり、東都から車で休まず走って五時間あまり。

おそらく、半径一〇〇メートルのあいだに、居るのはわたくしだけでありましょう。

山の懐に、このように深く入り込んだ場所で、ただ独り原稿など書いておりますると、なにやら妖しくもの狂《ぐる》おしげなものが、身の裡《うち》より湧きあがってくるようでございます。

ただいまとりかかっている原稿、あるいはこれからとりかからねばならない原稿のアイデアや新しい表現などが、これまで思ってもみなかった、自分の内部の深みから、ゆらゆらと立ち昇ってくるというのなら、それはそれでよろしいのですが、そうではありません。

立ち昇り、湧きあがってくるのは、わたくしが昔にひきおこした恥かしきことの数々でございます。

ああ、あの時どうしてあのようなことを言ってしまったのか、やってしまったのか。それはもう取り返しのつかぬことであり、今さらどうしようもないことなのですが、もしできることならば、なんとかやりなおしたい。謝ることができるものなら謝っておきたい。そう思っても、やはりもう、どうにもならぬことばかりなのでございます。

かようなぐあいに原稿を書き進めながら、ふと顔をあげてみれば、窓のガラスに怖い眼をしたわたくしの顔が張りついていて、わたくしを向こう側から睨んでいるのでございます。

ああ、馬っ鹿だなあ、このおれは——

くそ。

くそくそくそ。

思わずどんと机を叩いて、

「おいらはアホじゃ」

誰にともなく、宣言などしてしまうのであります。

ひとつだけ具体例をあげれば、まだ十九歳の頃、彼女を連れて、ぼくの友人がやってきたことがありました。

「結婚することになった」

そう言った友人に向かって、

「結婚なんてやめろよ、おまえ、自分自身がもったいないと思わないのか」

彼女がいる前で、平気でそんなことを言ってしまったことがあるのです、このワタクシは。

ああ——

本当におれは、馬っ鹿だなあ。

今なら、自分がどれほど思いやりのないことを言ってしまったのか、ようくわかるのですが、その頃は、わたくし少しもわかりませんでした。

ひと組の男女が結婚にいたるまでの間には、どれだけのことがあるものなのか、今は見当がつきます。そのような色々の障害を乗り越え、結婚を決め、友人に報告に行ったら、

「結婚なんかするな」

彼女のいる前でそんなこと言われてしまってごらんなさい。

おう。

ほんとうに、おれ、ばか。

そんなことを考えていると、昔くどきそこねた女の子のことや、もう、十年以上も会っていないあいつやこいつや、そいつのことなど思い出されてきて、何やらしみじみとしてきてしまう、山の夜なのであります。

夜であり、わたくしは原稿を書いており、川の音などを聴いているのであります。

こうして、もう、取り返しのつかないあれやこれや、過ぎた時間のことなどを思い出していると、ああ、なるほど、人智、人力のかなわぬこのようなことに直面した時に、人は、呪いであるとか、占いであるとか、そのようなものにすがろうとするのだなと、理解もできてくるのでございます。

陰陽師は、やはり、昔も今も、名やかたちを変えこそすれ、必要なものなのだなあと、そのように思い至ったということなのでありました。

さて、前回は、安倍仲麿公が中国へ渡り、死した後も幽霊となって、吉備大臣を助け、無事本朝に『簠簋内伝《ほきないでん》』『金烏玉兎集《きんうぎよくとしゆう》』の二書をもたらしたというところまででございました。

今回からは、いよいよ、安倍晴明本人が出てくるお話でございます。

（二）

安倍仲麿公が、唐の国に向かって本朝を出発いたしましたのが、七一六年——このことは、すでに本講釈にてお話し申しあげました。

そして、安倍晴明がこの世に誕生いたしましたのが、九二一年。

これより講釈いたしまするお話は、安倍晴明十歳のおりのことでございますから、九二一に一〇を足しまして、九三一年の頃のお話ということになります。時に承平《しようへい》元年、この前年に醍醐上皇《だいごじようこう》が亡くなられ、この年には宇多法皇《うだほうおう》が亡くなられたという年であります。

仲麿公入唐より、実に二一四年の歳月が経っているわけでございます。

しかし、これは、もとより講釈のお話でござりますれば、ただ今申しあげたような史実は、参考程度に頭の中に入れておくだけでけっこうでございます。

さて、桃川版安倍晴明伝によれば、晴明公が生まれたのは、

〝人皇六十代醍醐天皇の御宇延長の七年十二月十九日〟

ということになっております。

これは、九二九年のことでありますから、史実とはわずかに八年のずれがあるばかりでござります。

関東の鬼、平将門《たいらのまさかど》が大暴れをし、新皇を自ら称すようになったのが、九三九年でございます。紀貫之《きのつらゆき》先生が女のふりをしてお書きになった『土佐日記』が脱稿なったのが承平五年（九三五年）、紫式部の『源氏物語』が書かれるのは、もう少し後になってからと、まあ、かような時代ではあったのでございます。色々のごたごたはあるにしても、ま、平安時代の爛熟期《らんじゅくき》――そのように言ってしまってもよろしいかと思われます。

さて、今回のお話の始まりは、晴明公がお生まれになるより、およそ十年ほども前のことでございます。

安倍保名という方がおられました。

この方、実はかの安倍仲麿公の子孫にあたる方でござります。

吉備公帰朝より、これまでの間に、いったいいかなることがあったかと申しますと、

それは、桃川版よりも、玉田玉麟の講演録——すなわち玉麟の師匠である初代玉田玉秀斎版の安倍晴明伝に詳しいので、そちらからお話し申しあげることにいたしましょう。

こちら、玉田版におきましては、安倍仲麿公の死するくだりが、桃川版とは多少違っております。

参考までに書き記しておきますと、仲麿公、病死ではなく、安禄山、楊国忠に殺されたこととなっております。

仲麿公が、件《くだん》の秘書を本朝に持ち帰るためにとった方法というのが、実にすごい方法でござりまして、なんとこの秘書を、まるまる暗記して、頭の中に入れて持ち帰ろうというもの。

ところが、それを、楊国忠、安禄山に知られてしまい、両人が仲麿公を謀事《はかりごと》にかけたのでございます。

両人、仲麿公を、凌雲台《りょううんだい》という高さ三十丈——およそ九十メートル余りの高楼に、月見の酒宴にかこつけて、呼び出したのでございました。仲麿公が、上にあがるやいなや、そこへ登る階段や梯子を全て取りはずしてしまい、公が下りることのできぬようにしてしまったのでございます。

かくして、仲麿公、この高楼上において、無念の涙を流し、歯噛みをしながら、自らの小指を喰い切り、白衣の袖を引き裂いて、その血汐《ちしお》をもって、裂いた白衣にしたためましたのが、かの名歌、

〝天の原……〟

の歌であったというのが、玉田版。

仲麿公、その後、自分の舌を嚙み切って、餓死する寸前に、自らの生命を絶ってしまったというこの劇的な展開をしているのが、本家版の顚末でございます。

唐側の反応としては、当然ながらこれは自然の流れであり、以前にも書きましたが、殺されてしまっても文句の言えないところでございます。

では何故《なにゆえ》に、本平成講釈において、この玉田版を使用しなかったのかと申しますと、答は簡単、桃川版のほうが後のお話の展開として、伏線となるべきものがたくさん入っているからでございます。妖狐の話あり、鏡の話あり、いずれ、もっとおもしろい状況の中で再使用できるおいしいネタがごろごろとあるのです。

ま、平成の講釈師、夢枕獏秀斎の、作家的助平心でございますのです。

ともあれ——

天竺からやってきた、大妖狐、九尾の狐がひそかに密航しているとは露知らず、吉備公、本朝へと帰って、二書をば朝廷へ献上いたしました。

帝は大いに喜び、吉備大臣の官位をあげ、禄《ろく》を増やしました。

さらに書いておきますれば、仲麿公が本朝におられる時に成しましたるあやめの子は、男の子であり、吉備大臣の口添えにより、無事、仲麿公の家督を譲り受けたのでございます。

幼名は、仲麿公より託されましたる浄玻璃の鏡にちなみまして、満月丸と名付けられ、後に元服加冠いたしまして、晴満《はるみつ》とその名を改めました。

三代四代と続き、五代目に不幸にも退転してしまい、保名の代になって津の国は天王寺の南なる安倍野に小さい家を建て、微かなる烟《けむり》を立てておりました。しかし、この保名も仲麿の血を引くもの、ただ凝《じ》っと、いたずらに我が身が歳経《としふ》りてゆくのを放っておくわけもありません。

「ああ――」

と、保名、天を仰ぎ、嘆息して曰く。

「我が祖先は、奈良朝に仕え奉《たてまつ》り、唐土《もろこし》に渡って、相果てたる仲麿公。然るに、我が今の境遇は何事であるか。都へ出て、安倍家を再興せずんば、公に対して申しわけがたたぬ。幸いにも、都には天文博士《てんもんはかせ》陰陽頭《おんようのかみ》加茂保憲《かものやすのり》公という御方が在らせられると聞く。この御方に従いて陰陽推算《すいさん》の術を学び、我もまた陰陽博士と成りたれば、自ずと安倍家の再興もまた成らん」

決心をして、ただひとり、安倍保名は都へ出てきたのではございました。

ようやくに、加茂保憲の屋敷を捜しあて、門前にまでたどりついたのはよいのでございますが、さて、会う段になりましたら、どうしたらよいものやらわかりません。

いきなり、会いたいと申し出ても会えるものではありません。

縁故をたより、そのつてで会うというのが、一般的なのでございますが、そういう縁故があるわけではありません。かような場合にものを言うのは、昔も今も、お金でございます。

お金をばらまき、無理やり友だちの友だちは友だちだそのまた友だちの友だちも皆友用意してゆく、というようなことにすればよいのですが、そういうお金もまたあるわけではありません。

ようするに、一文無し。

ただのひとりの男。

どうしたものかと思案しているところへ、ちょうど、御所へ参内《さんだい》なされていた保憲公が、御退出《おさがり》の時刻となって、自らが乗った輿《こし》の前後に供人を従えてもどってきたのでございました。

「おう、これは願ってもない機会」

とばかりに輿に駆け寄り、

「これへ御退出になられたは、加茂保憲公でございまするか――」

声をかける間もあらばこそ、供の者に行く手を塞がれ、どんと片手で胸を突かれてしまいました。

よろめいたまま、保名はその土の上に伏して、

「わたくしは、天文博士加茂保憲公に、お願いの筋、これある者にて、安倍保名と申します」

額を土の上に押しあてました。

「何を言うか。賤《いや》しき形《なり》をした怪しき奴。我が君に会いたくば、衣紋改《えもんあら》ため、それなりの筋を通して出なおしてまいれ。近づくことまかりならぬ」

と、保名を足蹴にしようといたします。

「そこを何とか。何とぞ何とぞ、保憲様にお目通りを――」

保名が輿にすがろうとするのをひきはがし、

「無礼な」

供の者たちが、保名を囲んで打擲《ちょうちゃく》に及ばんとするところへ、これを見ていた加茂保憲が輿の中より声をかけてまいりました。

「供方の者、しばらく待て。彼の者を打擲することあいならぬ。たとえ、身には襤褸《つづれ》をまとおうと、それで心まで判断するものではない。麿《まろ》に願いの筋あるというなら、ちょうどよい。如何なる事か、ここで聞こうではないか。輿を止《とど》めよ」

「はは」

さっそくに、そこに輿が止められ、

「これ、我が君がそちの願いを聞くと仰せられておる。何事かそれを申してみよ」

と、供の者が言えば、

「私は、津の国は天王寺の南、安倍野に住いする安倍保名と申す者でござりまするが、天文暦道の修業をいたしたく、こうして加茂保憲さまにお願い申しあげに参ったのです」

ぜひともぜひとも――と、保名が心の中《うち》を熱き言葉で弁ずれば、その相貌を眺めていた保憲、ふと、何か気がついた風で、

「さきほどより見ておれば、身形《みなり》賤しき者と言えど、なかなかに何やらありげなその人

品骨柄。定めて由緒《ゆいしょ》ある家柄の者と思われるが――」

「はい。私の先祖と申しまするは、奈良の都の御宇《おんとき》に、遣唐使として唐土に渡り、彼国《かのくに》の土と相成りましたる安倍仲麿にござります」

「おう、仲麿公――」

「かような先祖を持ちながら、このまま津の国で相果てますのも無念に思い、この上は、陰陽推算の術を学び、それをもって安倍家を再興いたしたき心算《こころづもり》にてござります」

「なるほど、そなた、仲麿公の末孫であったか。仲麿公と言えば、今日、我が日本国の暦道天文道のもととなるべき、『簠簋内伝《ほきないでん》』『金烏玉兎集《きんうぎよくとしゆう》』の二書が我が国にもたらされたおり、たいへんなお働きをなされたお方ではないか。さすれば、否も応もなし。わが加茂家の門下に入るにいささかの不都合も無し。わが弟子となって、存分に修業すべし」

かような返事で、めでたく保名は、加茂保憲の門下に加えられたのでございました。

(三)

安倍保名――

もとより、その血は安倍仲麿という天才人の遺伝子を色濃く受けついでおりますれば、ものごとの吸収力は並はずれております。

加茂保憲の教えることを、たちまちに吸収し、知って、忘れることがございません。

入門して、一年、二年と日を送りますうちに、門人の誰よりも、その道に精通する者となってしまいました。

これが、おもしろくないのが、古参の弟子たちでございます。

なにしろ、大学出のエリートばかりいる一流企業に、中学校すら行ったことのない人間が途中入社してきて、あれよあれよという間に出世して、先輩を追い抜き、営業成績をあげてゆくのを見て、これをおもしろいと思うほど性格のよい人物というのは、そうはいるわけもございません。

あっという間に若くして部長となり、あろうことか、美人の社長の娘にまでちょっかいをかけようというのでは、誰でもが、

〝保名よう、ちょっと待てや〟

そういう気分になってしまいます。

古くからの門人の中で、山村伴雄《やまむらともお》というのが、ちょうど、そういう人物でございました。

この山村伴雄、前々から社長の娘——ではなく、加茂保憲の娘にちょっかいを出そうとしておりました。

この娘が、名を葛子《かつらこ》といって、たいそうに姿貌《しなかたち》の美しい方でございました。

この葛子をくどき、なんとか加茂家の婿養子《むこようし》となって、加茂家の名跡《みょうせき》を継いで、天文博士陰陽頭にならんと、日々、山村伴雄は考えていたのでございます。

文を送ったり、他に人のいないおりには姫の部屋にしのんでくどいたりしていたのですが、姫も山村伴雄の下心あるを見抜いておりましたから、色よい返事をいたしません。

姫に嫌われているのを知ってか知らずか、山村伴雄、ますますしつこく姫に言い寄っていたのですが、なんと、この姫が、どうやら安倍保名を憎からず想うようになってしまったのでございました。

眼元涼しく、唇はきりりとして、性格は真面目、志もあり、頭も良い。

父の保憲も、保名に目をかけ、その才には驚いておりますから、

「おい、今日は保名のやつがなあ――」

と、おりに触れては、娘の葛子に言うものですから、姫の方はますます保名に心を奪われてしまうという状況であったのでございます。

保憲、友人である小野参議好古卿《おののさんぎよしふるきょう》と話をする時も、保名のやつが、保名のやつがと言って、保名のことを話題にいたします。

これが山村伴雄に、おもしろいはずがございません。

「おもしろくない。おもしろくないおもしろくないおもしろくないぞ」

いくらおもしろくなくても、遠くて近きは男女の仲、近くて遠きは田舎の道。

いつの間にやら、姫は、三度の食事――いやいや、この時代は一日に二度でございますから、二度の食事も喉を通らぬほど、安倍保名に恋焦がれるようになってしまったのでございます。

当人である保名も、憎からず姫のことを想うてはいるものの、まさか姫までが自分のことを想うているとまでは気づいておりません。

ましてや、葛子姫は、主である加茂保憲の娘でございます。

間違っても、自分からくどこうなどという山村伴雄のごとき心は持ち合わせておりません。

ところが、この姫の心に気づいているものが、ふたり、いたのでございます。

そのうちのひとりは、むろん、山村伴雄でありますが、もうひとりは、姫のおそば近くお仕えする侍女の白菊でございました。

庭に、花が咲くのを見ては、

「はー」

その花が散るのを見ては、

「はー」

風が吹いては、

「はー」

朝が来ては、

「はー」

夜が来ては、

「はー」

何事につけ、姫が、日々、溜め息ばかりをついているのを、近くで見ていれば、白菊ならずとも、それに気づきます。

ましてや、最近は、食事も喉を通らぬありさまの姫でござります。

ある日——

庭に面した縁に姫が座して、

「はー」

溜め息をついて、初夏の草が風に揺れるのを眺めておりました。

傍におりました白菊、

「姫」

と、見かねて声をかけたのでございました。

「葛子姫さま、何かお心に懸かることでもおありになるのですか」

ふいに問われて、どぎまぎとしながら、

「いえ、そのようなことは何も」

葛子姫は言うのですが、白菊は頭《かぶり》を振って、

「嘘を申されてはいけませんよ。わたくしも女ですからようくわかります」

「何がわかるというの」

「女が、このように庭や花や風を眺めてはあのような溜め息をつくというのがどういうことか、ちゃんとわかると申しあげたのです――」

「あら、わたしがいつ溜め息など――」

「なさっておいでです。さきほどので、今日は、もう、八十二回目です」

「本当に」

「どなたか、殿方をお好きになられたのではございませんか」

「まさか、そのようなこと」

「隠さずともよいのです。幸いにも、ここにいるのは、わたくしたちふたりだけでございます。ささ、その心に懸かるお方のことを、この白菊に申されませ。さすれば、もう少しお楽になります」

「――――」

「最近ではお食事もきちんと摂《と》られていないではありませんか。頬のあたりもお痩せになり、手首のあたりも細っそりしてまいりました。わたくし、姫様にお近くお仕えする者として、もう黙って見てはいられませぬ」

さあ、

さあ、

さあ、

と、白菊は姫に迫りました。

「さあと言われても……」

歌舞伎の舞台であれば、頬を赤らめ、袖にて顔を隠し、うつむいて恥かしそうにいやいやをするところでございます。

「安倍保名さまではござりませぬか」

と白菊が申せば、姫はいよいよ頬を赤く染めて、黙ってしまいます。

その姫が、そうであると返事をしたかのように、

「よいではありませぬか」

白菊はたたみかけるように言ったのでございました。

「安倍保名さま、そのお姿凛々《りり》しく、また学問も、門下一でござります。何よりも御性格がよろしうございます。姫さまがお慕い申しあげるのも、当然でございます。あのゴミのような山村伴雄など、百人寄っても保名さまおひとりに及びませぬ」

「――――」

「それとも、姫さまは、保名さまより、あの山村伴雄の方がよいと言われるのですか」

「そんな……」

「山村の方がよいと?」

「そんなことは言ってはおりませぬ」

「では、保名さまの方がよろしいと言われるのですね」

「――――」

「山村伴雄と保名さまと、どちらがよろしいのですか」

「それは」

「保名さまでしょう?」

言われて、葛子姫うなずくかうなずかぬかというくらいに、微《かす》かに首を上下に……

「保名さまですね」

追いうちをかけられて、

「(はい……)」

と、唇だけ動かされて、葛子姫は、とうとう、顔を伏せるようにして、小さくうなずかれたのでござりました。

「姫さま、わかりました。後はこの白菊めにおまかせ下さい」

「何を？」

「決まっているではありませぬか。あの山村伴雄の手から姫さまをお守りすることをですよ」

「それは……」

「葛子姫さまと、安倍保名さまとの御縁を、わたくしが結んでさしあげましょうと申しているのでございます」

侍女の白菊は、胸を叩いてそう言ったのでござりました。

（四）

「姫さま、お喜び下されませ」

と、白菊が、葛子姫に声をかけてきたのは、三日後のことでございました。

「何ごとですか」

あまりに白菊がはしゃいでいるので、思わず葛子は、白菊に問いかけました。

「名案が浮かびましてござります」

「何のですか」

「姫さまと、安倍保名さまとを、おふたりでお会わせする方法を思いついたのですよ」

「まあ」

「これより十日後が、いったいどういう日か、姫さまはご存知でしょうか」

「十日後？」

十日後と言えば、

「ちょうど、葉月の十五日だったかしら」

「その葉月の十五日が、どういう日か、姫さまはご存知ですかと、お訊き申しあげているのでございます」

「おお、そうじゃ。葉月の十五日は、ちょうど満月。たしか、父上が、月見の宴をもよおす日ではありませんでしたか」

ピンポーン――

とは、おそらく、白菊は言わなかったと思いますが、

「はい。そのおりに、姫さまと保名さまを、うまくおふたりでお引き合わせするだんどり、全てこの白菊の胸中にござります」

とんと、拳でその胸を叩くくらいのことはしたと思われます。

葉月――つまり、八月の十五日の晩には、加茂保憲公、天文台の高楼に登り、月見の酒宴を開くのが、毎年の行事《ならわし》でございました。

やって来るのは、加茂保憲公が心を許したる宮中の貴人たちでございます。彼等と共に、酒を飲み、詩を吟《ぎん》じ、歌を詠《よ》んで楽しく騒ぎましょうというのが、その酒宴の主旨であります。

さて、その酒宴の晩――

空は皓々《こうこう》と冴《さ》えわたり、星が光り、満月はいよいよ大きく夜空に輝いております。

酒宴、と申しましても、今日の花見や忘年会のように、あびるほどに酒を飲み、春歌やカラオケをがなりたて、酔って周囲にへどを撒き散らすというものではありません。静かに月を愛《め》で、詩を吟じ、あるいは詩を創《つく》り、歌を創って優雅に楽しむのがこの加茂保憲公のスタイルでござりました。

夜も更け、酒も失くなり、詩も出尽くしたかと思われるころ、ようやく宴はお開きとなり、加茂保憲公も高楼を下りて、高楼の最上階は、誰もいなくなりました。

そこへ――

若い婦人の手を引きながら姿を現したのが、件《くだん》の白菊でございました。

手を引かれているのは、もちろん、葛子姫でございます。

白菊、人っ子ひとりいない高楼の上に姫を残し、すぐにまた下の闇の中に降りていってしまいました。

次に白菊がやってまいりました時には、安倍保名と一緒でございます。手こそ握ってはおりませんでしたが、まさに手を引くようにして、白菊は保名をせきたてております。

「さあさあ、早々にこちらへおいでなされませ」

「しかし、あの高楼に、わたくしのような者が登りますのは――」

「なんの。姫さまのお望みですよ」

「いや、しかし……」

「毎年、八月十五日の宴が終った後は、姫さまがお登りになって、女だけの月見の宴をするがならわし。しかし、今宵は、姫さま、天文暦道のことをお知りになりたいとの仰せ。誰かよき人に、高楼にて星を眺めながら御教授いただきたいと……」

「ならば、わたくしのような者ではなく、お父上の加茂保憲さまにお願い申されよ。この保名、未だに天文の道に暗く――」

「何をおっしゃいます。門人の中でも保名さまの御評判は特によろしゅうございます。またとない逸材であると、保憲さまも仰せでござりますれば、ぜひ、姫さまに……」

「しかし――」

「ここまで来て、みっともない。数ある門人よりあなたをお選びになられたは、姫さまご自身でございますよ。姫さまに恥をおかかせするおつもりですか。あなたがいらっしゃらなければ、姫さま、この高楼より飛び降りてしまうやもしれませぬ。そうなってもよろしいのですか」

「よくありません」

「ならば、お覚悟を――」

などなどと言いながら、ついに高楼への梯子に、保名をつかまらせ、

「よろしいですか、このような時間に、もう誰もここへはやってまいりません。朝までゆっくりと、姫さまに天文のお話をなされませ」

白菊はそう言って、保名が高楼に登るのを見届けてから、邪魔をしてはならじと、姿を消してしまったのではありました。

ほどなくして、そこへやってまいりましたのが、山村伴雄でございます。

葛子姫への邪恋に心を焦がし、今宵は姫もあの高楼にいるはずじゃ、侍女の白菊がい

れば、とにかくどのような口実でもでっちあげて、あの女だけを高楼から下ろし、姫とふたりきりになったら、この際力ずくでもよいから自分のものにしておかねば……

そう考えながら、山村伴雄、梯子の最初の一段に足をかけました。

最近、どうも姫の気持はあの安倍保名になびいておる。保名は保名で憎からず姫を想っている様子。このままでは、姫をものにして、加茂保憲の後をつぎ、天文博士となるというおれの望みが果たせなくなってしまう。なあに、女など、一度抱いてしまえば、後は男のいいなりじゃ。ともかく、どのように抵抗されようと、今夜こそは想いをとげておかねばな――

腹の中で、山村伴雄が自分に言いきかせながら梯子を登ってゆきますと、なんと、楼上から何やら人の声が降ってくるではありませんか。

それも、どうやら、男の声と、女の声のようでございます。しかも、なかなかに仲《なか》睦《むつま》じい様子。

何ごとかと、山村伴雄、梯子の上まで登り、そうっと顔を出してみれば、なんとそこには、冴え冴えとした明るい満月に照らされて、ひと組の男女が肩を寄せあい、夜空を見あげながら話などしている光景があるではありませんか。

見れば葛子姫と、あの安倍保名でございます。

「むうう」

と、思わず山村伴雄、唸り声をあげてしまいました。

まさかと思っていたら、やはり安倍保名め、葛子姫に手を出していたか。

無念。

山村伴雄、ぎりぎりと歯を嚙んで、めらめらと燃えあがる嫉妬の炎にあぶられているように、身をよじっております。

まことに哀れ。

邪恋は邪恋なりに、山村伴雄、葛子姫に惚れておりました。打算も計算もございましたが、葛子姫を思う気持は、誰にも負けるというものではありません。

「あのような若造に、姫をとられてしまうとは――」

おのれ、保名。

かようなおりの、男の暗いパワーというものは、なかなかに怖ろしいものでございます。胸に溜めて、それをとっておけば、いずれおもしろい話を書くためのバネ、エネルギーになって、傑作を生んでゆくことになるのですが、いかんせん、この山村伴雄、陰陽師の卵であり、小説家ではありません。

葛子姫、自分のものではないのだが、他の誰かのものにもさせてなるものか――

と、山村伴雄、決心したのでございます。

この上は、父親である加茂保憲に、今見た一部始終をお伝え申しあげ――ようするに告げ口をして、あのふたりが、この地におれぬようにしてやろうという魂胆。

話を聴いて、かあっと頭に血を登らせてしまった加茂保憲、

「これは実にけしからぬ。本来であれば、打ち首にするところだが、保名、あっぱれの才子。いっそのこと、姫の婿として、我が加茂家の後を継がせるというのはどうか

――」

なにやらとんでもない方向へと、話は進んでゆく様子でございます。

山村伴雄、横でそれを聴いていて、おもしろくありません。もともと、保名と葛子姫との間を裂くのが目的で告げ口をしたわけなのに、これでは逆効果でございます。

ならば――

いっそ、加茂保憲の頭の上を飛び越えて、直接、誰かにことの次第を報告してしまおうか。

〝うむ、それがよかろう〟

と決めて、加茂保憲の前を辞した足で、山村伴雄、そのまま、大納言《だいなごん》藤原元方《ふじわらのもとかた》殿の屋敷に足を向けてしまったのでございました。

〝これこれかようなることが、加茂家の屋敷内部では行なわれております〟

と、藤原元方に、山村伴雄は言ったのでございました。

そもそも、この藤原元方、自分の思い通りに宮廷内を牛耳ってやろうと前々から考えていた男でございます。

それには、まず、陰陽寮の天文博士である加茂保憲を味方に引き入れ、裏と表から宮廷内に自分の発言力を増やしてゆこうと思っていたのですが、加茂保憲がなかなかの堅《かた》物《ぶつ》で、自分の思う通りになってくれません。この上は、何か口実を設けて、加茂保憲を追い落とし、自分の息のかかった陰陽師である蘆屋道満をその後釜にすえようと考えていたところでございます。

そこへ、山村伴雄が、絶好のスキャンダルを持ち込んできましたものですから、藤原元方、これ幸いとそれに飛びつきました。

「これ、山村伴雄よ、そちももう、人に手をつけられた女のことなどあきらめよ。ここはひとつ、おもいきりスキャンダラスにこの話題を盛りあげて、写真週刊誌にでも売り込んでまいれ。加茂保憲失脚の後は、そちのことも悪いようにはせぬ」

このように言われては、山村伴雄も覚悟を決めないわけにはまいりません。

やれ、加茂保憲は、娘に才能ある人間を誘惑させて、自分の家系で都の陰陽の司《つかさ》の地位を継がせようとしているだの、娘の葛子姫は、実は何度もこの自分を誘惑してきただの、天子さまと万民のものであるべき都の尊い役職を、私《わたくし》しようとしているだの、そういう噂を、さんざ、あちこちで撒き散らしました。

もとより、根も葉もないことではありますが、ただ一点、安倍保名と葛子姫がおつきあいをしているということは本当でありますから、他のことも、全て本当に違いないという噂が、宮廷ではすっかり広まってしまったのでございました。

結局――

天文博士陰陽頭ともあるべきものが、娘に猥褻《みだり》がましきことをさせ、公卿百官の風儀をば乱すとはもっての外《ほか》のことであるとして、なんと、加茂保憲は、その官職をとりあげられ、加茂家は断絶、保憲公と葛子姫は、相模国《さがみのくに》は車座《くるまざ》という所へ流罪、安倍保名も、津の国安倍野の里へ追還《おいかえ》されてしまったのでございました。

加茂保憲の後に、天文博士陰陽頭となったのは、播磨国《はりまのくに》は書寫山《しよしやざん》において仏道修行をし、天文暦道を修めましたる蘆屋道満という男でございました。

山村伴雄は、ちゃっかりと蘆屋道満の門下となってしまったのでありました。

（五）

さて、津の国は安倍野の里へ追い返された安倍保名でございますが、もどってみれば、またもとのように貧しい生活をせねばならぬ身の上でございます。

せっかく、天文博士となって、安倍家を再興しようと志をたてて都へ出たのではありますが、志半ばにしてかようなことにあいなってしまうとは、ついしばらく前までは考えてもいなかったことでございました。

安倍野にもどったからといって、泣き暮らしているわけにもゆきません。このまま、この地で身の果つるのを待っているだけの生活というのも、耐えがたいものであります。

再び、以前の土地を耕し、生活の糧をそれで得ながら、和泉《いずみ》の国は信太明神《しのだみようじん》へ日参し、いずれは朝廷より赦免《しやめん》のあることを願いつつ、細き煙をたてておりました。願い通ずれば、師匠加茂保憲と葛子姫も帰り来られ、めでたく舅《しゆうと》よ嫁よと呼ぶこともあろうかと、考えていたのでござります。

一日の畑仕事が終ってから信太明神へ向かうわけですから、着く頃はもう、夜でございます。

その日も、安倍保名は、信太明神へやってきたのでございますが、すでに夕刻を過ぎ、星もちらほらと輝き出そうかという刻限になっておりました。

信太明神、和泉の国の森の中にあります。

〟この信太の森と言ひまするは、今日の信太村大字中村と云ふ所に在り〟と、玉田玉秀斎先生は言っておられるのですが、ここでいう〟今日〟というのは明治の頃のことでございます。したがいまして、この稿が書かれている現在、平成においてこの土地がどうなっているのか、筆者はとんと見当がつきません。

このままに、玉秀斎先生の言葉をかりますれば、その古《いにしえ》は数十町歩もある広き森でございましたが、明治の頃にはぽつりぽつりと人家が立ち並び、残っている森は多くはありません。

幾らかの林が残っているのですが、その中に一本の樟《くすのき》が立っております。高さ八丈、幹の周囲《まわり》は二丈余りというかなり大きなものでございます。

枝葉の広がりは数町歩に及んでいるという、老木であります。

保名や葛《くず》の葉《は》の頃からそこにあったものでございましょう。

その樟の傍に稲荷《いなり》の祠《やしろ》があって、昔から白狐を祭っております。そのためか、昔から、祠の後ろには狐の穴がたくさんございます。

また、信太明神は、信太森《しのだもり》より、東の方七、八丁の小高き丘の上にございまして、あたりには一面、松や杉の樹が繁っているのでございました。本社は神垣《かみがき》をめぐらし、別に絵馬堂、奥の宮などがあり、これはそもそも信太村の産土神《うぶすながみ》でございます。

毎年八月十五日が祭礼の日となっており、この日ばかりは、普段人の少ない境内にも、多く人が集まって、賑わいをみせるのであります。

さて、保名がここへ参りました当時は、周囲は鬱蒼《うっそう》たる森でございます。昼なお暗いところへもってきて、すでに夜になっておりますので、あたりはいっそう暗く、風も木立にさえぎられて、強くは吹かず、ひっそりとそよそよと吹くばかりであります。

安倍保名は、信太明神の神前に立って両手を合わせ、一心不乱に祈っておりました。

夜は深しんと更けわたり、杉の葉や松の葉は風に蕭々《しょうしょう》と鳴って闇は深まってゆくばかりでございます。

その時——

背後から、森の下生えを掻き分ける音がして、振り返りますと、森の闇の中から、保名の眼の前に飛び出してきた白いものがございました。

見れば、一匹の白い狐、白狐《びゃっこ》でございました。

白狐は、保名の前で立ち止まり、人間でいうなら両の手を擦り合わさんばかりにして、保名を見あげます。

どうやら、何ものかに追われて、ようやっとここまで逃げてきて、力尽きたという風情でございます。

白狐は信太明神の眷属《けんぞく》であり、その信太明神に、願をかけてここにこうして来ている以上、これを黙って見過ごすわけにはゆきません。

「おまえ、追われているのか？」

と問いますと、そうだとうなずくようにこっくりいたします。

「ならば、悪いようにはせぬ。あれにある杉の樹の陰に身を潜めて隠れていなさい」

保名が言い終らぬうちに、白狐は深くおじぎをして、ぱっ、と言われた杉の樹の陰に身を隠しました。

と見る間もなく、そこへ姿を現したのは、猟師の悪右衛門《あくえもん》。村でも評判の乱暴者でございます。

若い者、四、五人を従えているのですが、彼等は皆、その手に弓矢や割竹の得物《えもの》を携《たずさ》えております。

そのうちのひとりが手に持っている松明《たいまつ》には、あかあかと炎が燃えておりました。

「どこへ行ったか白狐《しろぎつね》め。捕らえて売れば金になると思うてここまで追ってきたというに、ここで逃《のが》してはもとも子もない」

悪右衛門、そう言いながら歩いてきて、そこではっと立ち止まりました。

「おやあ、こんなところに人がおるわい」

ようやく保名がそこにいることに気がついた様子でございます。

「こんな夜更けに、このような場所に人がおるとは、はて、面妖な。さては、追っていた白狐が人に化けて、我らをたぶらかそうという魂胆か」

じろりと保名を見やり、

「いくらうまく化けたとて、そのようなことで騙される悪右衛門さまではないわい。これ、その尻から尾が出てはいないか」

「ア、イヤ、猟師《かりうど》の衆、わたしは決して狐などではございません。津の国は安倍野の里に住む者でございますが、ちと心願の筋あって、かような時間に、信太明神さまに参詣《さんけい》しているのでございます」

「イイヤ。我らは確かにこの場所に一匹の白狐を追い込んだのじゃ。したが、狐はおらず、かわりにそなたがおれば、狐が化けたものと疑われてもしかたあるまい」

「そういえば、今しがた、ここにぬかずき、眼を閉じて祈っておりますおりに、何やら音がいたしまして、振り返れば白いものがあちらの方に駆けてゆくのが見えましたが、それが、あなたが追っている白狐なのではありませんか」

「むむ――」

唸りつつ、よくよく保名を見てやれば、肌の色白く、眼元はすっきりとしており、どこからどう見ても人間のようにしか見えません。

「なれば、白狐め、やはりあちらの方に逃げたか」

「なれば――」

「追うべし」

「追うべし」

男たちは、口々に言いかわし、

「ソレエ」

とばかりに、さっき保名が言った方角へと走って去っていってしまいました。

その足音が聴こえなくなると、神社の境内は、さっきより一層の静寂がひしひしと押し寄せてまいりました。

保名がほっと息をつきますと、白狐が、先ほど姿を隠した樹の幹の陰から、ふらふらの足取りで出てまいりました。

「これ、白狐よ。かような場所にうろうろしておれば、また奴らに見つかってしまうぞ。早く、いずれへなりとも姿を隠してしまうがよかろう」

保名が声をかけますと、白狐、しきりとおじぎをしながら礼を言う風情《ふぜい》にて、しばらくその動作を続けてから、明神さまの社の裏手へ、その姿を消したのでございました。

「サテモ、信太明神へお参詣《まい》りをして、その眷属の白狐を助けたとは、これも何かの縁であろう」

保名は、そう言いながら、安倍野へと帰っていったのでありました。

（六）

そのようなことがあって、一日、二日、日が過ぎるうちに、どうしたことか、保名の身体のぐあいが悪くなってまいりました。

畑にも出られなくなり、床について動けなくなったので、近在から名主作左衛門《さくざえもん》という男がやってきて、何かと保名の身の回りの世話をするようになりました。

そんな、ある日——

保名の家を、市女笠《いちめがさ》を冠《かぶ》り、杖を突いたひとりの婦人が訪ねてまいりました。

それを出迎えたのは、作左でございます。

「モウシ、モウシ」

外で、なにやら呼ばわる声に出てゆきますと、なんと、先ほど申しあげましたような形《なり》の婦人が立っております。

「何か？」

「モウシ、こちらは安倍保名さまのお住まいでございましょうか」

市女笠を脱いで、そう言うのを見れば、なんとこれが、なかなかに美しい。

「確かにそなたの申すように、こちらは安倍さまのお住まいである。しかし、そなた、こちらの安倍さまに、いったいいかような用むきあって、訪ねてまいられた？」

「ハイ。私は、相模《さがみ》の国の車座にすむ加茂葛子《かものかつらこ》という者ですが、保名さまは、二世を契《ちぎ》りましたる我が夫でござります。実はこのほど、保名さまが床にふせっておられる夢を見まして、気が気でならなくなり、このたびは父の許しを得まして、ただひとりここまではるばるやってきた次第――」

「おお、それならお前さまは、かねてより保名さまより聴きおよんでいた、先の天文博士陰陽頭、加茂保憲公の御息女、葛子姫さまにてございましたか――」

ふたりの言葉を奥の臥床《ふしど》から聞き付けた保名、天にも昇る嬉しさに、床より起きて歩み出で、

「おう、そなたは葛子姫。よう来てくだされた。会いたかったぞ」

と言えば、

「おなつかしや、保名さま。お見受けすれば、御病気の体《てい》。あれはやはり正夢でありましたか」

「なんの、病気であるものか。そなたが来てくれたら、もう、病などどこかへ去《い》んでし

もうたわ」

「女手のないこれまでの御不自由、お察し申しあげます。これからは、私がおそばにお仕え申しあげ、御身の回りのことや御介抱《ごかいほう》もいたしますので、安心して下されませ」

「葛子姫」

「保名さま」

ふたりは、歩み寄って、ひしとばかりに——は抱きあいませぬ、なにしろ平安の時代のことでありますから、人前ではそのようなことはいたしません。ただ、その手と手をしっかり握りあったのでございました。

「葛子姫よ、こちらの御名主さまには、これまで、たいへんお世話になってしまった。どうかお前からも礼を言っておくれ」

「左様でござりまするか。きっとこの御病中も、たいへんにお世話になったことでございましょう。ありがたく、御礼申しあげます」

「なんのなんの」

というようなめでたき再会があって、葛子姫は、保名とひとつ屋根の下に住むようになったのではございました。

葛子姫がやってきた途端に、あれよあれよという間に、保名の病気も平癒し、しばらくするうちには、葛子姫、保名の胤《たね》を宿し、月満ち、生まれたるは、可愛い男の子でございました。

ふたりは、この男の子に信太丸《しのだまる》と名付けまして、三年、四年という歳月が過ぎてゆきました。

　ある日——

　葛子姫は、奥にあって、とんとんと機《はた》を織っておりました。信太丸はそのそばで遊んでおり、保名は表の庭にて藁《わら》を打ち草鞋《わらじ》を造っておりました。

　そこへ、おもての方《かた》より、品のよいひとりの老人が、ひとりの娘を連れてやってまいりました。

「モウシ……」

　と、老人が保名に声をかけ、

「お頼み申す」

　というのを保名が見てやれば、これがなんと、かつての師であり、天文博士であった加茂保憲公その人であったのでございました。

「これはこれは御師匠さま」

　と礼をしつつその横にある美しい婦人を見れば、これがなんと、

「葛子姫!?」

　保名は思わず声をあげてしまいました。

　いったい、どうしたことでございましょうか。葛子姫ならば、今、奥で機を織っているところでございます。それが今、どうして、いつのまにか外へ出、着ているものも旅装束となって、加茂保憲と共にいるのでございましょうか。

　保名は、しばし茫然としてふたりの姿を眺めておりますと、

「これ、保名よ。久しく便りもせずにおったが、御身は相変わらずに息災の様子で何よりじゃ。我らは、長く相模の国に流罪となっておったが、この度、都の五条坊門の参議小野好古卿のお情けにより、密《ひそか》に相模の国を立出でて、遥《はる》ばるここまでやってきた次第。今あらためて、わが娘を御身にしんぜようと思うているのだが、どうかこの後は、葛子と仲睦まじう添うてやってくれぬか」

「ハテ、不思議。葛子姫さまは、五年前、我が病気のおり訪ねてこられ、それより仲良く添うており、今は、信太丸と申す子さえある。それが、いったい、いかようなわけあって、今また……」

と、保名は、まだ何が何だかよくわからないといった体《てい》。

これを、奥で聴いておりましたのが葛子姫でございました。

さて、ここで、この葛子姫の名前の由来について、ひと言申しあげておきたいと思います。

この葛子姫、芝居の方では名が葛《くず》の葉《は》姫でございます。

葛子姫と葛の葉姫——どうして、名が違うのか。これにはもちろん理由がございます。

まず最初に、芝居とこの講釈と、どちらの物語の成立が先かと申しますれば、当然のごとくに、この平成講釈のもととなった話の方が先でございます。

つまり、葛子姫が葛の葉姫と変化したことになりますが、いったいどうしてそのようなことになったのかというのが、今回の蘊蓄《うんちく》話でございます。

これは、竹田《たけだ》出雲《いずも》という狂言作家が、『蘆屋道満大内鑑《あしやどうまんおおうちかがみ》』と申します芝居を脚色《しく》みまする時に、葛子姫ではどうも言葉が悪い、やすなの女房であるならばくずのはの方が良いと考えたからに他ありません。

つまり、かようなことでございます。皆様安い菜《な》を買い込んで、井戸端で洗ったりいたしますと、どうしても、そこに屑《くず》の葉が出てまいります。

つまり、〝安菜《やすな》〟に〝屑の葉〟がつきものであるから、保名の女房を葛の葉にしてしまったというのが、その真相のようでございます。

いやはや、作者がいかに手前勝手な理屈で登場人物の名を考えているのかは、昔も平成の今も少しもかわらないというのが、おもしろいところでございます。

（七）

さて、こちらは奥の間にいる葛子姫でございます。

こちらの葛子姫は、奥の間にあってしきりと機を織っておりましたのですが、外にもうひとりの葛子姫とその父である加茂保憲がやってきて、安倍保名と話をしているのをしっかり聴いてしまいました。

はっとなって、機を織る手を止め、葛子姫、その眼からはらはらと涙をこぼされたのでありました。

玉田版において、ここから姫の独白が長く続くのでござりまするが、講釈師が口にて皆々様の前でしゃべります分にはよろしいのですが、平成講釈——つまり文章でということになりますると、活字がべったりと詰まり、読み難いことははなはだしきものがございます。

そこで、本講釈では、地の語りと台詞とを交互におり交ぜつつ、この奇っ怪なる〝ふたり葛子姫〟の秘密をば皆様にお話し申しあげようかと思っております。

まず、申しあげておきましょう。

実は——

この葛子姫、先年、安倍保名に助けられました、雌の白狐であったのでございます。

「その御恩に報《むく》いんがため、葛子姫と姿を変え、病中の保名さまを御介抱申しあげていったところ——」

いつの間にやら保名の胤《たね》を宿し、もとの古巣へ帰るに帰られぬようになってしまい、

「ついには、一子信太丸を産み落とすこととなってしまった……」

ちょっと待った——と、ここで声が聴こえてきそうな気配でございます。

ちょいと待った。

葛子姫が白狐なのはよろしい。白狐が人間に化けて人間を化かすというのもまあよろしい。

しかし——

〝どうやって遺伝子まで騙《だま》せるのじゃ〟

白狐が人間に化けるのはよい。しかし、化けるといっても、それは、遺伝子レベルまで化けてしまったのか。明治の講釈であるならば、そこんとこはまあ、よろしい。眼をつむろう。しかし時は移り、今は平成の世。進化論は一般的となり、遺伝子の知識も広

まっている今日、人と狐との間に、あっさり子供が生まれましたというのはどうもおかしいのではないか。

そもそも、遺伝子というものは、異なった種の間では決して交わらぬもの。例外的には、遺伝子の構造が非常に近い種どうしにあっては、馬とロバを掛け合わせてラバが生まれるがごとき現象はあっても、こと、狐と人間についてはあり得ないではないか。

あり得たとしても、その子供は、いったい人間か狐かどっちなのじゃい。

この物語からすると、どうやらその子供は人間の姿やかたちをしているらしいが、少なくとも、それは何故かを、ここで説明していただきたい。

立ちあがって、あなたがテーブルをどんと叩く姿が眼に浮かんでくるようでございます。

ごもっとも。

あなたの言われること、よっくわかります。

何故ならそれは、この講釈をしているこのわたくしの疑問でもあるからであります。

しかし――

この疑問というのは、考えてみまするに、答のない問いでございます。

正解がない。

唯一、あるとすれば、それはあなたの心の中であります。読んだ方がたが、自由に判断をして自分で決める――そういうことになりましょうか。

わたくし自身は、それについてはふたつの考え方を用意しております。

それは——
①講釈であるから、あまり細かいことについてはごちゃごちゃ言わない。
②狐が化けるということは、それは、遺伝子レベルまできちんと化けているのである。
以上のようなものでございます。

そして、この①と②は矛盾するものではないので、①と②を合わせた、

〝細かいことは気にせず、遺伝子レベルにまで、狐の化けるという技術が進んでいるものと考える〟

このようなところが、妥協点でありましょうか。

ともあれ、お話をもとにもどしますと、白狐の葛子姫、本物が現われて、ただいま心ここにあらずといった状況でございます。

それでも、決心は早うございました。

「保名さまが気づかぬのを幸いに、これまで共に暮らしてきたが、本物の姫が現われては、もはやこの家に居られるものではない……」

白狐の葛子姫、傍に居る幼い信太丸を見やり、

「コレ、童児《どうじ》よ。妾《わらわ》は、そなたを産み落としたる母なれど、実《まこと》は人にあらず。和泉国《いずみのくに》は信太明神の眷属《けんぞく》である白狐である」

ついに告白をばいたしたのでございます。

してみると、これはつまり、幼い信太丸、これまで自分はずっと人である父母からこの世に誕生せしめられた人の子であると思い込んでいたことになります。

「妾はこれより、わが古巣へ立帰《たちかえ》らん。そなたをここへ残してゆくは心残りなれど、今は是非におよばぬ」

言うなり、墨を摩《す》り、筆を取って、片辺《かたへ》の障子にさらさらと書きしたためましたのが、次なる歌でございます。

恋しくばたづね来てみよ和泉なる
信太の森にしのびこそすれ

これが、この講釈の初めにも申しあげましたが、芝居の方では、

恋しくば尋ねきてみよ和泉なる
信田の森のうらみ葛の葉

かような歌となっているのでございまするが、講釈の方では先のごとき歌となっているのでございます。

さて、歌をしたためましたる葛子姫は、身をひとゆすりして白狐の正体を現わしますると、信太丸を見やり、はらはらと涙をこぼした後、一声、高く哀しげなる叫び声を残し、あれよと思う間もなく信太森の方へと姿を消してしまったのでございました。

残された信太丸、母恋しさのあまり、その後を慕うて、

「母さまいのう……」

「母さまいのう……」

母の名を呼ばわりながら、これもまた姿を消して、ついにはそのまま行方知れずとなってしまったのでございます。

さて、一方、此方《こなた》は安倍保名でございます。

実《まこと》の葛子姫と対面している最中に、家の奥の方から、哀しげな狐の哭《な》く声が聴こえましたものですから、こちらはこちらでびっくりしているところでございます。

「こは不思議。今しがた聴こえたるは、狐の声——」

と、保名は、葛子姫、加茂保憲と共に奥の間にまいりますと、そこに居るはずのこれまでずっと一緒であった葛子姫も信太丸もその姿が見えません。

こはそも奈何《いか》に。

こはそも奈何に。

あたりを見回し、障子に眼をやれば、そこに、まだ濡れた墨の色も黒々と、一首の歌が書き記されているではありませんか。

これを読んで、思わず保名は呆然となって自失《じしつ》の体《てい》。

ああ、そうであったか。

そういうことであったか。

「これ、どうしたのじゃ、保名」

師である加茂保憲に声をかけられ、誰にともなく、

「オオ、そうか。これまで、わたしが連れ添うておった葛子姫は、実の葛子姫ではなく、いつぞや、信太明神に参りしおりに助けたあの白狐であったか。本日、実の葛子姫が来たのを知りて、信太丸を連れて姿を消したのか。アア、不憫《ふびん》なことを……」

そう言って、これまた眼から涙をはらはらとこぼされたのでありました。

「どうなされました。保名さま──」

実の葛子姫に問われて、

「実は──」

と、安倍保名はこれまでのことをしみじみと語ったのではございました。

「そうであったか──」

加茂保憲も、話を聴いて、

「人にあらずとはいえ、人もおよばぬ恩義に報いんとするこころ、あわれなり──」

袖で眼頭を押さえたのでございました。

そして、安倍保名と葛子姫はめでたく夫婦となり、加茂保憲を舅として敬い仕えるようになったのでございました。

保名と葛子、やがて夫婦相互《あいたがい》の愛情《なさけ》凝り固りまして、葛子姫は見るものを見ぬようになり、頃しも延長七年一月三日、つつがなく生れ出でましたのが、玉のような男の児。

夫婦舅の喜悦《よろこび》ひとかたならず、その名を尾花丸《おばなまる》と命《つ》けました。

この尾花丸こそ、後に安倍晴明と呼ばれ、陰陽の道の頂点を極めることになる人物その人だったのでございます。

第三席　尾花丸帝の御悩を癒さんと都へ上ること

（一）

いやはや、この講釈を始めましてより、季節は移り、幾星霜。

ついに、ようやく本編の主人公安倍晴明の誕生の場面までたどりつきました。

ついでに、筆者がただいまどこにおりまするかというと、空の上でございます。日本国より、独逸国《ドイツ》へ向かう、ルフトハンザの機内にて、この原稿をばしたためているのであります。

薄暮のシベリア上空を飛ぶこと数時間、日本を出てからは、すでに十時間余りが経っております。

何のためにかような状況におりますのかと申しますと、取材のためでございます。

皆様、アイスマンなる人物を御存知でございましょうか。

通称、エッツィ。

やだ課長さんたら、

「エッチイ」

のエッチイではございません。

エッツィ。

一九九一年の九月に、ヨーロッパアルプスの氷河で発見された屍体《したい》でございます。それもただの屍体ではありません。およそ五〇〇〇年前、新石器時代の人物の屍体。エッツィというのは、この人物の属していたと思われる文化圏のある谷——土地の名であるエッツからきた名前でございます。

このエッツィ氏、発見以来あっという間に有名になり、日本の某自動車メーカーなどは、〝エッツィ〟という特別モデルの車まで売り出したりいたしました。

エジプトのピラミッドがまだひとつもできていない頃、この世に生きていた人物であります。

持っていた斧《おの》の形から、エッツィの故郷がどこであったかをさぐり、折れていた矢から、アルプスのある地域でおこった五〇〇〇年前の悲劇が明らかになり——

という具合に、たいへんに興味深いことなどが、わかってきて、エッツィ氏、たいへんな人気者になってしまったのでございます。

このエッツィ氏を研究している大学教授の方にお話をうかがったり、氷河を歩いて発見された現場まで行ったりと、そういうことをしにゆくことになっているのでございます。

さて、眼下の深い闇の中には、点々とフランクフルトの灯りが光っております。

想えば、なんとあわただしく日本を発ってきてしまったことでございましょうか。

本来であれば、この原稿は、日本を出る前に終っているはずのものでございました。

それが終らなかったのも、理由がございます。

出発日の前々日でございましたでしょうか。

知人が出版した本がさる賞をとり、そのパーティがございまして、わたくしその会場に出かけていたのでございます。この原稿があるため、早めに失礼しようかと思っていたところ、

「ややあやあ、お久しぶり」

あちらに歌舞伎役者の中村勘九郎さん（二〇〇五年より勘三郎。二〇一二年逝去）がおられまして、どちらからともなく歩み寄って御挨拶をいたしました。

「コクーン歌舞伎の時は、パンフに書いていただいて、ありがとうございました」

と、勘九郎さん。

このコクーン歌舞伎というのは、勘九郎さんたちが中心になって演《や》っている、渋谷のシアターコクーンで演じられる歌舞伎のことでございます。

一九九四年の夏に、『東海道四谷怪談』を演ったのが最初だったのですが、これがまたとてつもなくおもしろかったのでございます。この最初の一回で、すっかりコクーン歌舞伎が定着してしまい、今年、一九九六年——つまり平成八年の夏にもまた、二度目のコクーン歌舞伎が上演されたのでございます。

題しまして『夏祭浪花鑑《なつまつりなにわのかがみ》』。

このパンフに、わたくし、ささやかながら短い絶賛文を書かせてもらったのでした。

「でね、ついこのあいだ、高田文夫さんと会ってね。色々話をしているうちに、ようしそんなら百人分買ってもらおうじゃないのって話になって——」

と勘九郎さん。

あらまあ。

これはちょっと説明しなければいけませんね。

つまり、コクーン歌舞伎というのは、いわゆる伝統的な歌舞伎の芸は、きっちり見せておいて、その上でおもいきりエンターテインメントをしてしまおう——つまりかぶいてしまおうというところがあるのでございます。つまり、現代という部分に深く関わってやろうという熱気のようなものが見えて、ま、そのあたりがたいへんに楽しくおもしろいわけです。伊右衛門とお岩が、最後にタップダンスこそ踊りませんが、まさに踊るがごとき水の中での喜悦の舞。カタルシス。伝統からそれるどころか、それがいっそう、本来の歌舞伎が持っていたであろうエネルギーの根源に近づいたような観があるのでございます。

それにたいへん興奮させられましたものですから、

〝こうなったら、第三回目のコクーン歌舞伎をやる時には高田文夫師匠やビートたけし師匠を巻き込んでおもいきり派手にぶちかましてしまいなさい。そうなったら自費で百席買い込んで観にゆくぜい〟

と、二回目のパンフに書いてしまったのですね。

どうやら、その話が高田文夫師匠と勘九郎さんとの間で話題にのぼったと、そういうことらしいのでございます。

〝こうなったら夢枕の獏めに百席買わせたろうじゃないの〟

と、そういう話になったのかどうかまではっきりわかりませんが、かりに、もしもそうなることがあったら、これはもう勢いでございますから、ようし、ほんなら百席ホントに買ったろうじゃないのと、決心をしたワタクシなのでありました。

このおりに、

「ねえ、獏さん、あれ、観た？」

勘九郎さんが言うではありませんか。

「あれ？」

「東京ドーム」

「――」

「四谷怪談――」

「ああ、あれですか」

「あれがいいんだよ」

「本当ですか」

「もう最高」

「へえ」

「演出もこれまたいいんです」

何のことかと申しますと、これは『梁山泊《りょうざんぱく》版四谷怪談・十六夜《いざよい》の月』というお芝居のこと。

〝新宿梁山泊〟なる劇団に奥田瑛二さんが加わって、東京ドーム前の広場にテントを張って上演しているやつでございます。

これをぜひ観にゆくべきですよと勘九郎さんは言われるのでありました。

そもそも、わたくし、以前に『三国伝来玄象譚《さんごくでんらいげんじょうばなし》』なる歌舞伎台本を、坂東玉三郎さんのために書いたことがありまして、それが歌舞伎座で上演されたりいたしました。そのおりに、勘九郎さんにも出演していただきまして、まあ、そのような御縁があったわけなのであります。

ついでに申しあげておけば、この『三国伝来玄象譚』は、坂東玉三郎さんの沙羅姫《サラひめ》、中村勘九郎さんの蝉丸《せみまる》、中村橋之助さんの安倍晴明といったぐあいに、本編の主人公である安倍晴明まで出てくるお話なのでございます。

ま、それでありますからこそ、ここでこのようにお話し申しあげているのでありますが、ともあれ、今の話題は、東京ドーム前広場で演られていた『四谷怪談』でございました。

「それで、いつまででしたっけ？」

と、ぼく。

「明日までのようですよ」

げげっ。

時間がない。

しかし、時間がないからといって、行かないという手はない。

もともと、このお芝居、奥田瑛二さんの事務所から招待されており、行きたかったのが、時間がとれそうにないため、泣く泣く行くのをあきらめていたのでございます。

しかし、ここまで言われたら、これはなんとしても行かねばなりません。

色々とやりくりしたら、なんとか、お芝居が始まって、三〇分過ぎた頃であれば、小屋にたどりつけそうです。

そこで、なんとかチケットを手配していただいて、三〇分遅れながらお芝居を観に行ってきたというわけなのでございます。

しかし、その翌日にはもうこの海外取材のため、日本を出なければならず、なのにその仕度は何もできてはおらず、この原稿も書かねばならないというのに、まだその出しを書いただけという状態であったのであります。

ままよ。

もし、日本にいるあいだに書きあがらねば、必殺、海外からのFAX攻撃があるわいと、眼をつむって線路に飛び込むようなつもりで行ってまいりました。

で、このお芝居。

良かった。

ブラボー。

最高!!

たいへん興奮して、思わずちびりそうになってしまいました。

現代風四谷怪談といったおもむきの芝居なのですが、演出がよかった。足に怪我をした奥田さんも、むしろ怪我がよりパワーをもたらしてしまったのではないかというくらいに、入《はい》り込んでおりまして、いやいや、たいへんにこってりとしたエネルギー溢れる舞台でした。

戸板の場面転換などは、四谷怪談ならではのアイデアでぶったまげ、最後は伊右衛門ならぬ奥田さん演ずる伊策が次々に人を電動ノコで殺しまくり、血がしぶきまくりという、陰惨でおどろおどろの展開となり、いったいこれは、どうやって終るんじゃいと思っていたところ、むむむむっ、強引なるパワーでずでんどうと観客は投げ飛ばされ、ハッピー・エンドのラスト。

なんじゃこれは。

力技で、観客の意識を一種のカタルシスにまで引っ張りあげてしまったのは、もうたまりません。

もんくあるかと問われて、まったくもんくはございません。

いや、まいりました。

伊右衛門、お岩、手に手を取りあっての補陀落渡海《ふだらくとかい》の昇天ではございませんか。

あまり、仕掛をばらしてはいけませんので、このような表現しかできませんが、いやはやおみごと。

最初から最後まで、観客が頬を張り倒され続けながら、結局のところ、ラストでエクスタシーに達してしまうという、こういう芝居をまた観ることができるんなら、何度でも足を運んでしまうぜい——

といったところで、こちらも本編にもどらねばなりません。

書きつぎ書きつぎしておりまするうちに、読む方はひと息でここまでいらっしゃったことと思われますが、書いている筆者は、いつの間にやら、今、オーストリアの某ホテルの一室で、これを書いているところなのでございます。

さて——

生れ出でましたる後の安倍晴明、尾花丸。

七歳の頃より、父保名から、学問及び天文暦道の道を教わり、マンツーマンで教育を受けましたものですから、早くも様々な技、あるいは様々な変化《へんげ》の術を身につけてしまいました。

尾花丸もまた、色々と覚えるのがおもしろいものですから、

「あれを教えてたも」

「これを教えてたも」

むこうの方から言ってくるしまつでございます。

一を聞いて十を知り、十を知って百を悟るというのが、尾花丸のすごいところでございます。

祖父をも父をも凌《しの》ぐ、たいへんな才能でございます。

というところで、いよいよ次回からは、安倍晴明、尾花丸が都へ上って、蘆屋道満と呪法合戦をすることになってゆくという展開のお話でございます。

（二）

さて、これまで長ながと、皆様に本編の主人公、安倍晴明公が誕生されるまでのいきさつを、あれこれ語ってきたのでございますが、平成の講釈師、この夢枕獏秀斎、ここに至りまして、はたと迷っているのでございます。

と、申しますのも、物語がここまで進んでまいりました以上は、主人公たる安倍晴明公のキャラクターをきちんと決めねばならないからでございます。しかし、これが簡単には決められません。

これまでにも何度か申しあげましたが、この平成講釈が下地にしております晴明公のお話、テキストが三つもあるのでございます。

『安倍晴明』　桃川實講演／今村次郎速記
講談『安倍晴明』　玉田玉麟講演／山田都一郎速記
大江山鬼賊退治『蘆屋道満』　玉田玉秀斎講演／山田醉神速記

以上の三冊でございます。

このうち、いよいよ本編がさしかかりましたる〝尾花丸編〟の部分を語っているのが、
『安倍晴明』　桃川實講演
講談『安倍晴明』　玉田玉麟講演

と二冊あるのでございます。

この二冊、桃川版と玉田版の安倍晴明のキャラクターが同じであればよろしいのですが、これがまったく違う。年齢も違う。

桃川版では、年齢十歳なるも、七、八歳にしか見えぬ悪ガキで、髪の毛は真っかっか。玉田版では、年齢十三歳、貌《かお》だち整いましたる秀才でございます。

どちらにしたらよいか。

ここで、筆者の頭に浮かんでしまうのが、どちらにしたら受けるか、どちらのキャラクターにしたらお客さまに喜んでいただけるか、ということでございます。

どちらにすればおもしろいか。

ま、手っとり早く申しあげれば、どちらにすれば本が売れて、印税がたくさん入って来るであろうかということでございます。

赤毛の悪ガキとなればこれはユニークであり、そこそこはインパクトもあります。しかし、すでにできあがっている文化としての安倍晴明のキャラクターがございます。そちらは、むろん、ハンサム、インテリ、少し冷たいところもあるが優しく強い晴明であります。

その晴明は晴明で魅力があり、女の子受けもいいでしょう。

しかし、筆者としては、そのような晴明像をここでぶっ壊してやりたいという、語り手としての欲望もございます。でも、女の子受けはしっかりとりたい。

もうひとつ、困ったことに、このキャラクターの違いがはっきりしているのは、この尾花丸の時代だけであり、後半は、もう、どちらのキャラクターもあまり変らないといった状況になってくるのでございます。

ううむ。

どうしたものか。

考えているよりは、ここはひとつ、桃川版、玉田版、ふたつの本の晴明公——つまり尾花丸についての描写を、以下に紹介してみましょう。

まず、桃川版については次の通りでございます。

するとその其《そ》の子供が尋常《じんじょう》の者でございません。生《うま》れながらにして歯を二枚生じ、頭の毛が真赤で顔が大きうございます。喜びの中でも葛子は深く嘆《なげ》き、折角挙《せっかくまう》けた男子《なんし》、尋常の子供なれば喜び此上もなけれど、此の通りの異相であるから、行末のほどが分らんと胸を痛めて居《を》ると、保憲は流石《さすが》天文博士だけに、自分の孫に斯《か》ういふ者が出来たのを却《かへ》つて喜び居ります。

勿論《もちろん》天下に名を成す人は多く異相でございます。日本でも唐土《もろこし》でも異相の人は多く名を揚《あ》げ居りまする。秀吉といふ人は猿面《ゑんめん》なりといつて、猿に似て居《ゐ》たといふが、栗原の太閤記を見ると、猿面にあらず犬面なり。ワンくに似て居るといふので、何方《どっち》にしても余《あま》り宜《よ》くはない。蜀の玄徳《げんとく》といふ人は耳長くして肩に垂れ、手長くして立ちながらに膝に届いたといふ大変に長い手で、迂闊《うっかり》玄徳の側へ煙草入や蟇口《がまぐち》は置けなかつた。

一々数へ立てれば沢山《たくさん》ございますが、どうも異相の人で天下に名を残した方が沢山ございますやうで、保憲も孫尾花丸が異相の質《たち》でございますから末頼母《たのも》しく思ひ、頻《しき》りに愛して居りました。

所が此の尾花丸恐ろしい悪戯《いたづら》で、六歳《むつゝ》七歳《なゝつ》になつても手習い一ツしやうではなし、又幾ら教へても覚《おぼ》えません。通常《つね》の子供とは違ひ、川狩をする、野遊びをする、蟲《むし》などを捕るのを楽《たのし》みといたして居ります。迚《とて》もこれは、末の見込がない。情けない子供が出来たと、保名は太《いた》く嘆き、拙者も一旦加茂保憲の娘と不義をなし、夫《それ》が為めに養父保憲に迷惑を掛け、誠に相済《あひす》まぬ事と心得、切《せめ》ては挙《まう》けたる子供を能《よ》き者にして、安倍の家を相続させたいと思つて居るに、此通りの子供の出来るといふは、全く天罰に相違ないと悲しんで居りまする。

とまあ、実にとんでもない子供の如くに語られているのが桃川版でありまするが——

ちょっと待った。

〝川狩をする、野遊びをする、蟲などを捕る〟

というのは、ごくごく普通の子供でないのかい。

勉強せい、と親が言うのもきかずに遊びまくっているというのが、特別の子供とは、おいらは思わないのだがねえ。

とすると、いわゆる普通でないというのは、専《もつぱ》ら、顔がでかいとか、髪が真っ赤であるとかの、外見のことだけではないかいな。

尾花丸年十歳でありながら、丈《せい》は通常《なみ》の子の七歳《なゝつ》八歳《やつゝ》位ゐにしか見えません。頭の毛が真つ赤で、梳《くしけづ》り湯浴《ゆあ》みなどをいたしませんから、誠に穢《きた》なく、恰《まる》で猩々《しやうじやう》のやうに、其癖《そのくせ》顔は大きく、鼻は高く、口などの大きい事大変で、色が真黒で、裸躰《はだか》で飛んで歩いて居たが、慌《あはただ》しく家へ立帰つて参りました。向ふに居りました保名が、又悪戯者が戻つて来たか、何で此通りの馬鹿が出来たかと――

保名、桃川版では、どうもあまりいい親父とは思えません。

では、玉田版はどうか。

これは、すでに少しばかり書き進めた如くに、たいへんにできがよろしい子供でございます。

　早《はや》七歳の時より保名は傍《そば》に於いて学問を薫陶《しこ》み、何から何まで教育が誠に宜《よろ》しうございます。然《しか》るに尾花丸は一を聞いて十を知り、十を知つて百を悟るの器量あり。實《げ》に菅原道實《すがわらのみちざね》公にも劣らぬ程の御方でございました。左《さ》れば保名は天文暦道の学問を授《さづ》けて在りまする間に、早《はや》十三歳に成りましたのは天慶《てんぎやう》四年。この時は未《ま》だ子供でありまするが、学問の議論などを致《いた》しますると、一廉《いつか》な大人も及ばぬと云ふほどの非凡なる弁舌《べんぜつ》を吐きまする。之《これ》に依《より》て世の人々は尾花丸をば、専《もつぱ》ら神童であると持囃《もてはや》し、皆々舌を巻いて驚いてをりました。

なんと、桃川版では、

〝馬鹿〟

であったのが、玉田版では、

〝神童〟

でございます。

何故にまたこのような差ができてしまったのかと思いまするに、これは、桃川先生の方が、玉田版に対していささか奇をてらったのではないかと思います。

と申しますのも、この講釈の歴史的な成立過程を眺めまするに、明らかに（筆者の手元にある本の出版年月日こそ、桃川版の方が古いのでございますが）玉田版の方が古い――つまり先に語られていたようなのでございます。

その根拠と申せば――

そもそも、桃川版の講釈の最初は、次のように語り出されているからでございます。

今日より講談いたしまするは、晴明御社殿《ごしやでん》と申し、京都から大坂の方では大分やかましい講釈でございまして、京都の講釈師などは、四方へ竹を立つて注連《しめ》を張《は》り、直垂《ひたたれ》を着用して、玉田《たまだ》何某《なにがし》などゝいふ人が講じまして、余程《よほど》神事を心得ませんと読めません講釈でございますが、幸ひ手前が京都に居りました時分に、其の玉田氏に教へを受けて参り、東京へ帰りまして、屢々《しばしば》講演いたしまするが、今度お望みに任せ此の講談を申し上げる事に仕《つか》まつりまする。

ここで、桃川先生が言っておられる〝玉田何某〟が、玉田玉麟、あるいはその師匠であり、この晴明ものの講談の著作者（であると玉麟先生は言っているのだが）である初代玉田玉秀斎先生である可能性は充分にございます。

しかし、誰と特定できないのは、そもそもこの玉田なる名前は、講釈師のひとつの芸の血筋、あるいは家の名でございまして、実に何人もの玉田先生がおられるのでございます。

玉田版『安倍晴明』の最初には、

〝是れは斯《か》く申す玉麟の師匠故人玉田玉秀斎が著作致しましたる玉田家十八番の読物でございます〟

と書かれております。

まあ、つまり、関西で盛んに講釈されていた玉田家の『安倍晴明』があって、それを、東京の講釈師である桃川實先生が、玉田家のどなたかに弟子入りをするか、出稽古《でげいこ》のようなことをして、教わり、それを東京に持ち帰って、自分流にアレンジをし、語っていたのではないかと、このようなことが見えてくるのであります。

そこで、東京において自分流にアレンジしたものが、桃川版『安倍晴明』になったのではないかと、わたくし、かように考えているわけなのであります。

このアレンジをした部分がつまり、今我々が問題にしている、

〝赤毛の晴明（尾花丸）〟

ではないかとわたくしは考えているのでございます。

赤毛の晴明を創作したのは、東京の桃川先生であると思うのですが、これは推測であり、確実なものではございません。

〝おれも天下の桃川じゃ。何も玉田流の通りにやる必要はないわい。ここはひとつ、おれ流の晴明をば演《や》っちゃるか〟

そのような発想があったかどうか。

ま、ここはひとつ、推測通りということで話を先に進めますが、桃川先生、勢い込んで若い晴明を、赤毛のとんでもないちんちくりんの人間にしたところまではよかったのですが、なんとこれがその場限りであり、この後、この発想が少しも物語に生かされていないのであります。

しかし、よくよくわが身をかえりみれば、小説家にも、実はこのようなこと、あるのでございます。

書いているうちに、思わず筆が滑り、お調子者の作家が自らの筆にのせられて、実にとんでもないキャラクターを創ってしまう。その時は、勢いで書いてしまったが、ややややや、予定した本編のストーリーを考えてみるに、こんなキャラクターの出番がどこにあるのじゃ――キャラクターの方が凄すぎて、予定していた物語設定の中では主人公

が動ききれないではないか、等々――

桃川版も玉田版も、もう少し先へ進めば、これほど違っていた晴明のキャラクターがあっという間に似たような人物になってしまうのですが、ひとまず、ここは、どちらの晴明（尾花丸）像をとるべきか。

ううむ。

と考えているうちに、ひとつのことに筆者は気がついたのであります。

それは、

〝玉田版の方には、尾花丸の外見についての描写がほとんどない〟

というものであります。

よろしい。

ならば、外見は桃川版、中身は玉田版でやってみようではないか――。

こう思った時に、さらにその考えがとんとんとエスカレートしてゆき、わたくしの頭は次のような思考過程を経て動いていったのでありました。

悪ノリしてゆく時の作者が、どのような思考を経てひとつのキャラクターを創ってゆくかは、読者の方々もおおいに興味があるかと思いますので、ここで、ひとつ、それを再現してみましょう。

①外見は桃川版（赤毛・悪ガキ）、中身は玉田版（ハンサム・秀才）。

←

②このふたつを一緒にして、しかも別々にする。二重人格の晴明。
③危機におちいると、その危機に応じて、どちらかの晴明が出てくる。
↓
④いっそ、晴明は、変化の術によって、このふたつの人格を使い分けていることにする。
↓
⑤実は晴明はふたりいた。
↓
⑥しかし、あまり本編から掛け離れたキャラクターにすると、予定していた話の中では晴明のキャラクターがうまくおさまらなくなってくる。
↓
⑦やはり、やめよう。
↓
⑧しかし、ここまで来てやめるのであっては、お調子者の作家として、少し臆病すぎるのではないか。
↓
⑨なんらかのかたちで、今考えたことは、本平成講釈の中で生かすべきである。
↓

⑩よし。　←
⑪とりあえずこの思考の動きを本編の中で書いてしまうというのはおもしろいではないか。　←
⑫よし。　←
⑬だが、書いてしまうとして、キャラクターをどうするのかという問題は解決していないではないか。　←
⑭なーに、心配はいらない。書いているうちに、なんとかなる。　←
⑮よし。　←

というような思考過程を経て、今、これを書いているというわけなのであります。

ここまで考えが至るのに、ほぼ、十秒くらいであります。

これは、ほぼひとつの考えとして、瞬時に頭に浮かんだものであり、その内容を、細かく検討してみると、このような思考の過程を経ているのではないかという、そういうことなのであります。

しかし――

実際に自分の思考を書き記してみるというのはおそろしいことでございます。

なんと、書いておりまするうちに、わたくし、とんでもないよいアイデアを思いついてしまったからでございます。それがどのようなアイデアかということは、ここではむろんのこと書くわけにはゆきません。それは、本編の方にて書くべきものだからでございます。

どのようなものか。

それは、これからの物語にて講釈することになります。

(三)

さて――

尾花丸、生まれた時より、尋常の子でないのは、桃川版と同じでございます。

この世に生まれ落ちた時より、髪は色濃く生えており、しかも真っ赤でござりました。

しかも、犬歯が二本大人のごとくにきちんと生えておりました。

その顔つき、幼少より大人びており、見るからに赤子のようには見えません。

力も強く、悪ガキで、四歳、五歳の頃から近所の七歳八歳の子供たちを従え、犬と見れば捕えて殺し、その肉を啖《くら》うという、たいへんな悪ガキでございました。

さすがに、この尾花丸のことを心配して、ある時、保名と葛子姫は、なんとかこの子がまともに育つようにと、信太明神に参拝にゆくことにいたしました。

保名と葛子姫、五歳になる尾花丸を連れて家を出、信太明神に向かって歩いておりまするおり、ふいに（とここから夢枕流となってくるのでございますが）、

「うまそうなものがおる」

尾花丸、近くのくさむらを見やって、にやりと笑うではありませんか。

見ているうちに、尾花丸、くさむらの中に飛び込んで、その中より一匹の蝮《まむし》を掴《つか》みあげました。

蝮というのは、尾を掴めば、頭を持ちあげて、掴んだ手を嚙むことができる、たいへんにやっかいな蛇でございます。青大将などは、尾を掴んで上から吊るせば、頭は手のところまで届かないのですが、蝮はそれがとどくのでございます。

その蝮の首を掴み、尾花丸、父母の見ている前で、その歯で蛇の身体に嚙みつき、びりびりと皮をめくりあげ、まだ動いている蛇の肉を、生のまま、ばりばりと喰べ始めてしまいました。

これには、保名もおおいに驚き、葛子姫は怖ろしさのあまり、そこで気を失ってしまわれました。

「いや、本当に、まったくとんでもない子供になってしまった。いったい、尾花丸が大きくなったら、どのような大人になるのやら――」

と、夫婦、保憲共に、尾花丸の行く末を案じていたのでございます。

そういったある日のこと、尾花丸の家の前を、白衣、白髪の老人が杖を突いて通りかかり、軒のあたりを見やって、

「はて――」

と、足を停めたのでございます。

「もうし、もうし――」

と、この老人、家の中に声をかけました。

「はい」

と、出てきたのが、尾花丸の父である、安倍保名でございます。

「この家《や》には、雲気《うんき》がございまするな」

と、老人が申します。

雲気、と申しますのは、早い話が何やらの〝気〟の一種でございます。気配のようなもの。

何やらの気配のようなものが、もやもやと、この家の軒に立っているのであると、老人は言うのであります。

むろん、保名は仮にもその道の学問を学んだもの。雲気と言われて、それが何であるかと問うような真似はいたしません。雲気の何たるかは心得ております。しかし、これまでに、ただの一度もその雲気を見たことがないだけでございます。

「これは、赤い雲気、赤気《しゃっき》でございますな」

と老人は言う。

その赤気が、地より軒まで、さらにはその上まで、大いに光りながら立ち昇っているのであると。

「これほどの赤気、初めて見申したぞ」

老人、賛嘆《さんたん》の声をあげる。

「赤気と言えば、これは、赤龍《せきりゅう》であり、これはつまり、帝《てい》の気でございますな――」

言われて、軒のあたりを見やるが、保名にはその老人の言う赤気が見えない。

見えないが、勉強はしているので、老人の言う意味はわかります。

「赤気と言えば、同じ雲気が、かの漢王朝の祖であられる、劉邦《りゅうほう》の生まれた家にも立ったとか」

「左様、これは王《おう》の気でございまするな」

と、老人は言う。

保名が問えば、

「それが何か？」

「強すぎまするな」

「強すぎる？」

「はい。これほど強い赤気を野放しにしておいては、やがて、その気が本人を滅ぼしかねませんな」

「本人を？」

「この赤気、まだ若い。この家にお子はおありかな」

「はい。今年五歳になる息子がございまするが――」

「その子は？」

「ただいま、家の中で眠っておりまする」

「眠っていて、これだけとは、いや、末おそろしい」

「おそろしい？」

「帝《てい》となればこの国を支配し、天地の道に入れば、鬼神をも支配いたすこととなりましょう。しかし、これだけの赤気を持つことを知られれば、時の帝《みかど》に生命をねらわるるやもしれませぬ」

「そんなに――」

「赤と言えば、これは五行で言えば土。これはまさに、土《つち》の帝《みかど》――」

むろん、秀才であった保名には、老人の言うこと、全て呑み込めます。

陰陽五行説というのがございます。

これによれば、色彩は、次の五つに分けられます。

青。

黄。

赤。

白。

黒。

同じように、この世の万物、全てのものもまた、五つの要素、元素によって成り立っているのだと、陰陽五行説は言うのでございます。

すなわち——

木。

火。

土。

金。

水。

この色彩と五元素とは互いに対応する関係にあって、〝赤〟と〝土〟とは、ま、ひとつのものとは申しませんが、おおいに共通するものなのであるということになっているのでございます。

〝赤は土である〟

これは、陰陽五行説としては、まさにイコールの関係にあると考えてよいのであります。

でありますから、保名は、老人が〝土の帝〟と口にした背景にあるものを全て理解した上で、

「尾花丸が帝になるだなどと、そのようなおそれ多いことを言わないで下さいまし」

怯えたようにそう言ってしまったというのも、うなずけることでございます。

「この赤気、今のうちに、お子の身の内に封じておくが、その子のためであろう」

と、そのように老人は言うのでございます。

「どのようにして——」

思わず、保名も、身を乗り出すようにして老人に訊ねておりました。

「されば――」

と、老人の言うには――

「この日より、七十二日間、息子を連れて信太大明神の社に参拝し、その度に、ひとつまみの土を社に盛って、泰山府君《たいざんふくん》に祝詞《のりと》をあげなさい。さすれば、この赤気、子が身の内に封じられ、めったなことで、表に出ることはあるまい……」

と。

この泰山府君、中国は東岳泰山の神であり、道教の神でございますが、仏教が入ってきてからは、閻魔《えんま》大王麾下《きか》の地獄の十王の一人として民間にも広まったりしたのでございますが、天台宗の円仁和尚が中国から勧請《かんじょう》して比叡山麓にまつった赤山明神はこの神だとも言われております。

ちなみに、七十二というのは、一年分の日数である三六〇（この当時、一年は三六〇日と考えられておりました）を、五という数字で割った数であり、七十二とはすなわち、赤でござります。

さらについでに書いておけば、この泰山府君をまつるお祭り、泰山府君祭は、土御門《つちみかど》大路《おおじ》の安倍家が後にもっとも得意とした祭りでもございます。

「ありがとうござりまする」

と深ぶかと保名が頭を下げ、次に頭を上げた時には、件《くだん》の老人の姿は、もうどこにもございませんでした。

　これは、先日祈った、信太大明神の化身であったかとあらためて手を合わせ、さっそくその日より、八九《はちく》の七十二日間、信太大明神に参拝して老人の言われた通りにいたしましたるところ、ほどなく、嘘のように尾花丸の赤い髪は、普通の子と同じく黒い髪となり、性格も粗暴でなくなり、前回においてもお話し申しあげましたように、一を聞いて十を知り、十を知って百を悟るという、秀才となってしまったのでございました。

　さて、この尾花丸が、都へゆくと言い出したのは、時に、天慶四年、十三歳の時でございました。

（四）

　頃しも、三月十日、安倍野の桜もちらほらとほころびかけてまいりました頃——

　尾花丸、森の中で近在の子供を集めて戯事《いたずらごと》をして遊んでおりました。

　尾花丸、手に棒きれを持ちまして、仲間とそれで打ち合っておりましたのですが、ふいにその手を止めて立ち止まり、一本の杉の樹のあたりを見やりました。

　急に動きを止めるとは、仲間の子供も思ってはおりませんでしたから、振り下ろした棒が、尾花丸の額に当たってしまいました。てっきり、尾花丸がよけるものとばかり思っておりました相手の子供は、驚いてしまいました。

　尾花丸の額へ、髪の毛の中から、つうっ、とひと筋の血が流れ出してまいりましたから、打った子供はもう、びっくりでございます。

「お、おい。大丈夫か、尾花丸——」

声をかけましても、尾花丸、返事をいたしません。

放心したように、杉の樹の方を見つめ、

「はあ――」

「なるほど」

「左様でござりまするか」

ぶつぶつと、何やらうなずいたり返事をしたりしております。

子供たちは、気味悪がって、ひとり居なくなり、ふたり居なくなり、ついには、そこに残ったのは尾花丸ひとりでござります。

「わかりました」

と杉の樹に向かってうなずき、尾花丸、走って家にもどりますと、家では保名、葛子姫の両親も、加茂保憲も、そろって門の前まで出てきたところでございました。

というのも、たった今、尾花丸の遊び仲間がやってきて、

「尾花丸の気がヘンになった」

と、報告していったばかりだったからでございます。

「おばちゃんのところの尾花丸、杉の樹に向かって、うなずいたり、しゃべったり、独り言を言ってるばかりで、こっちの言うことなんか、まるで聞いてないんだよ」

さあ、たいへんとばかりに、一同で門まで出ていったところへ、ちょうど尾花丸が帰ってきたというわけでございます。

「まあ、その血はどうしたの」

尾花丸の額に流れている血を目ざとく見つけたのは、母親の葛子姫でございます。もう乾いているとはいえ、血は血でございます。尾花丸を家に入れ、血をぬぐい、頭を調べてみれば、どうやら掠《かす》り傷。ほっとしたところへ、尾花丸、かしこまって両親の前に坐し、両手を突いて申すには

「父上様、母上様、私はただ今より都へ上《のぼ》りとうございます。何卒《なにとぞ》お暇《いとま》を給《たま》わりまするよう……」

これには、保名も、葛子姫も、保憲も、驚きました。

「いったい、突然に何を言い出すのじゃ――」

保名が言うと、

「はい」

とうなずき、

「実は、最前、森で遊んでおりましたるところ、声が聴こえてまいりました」

尾花丸は神妙なる顔で語りはじめました。

「これ、尾花丸よ……」

尾花丸が振り向きますと、一本の杉の樹の根元に、ひとりの白い衣を身に纏《まと》った白髪の老人が杖を手にして立っております。

「尾花丸よ、そなた、かようなところで遊んでいる場合ではないぞ」

老人は言うのでありますが、どうやら、老人の姿が見えますのも、言う声が聴こえま

すのも、尾花丸ただひとりのようでございます。他の子供たちには、老人の姿が見えないばかりか声も聴こえない様子でございました。

「何故、都へ上らぬのじゃ」

「はあ――、都で、ござりまするか」

「いかにも」

「さて、また、いかなる理由で、都へわたしが上らねばならぬのでござりましょう」

「畏《おそ》れ多くも、ただいま帝は、御悩《ごのう》にてましまする故――」

「天子様が御悩と？」

御悩《ごのう》――御悩《おんなやみ》と書きまして、これは、御病気のことでございます。

「左様。ただ今、長《なが》の御煩《おんわずら》い。叡山延暦寺《えんりやくじ》にあっては、大僧正が緋《ひ》の衣を襷《たすき》のごとくになし、護摩《ごま》を焚《た》き、刺高数珠《いらたかじゅず》を押し揉んで、御悩御平癒《ごのうごへいゆ》を祈り奉《たてまつ》り、或は上加茂大神、下加茂大神、愛宕山大権現《あたごやまだいごんげん》または吉田神社、石清水八幡宮《いわしみずはちまんぐう》の神官が、いずれも昼夜の分かちなく祈《き》禱《とう》をなし、祈り奉るといえども、御全治《ごぜんち》の御徴《おんしるし》もなし。殊《こと》に御所内にあっては、天文博士蘆屋道満《あしやどうまん》といえる者が、天神地神《あまつかみくにつかみ》を祈り居《お》れども、これまた、その功《こう》なし。尾花丸よ、もし、汝《なんじ》が都へ上り、帝の御悩を御平癒いたさば、安倍家の再興、この時に成るであろう――」

このように、白髪の老人が尾花丸に言ったとのことでございます。

保名は思わず身を乗り出して、

「なに、安倍家の再興とな？」

尾花丸に問いかけました。

「はいそのように」

「シテ、その老人、どのような風体《ふうてい》であった？」

保名に問われて、尾花丸が答えるのをよくよく聞けば、これは、尾花丸五歳のおりに、表に現われて、〝赤気〟の話をしていった老人とそっくりでございます。

「さては、信太明神様が、また現われて、安倍家再興の時来たれりと、お教え下されたのか――」

この世の人でない――

さすれば、尾花丸に見えて、他の子供たちにはその姿が見えなかったということも合点《がてん》がゆきます。

十三歳の若さとはいえ、尾花丸、天才であります。

加茂保憲、安倍保名の教えのことごとくを、今やその身に備えております。

「信太明神の御加護ありというなれば、これは心強い。そなたが都へ上りたいというのであれば、もちろん喜んで送り出しもするが、しかし――」

と、安倍保名、腕を組んで、

「そなたは、都は初めてなれば、たどりついても泊まるところもなく、大いに困るは必定《ひつじょう》」

「はい」

「そうじゃ。五条坊門堀河《ごじょうぼうもんほりかわ》に、参議宰相小野好古卿《さんぎさいしょうおののよしふるきょう》と申す御方《おんかた》がある。これは、我《われ》が都にて学問修業中、何かと我を可愛がってくれた御方じゃ。好古卿をたよるがよかろう」

保名が言えば、

「おう、それがよい。好古卿と言えば、我らが都で暮らしていたおりの友人《ともがら》であり、我ら親子が、相模国《さがみのくに》車座を立ち出でて、この安倍野までゆくことができるよう、色々と取りはかろうてくれた御方じゃ」

と、保憲が言います。

では、好古卿のお屋敷を、ひとまず訪ねてゆこうということに話はまとまりました。

おちぶれましたる昔の友人が、ある時、いきなり訪ねてまいりますというのは、昔も今も、あまり喜ばれることではございません。

たとえば二十年後、

「あのう、もうし、すみません、ちょっと——」

ぺこぺこと卑屈《ひくつ》に頭を下げながら、初老の男が『中央公論』の編集部へやってきたりするわけでございます。

「なんですか、あなた？」

「ほれ、お忘れでございますか、ユメマクラでございますよ、ユメマクラ……」

「ユメマクラ？　知らんなア」

「ほらほら、『魔獣狩り』とかいう本で、一時派手に売り出したこともある、あのユメマクラでございますよ」

「そういえば、いたかなア、そんなのが」

「ああ、嬉しい。少しでも思い出していただけましたか」

揉《も》み手をしながら、

「ほらほら、おたくでも昔、書いてたことがあったじゃありませんか。『平成講釈安倍晴明伝』、あれでベストセラーをかっとばして、一時はおたくを潤わせたこともありましたのですよ。はい――」

「で、そのユメマクラが何の用なの?」

「へい、御用聞きでございます」

「は?」

「何か、原稿の御注文でもあればと思いまして。何でもやりますですよ。連載を一本、小説をひとつなどと、畏《おそ》れ多いことは申しません。読者投稿のリライトでも、目次のリードでも、次号お知らせでも、何でもやります。原稿料もお安くしておきますです。原稿書くのも早いです」

「嘘を言うなよ。思い出したぞ。おまえ、原稿を遅らせて、輪転機止めたこともあったよなア」

「まさか、そのようなことは――」

「仕事なんかないない。帰れ帰れ」

「いや、お願いします。あ、そうだ。そろそろお昼じゃありませんか。お食事でもしながらお話を――」

「だめだめ」

「あ、ラーメンでもいいです。ギョーザでもどうですか——」
などということがあった日には、仕事になりません。
昔、おれがあいつの面倒を見てやった。
あいつが出世したのは、おれが昔あそこへ口をきいてやったからだ。
十年前、新橋であいつに牛丼を奢《おご》ってやったではないか。
金がなくて困っているあいつに、千円貸してやったのはおれだ。
等々の、ささやかなつながりを、象をもつなぐ鎖のごときものと思い込んで、
〝金を貸してくれ〟
だの、
〝飯を奢れ〟
だの、
〝仕事をくれ〟
だの、
〝一晩泊めてくれ〟
だの、
〝銀行強盗をやるので手伝え〟
だの、
〝あそこの女を犯したいから、足を押さえてくれ〟
だのと、ある日ふいにやってきて頼まれるというのではたまらないものがあります。

しかし、さすがは平安時代――

人情紙風船のごとき現代とはまた違います。

加茂保憲先生、よほど好古卿と仲が良かったか、それでもなければかなりの弱みを握っていたに違いありません。

では好古卿にお世話になろうと話はまとまってしまいました。

「それでは、父上さま、母上さま、大爺《おおじい》さま、私、これより都へ上り、帝の御悩を平癒し奉り、吉報を持ってまいりますので、しばらくお待ち下されませ」

そう言って、尾花丸、都へ上っていったのではござりました。

（五）

さて――

あちらこちらと道を訊きながら、尾花丸、ようやく都へたどりつきました。

京の都、道――つまり大路小路が碁盤の目のようになっているから、人に道を訊ねるのも分かり易く、ほどもなく、尾花丸は五条坊門堀河までやってまいりました。

さて、小野好古卿のお屋敷はどこであろうかと尾花丸が辺りを見回しておりまするると、

「アイヤ、其所《それ》へ参られましたるは、津の国は安倍野の里に御座《おわ》しまする安倍保名公の若君、尾花丸殿ではござりませぬか」

後方《うしろ》から声をかけてくる者があるではございませんか。

尾花丸が振り返りますと、そこに、ひとりの下僕風の男が立っております。

玉田版によれば、この時の尾花丸の返事がなかなかのもので、

「其方《そのほう》は何者であるか」

と、なかなか態度が大きゅうございます。

ここはひとつ、十三歳らしく、

「いかにも、私尾花丸と申しますが、どなたでございますか」

かような返事がよろしかろうと思われます。

問われた下僕風の男、

「私は、あれにあるお屋敷に住んでおられる参議宰相小野好古卿の家来で野干平忠澄《やかんべいただすみ》と申す者」

「その野干平忠澄殿が、何故に、我《われ》を尾花丸と知ったのでござりまするか」

「我が主人、小野好古卿が、ここにて尾花丸殿をおむかえするように申されたからじゃ」

「はて、では何故に小野好古卿が、私がここにやってくることを御存知であったのでしょう」

「さればよ。我が主人好古卿、昨夜、不可思議なる夢を御覧になられた――」

「どのような夢でござりまするか」

「夢枕に、白衣を着た白髪白髯《はくはつはくぜん》の老爺《ろうや》が立ち、申すには、

〝これ好古。近々のうちに、津の国安倍野より、一人の童子が都へやってまいる。この者は、ぬしも知っておる安倍保名が子息の安倍尾花丸と申す者。この者を、汝が屋敷に

寄宿させ、帝の御悩平癒の祈禱をさせよ。この尾花丸、都に来たらば、五条坊門通りにやってくるはずであるから、そこにて待つがよかろう〟と。さすれば、我《われ》がこの場所にて待っていた次第。本日、これを往来する者たちを眺めているうちに、これはと思う童子を見つけたので、声をかけたのであるが、尾花丸殿に会えて本当にようござった」

しみじみと言うではありませんか。

「さすれば、お屋敷まで御案内申しあげまする」

野干平忠澄、そのように言って、先に歩き出しました。

尾花丸がついてゆきますと、野干平忠澄、とあるお屋敷の門前まで来ると、立ち止まりました。

尾花丸が見あげますと、門の上の屋根には草がぼうぼうと生茂《おいしげり》、御門そのものは、竹をもって十文字に結《ゆ》い固《かた》めてございます。

はて、我、津の国を出でし時、父母より五条坊門の、小野好古卿を訪ねるようにと仰せつかったが、これはなんとしたこと——

〝何ぞのお咎《とが》めでもお受けになられているのであろうか〟

と思いながら、尾花丸、通用門を野干平忠澄と共にくぐって、中へ入っていったのでございます。

尾花丸を庭へ残し、野干平、家の中へ入ってゆくと、さっそく好古卿に御報告でございます。

「仰せに従いまして、ただいま津の国より参られた安倍尾花丸殿を、お連れ申しあげました」

「その者、今、どこにおるのじゃ」

「はい、庭先にて待たせてありますれば、どうですか、お会いになられまするか」

「うむ」

ということで、好古卿、庭を望む濡れ縁のところまで、奥より出てまいりました。

尾花丸、庭先の沓脱石《くつぬぎいし》の前に座して好古卿の出てくるのを待ち、

〝はは――〟

地に手を突いて頭を下げました。

「これ、そこなる童子よ、そなたが安倍保名が子息、安倍尾花丸であるか」

好古卿に問われ、尾花丸、神妙に頭を下げたまま、

「確かに私、尾花丸にてござります」

はっきりと言ったのでございました。

「わしが好古じゃ。尾花丸、面《おもて》をあげぬか――」

「ははーっ」

と、尾花丸面をあげ、好古卿はと見てやれば、髭はぼうぼうと生え、月代《さかやき》は森の如くに生え広がり、衿垢《えりあか》じみたる衣装を召《め》しておられました。

しかも、顔色を大いに悪くしておられます。

尾花丸、もう一度、ははーっ、と頭を下げてから、

「失礼ながら、好古卿におかれましては、御所より御閉門《ごへいもん》、あるいは何かのお咎《とが》めをお受けあそばされておいでてござりまするか」

子供とは思えぬ、よくできた発言でございます。

「私、父の保名より承りまして、貴卿《あなた》を御慕《おんした》い申しておりましたのでございますが、御門の様子といい、貴卿の御姿《おんすがた》といい、これはいかがあそばされましたか」

好古卿、これには一瞬言葉につまりましたが、

「我が、御所より、かようなる閉門をこうむっておるのにも理由があるのじゃ――」

はっきりと言う決心がついた様子で、口を開きました。

「先年、其方の父保名殿が、津の国安倍野に追いやられ、母とその父加茂保憲殿は、相模の国に流罪となり、夫婦が互いに遠国に隔《へだ》って暮らしておるのを不憫《ふびん》に思うたのが、そもそものこと――」

おやおや、好古卿の口ぶりでは、どうやら保名、葛子、尾花丸の両親が、この閉門には関係のあるようでございます。

「保憲殿とも保名殿とも、都におられた頃は、心やすくしていた間がら。そこで、密《ひそ》かに使いをたてて、其方の祖父と母をば津の国は安倍野の保名殿のもとまで落としてやったのだが、そのことが露顕してしまったのだ。それで、斯《か》くのごとき閉門を受けたのである」

「ははーっ」

と、尾花丸、両手を地に突き、頭を下げ、

「それを承《うけたまわ》りましては、私がここにこうして居ることは、相なりません。さらば御免をこうむりまする」

面《おもて》をあげたかと思うと、ぱっ、と表の方《かた》へ走り出して行ってしまいました。

驚きましたのは、好古卿と野干平でございます。

好古卿も、問われたから言ったまでであり、もとより隠しておけることではありません。

これこれかようなわけで閉門にはなったのだが、そのようなことは気にせずともよい。ともかく、わが屋敷に泊まってゆけと、そのように言うつもりが、そこまで言う間もなく、尾花丸が走り去っていってしまったのでございます。

「これ、野干平よ、急ぎ童子を見つけ出し、これへ連れ戻してまいれ」

好古卿に言われ、慌てて野干平、外へ飛び出してゆきましたが、もう、尾花丸の姿はどこにも見あたりません。

すごすごともどって参りました野干平、

「イヤ、どこをどう走ってゆかれたか、あとを追おうとしたのですが、モウどこにも姿が見えません」

そう報告をいたしました。

「見つからねばしかたがないが、それにしても、尾花丸がこと、いささか気になる。何かとんでもないことをしでかしそうな気がするのだが——」

好古卿、消えた尾花丸と、この先のことを思うて、その胸を傷《いた》めたのでございました。

（六）

その翌日のことでございます。

都平安城は二条通りの皇嘉門《こうかもん》の前に、尾花丸が立っております。

門前に立っていた尾花丸、そこより禁中の帝を拝するように柏手を打ち、頭をあげて、歩き出しました。

ただ歩くだけではございません。

踊るように足を前に踏み出しながら、唄のごときものを、大きな声で歌い出しました。

忽《たちま》ち去るべき災難を
知らざることの哀れさよ
奈良の都の御宇《おんとき》に
彼《か》の唐国《からくに》へ使いして
故郷を慕い彼の国に
土とはなれど霊魂は
天津《あまつ》御《み》空《そら》に留《とど》まりて
我《われ》を助けて日本《ひのもと》の
祈りの主《ぬし》こそ我なれや
祈りの主こそ我なれや

三遍続けて、大きな声でそれを歌いながら、尾花丸、なおも歩いてゆきます。

　忽ち去るべき災難を
　知らざることの哀れさよ……

声をあげて呼ばわりながら、皇嘉門の前を過ぎ、西大宮通りを北へゆき談天門《だんてんもん》の前までやってきましたが、まだ足を止めません。

藻壁門《そうへきもん》――
殷風門《いんふうもん》――
上西門《じょうさいもん》――
次に一条通りを東へゆき、
安嘉門《あんかもん》――
偉鑒門《いかんもん》――
達智門《たっちもん》――
東大宮通りを南へゆき、
上東門《じょうとうもん》――
陽明門《ようめいもん》――
待賢門《たいけんもん》――

郁芳門《いくほうもん》――

それらの門の前を過ぎ、二条通りを西へ、
美福門《びふくもん》――

朱雀門《すざくもん》――

そして、もとの皇嘉門へと歌いながらもどってまいりました。

さて、この唄、いったいどのような意味があるのかと申しますと――

〝畏れ多くも帝様の御悩を、たちどころに去らせ奉るべき法があるというのに、大勢の百官百司方《ひやくかんひやくしがた》、続いて学者もあり医者もありながら、何故にその去るべき法をもって、帝様の御悩を癒《いや》し奉らぬのか。これはまことに哀れなことである。我には、昔唐土《もろこし》へ渡って彼の土の鬼となりたる我が先祖安倍仲麿の霊魂《たましい》がつきそい、我を守っている。日本《ひのもと》六十余州広しといえども、帝様の御悩を平癒し奉ることができるのは、かくいう、この安倍尾花丸より外にはない〟

かような意味の唄でございます。

これを歌いながら、御所のまわりを回っておりまするうちに、ひとり、ふたりと見物人が現われて、その数を増やしてゆきます。

その中には、唄の意味のわかる者が何人もおりますから、

「ほうほう、この童子め、帝《みかど》の御病気をこの自分がなおすと言うておるぞ」

「え、何と言うておるとおっしゃりました？」

「だから、病気をなおすと言うておるのさ」

「誰の？」

「帝様の御悩だよ」

「うへーっ」

などという噂が始まります。

やがては、その噂、御所の内にも届いて、あちらこちらに尾花丸の唄のことが広まってゆきます。

「アイヤ、醍醐《だいご》右中弁《うちゅうべん》殿、貴卿《ききょう》、只今禁裏《きんり》への参内《さんだい》がけに、十二、三歳の童子にお出逢《であ》いなさらなんだか」

「いかにも、只今参内せしおりに出逢い申したが、何やら唄を歌っておりましたぞ——」

「どのような唄でござったか」

「さて、どのような唄であったか」

などとやっているところへ、意味のわかる公卿のひとりなどが通りかかり、

「イヤ、あれなる唄は、これこれかようなる意味の唄にてそうろうぞ」

「ほう。なになに、安倍仲麿公の血をひく者が、帝の御悩をなおすとな」

「なになに」

「いやいや、外におる童子が祈りの主こそ我なれやと申しておると言うが」

「なんとも憎いことを申す童子じゃ。我らがこれだけ苦労しておるというのに」

「これはけしからぬ」

などと言っておりまするうちに、いよいよ話は大きくなって、話は宮中へと移ってゆくのでございますが、この続きは次回の講釈にて――

（七）

尾花丸の唄でございますが、これが一日では終りません。次の日も、夜が明けるとどこからともなく姿を現わして、

忽ち去るべき災難を
知らざることの哀れさよ

とやるものですから、三日目にはとうとう宮中では知らぬ者がないという状態になってしまいました。

ついには、関白《かんぱく》の藤原忠平《ふじわらのただひら》公の知るところとなってしまいました。忠平公、左大臣の時平《ときひら》公の御舎弟《ごしゃてい》でございまして、宮中での発言力もなかなかある方なのでございます。

手近の者を呼び寄せて、

「これ。ここしばらく、妙な唄を歌いながら、大内裏の周囲をまわっている者がいるらしいが、あれはいったいどのようなことじゃ」

と訊きますと、

「実は、かの安倍仲麿公の血をひくという童子が現われて、これこれこのような次第でございます」

とこたえが返ってまいりました。

「ほほう、祈りの主こそ我なれやとな」

「はい。まことに、とぼけた戯《ざ》れ事を申す童子でございます」

「これ。仮にも童子とはいえ、帝の御悩を平癒すると申しておるのだぞ。戯れ事かどうかなど、軽々しく口にするでない」

「ははっ」

「ともかく、このまま捨て置くわけにもゆくまい。その童子の申すこと、篤《とく》と糺《ただ》してみなければならぬ」

「ごもっとも」

「藤原元方《もとかた》をこれへ呼べい」

呼ばれて、大納言藤原元方、さっそく忠平のもとへやってまいりました。

「何用でござりまするか」

「近頃、大内裏のまわりを、奇妙な唄を歌いながら回っておる童子がいるらしいが、そのこと聴き及んでおるか」

「存じあげております」

この藤原元方、かつて、山村伴雄と計って、安倍保名と葛子姫のあらぬ噂をば流し、加茂保憲共ども、この都から追いはらってしまった人物でございます。

本編におきましては、悪役でございます。

悪役《ヒール》とは申しましても、前座ではありません。

本編の主人公、安倍晴明の敵役《かたきやく》を張るだけの人物ですから、余計なことをぺらぺらとしゃべったりはいたしません。

〝存じあげております〟

のひと言を言って、忠平公の腹をさぐるように、その顔を上眼づかいに見つめております。

「存じておるならば話は早い。早速にその童子を捜し出してここへ連れてまいれ」

「はは」

「ただいま帝の御悩平癒のため祈りを捧げておるは、其方《そのほう》が推挙して、天文博士となった、播磨国印南郡《はりまのくにいんなみごおり》の出である蘆屋道満《あしやどうまん》。かの童子が歌っている、忽ち去るべき災難を知らざるというは、道満がことぞ。帝の御悩を平癒する法があるにもかかわらず、蘆屋道満はまったくそのことを知らぬと言うておるのだぞ。これはすなわち其方が、まずはその童子がことにあたるのが道理じゃ」

「忠平さま、かの童子、自分は、奈良の都の御宇《おんとき》に、唐に渡りたる安倍仲麿公の霊に守られておるとか言うておるらしいこと、御存知でありましょうや」

「うむ。その童子、そのようなこと申しておるらしいな」

「それが、安倍の血を引く者であるという意味なれば、先年都を追われし安倍保名とも、何やらつながりがあるやもしれませぬ」

「もし、それが本当ならば、都を追われたことで、帝を恨んでの、今回の仕儀かもしれませぬ」

「あるやもしれぬな」

「裏に保名がおるというか」

「聴けば、まだ、十二、三歳の童子とか。本人の意思でこれをやっているとも思えませぬが――」

「なるほど――」

「さらに申しあげれば、安倍仲麿公に守られておるなど、嘘であるやもしれませぬ」

「なにかのたくらみがあると？」

「はい。それも、今申しあげたように、恨みの筋であれば……」

「うむ」

「帝に恨みがあるにしろ、かつまた、ただの世間を騒がせたいだけの嘘にしろ、これは、帝の御悩に関わることだけに、ゆゆしきことにてござります」

「たしかに――」

「童子が、もし、連れてこられるのを拒んで逃げようとしたり、抵抗したりした場合は、そのいずれかと考えて、斬り捨ててしまってもかまいませぬか」

「む――」

「もしもむこうが、悪しきこと為さんとの意志があらば、こちらもそれほどの覚悟がなくば、童子を連れてくることかないませぬ。もし、力をもちて向かってこられたら、こちらも応戦せねばなりませぬ」

「何を大袈裟な」

「仮にも、大内裏にてあのような唄を大声で歌い、我が推挙いたせし道満を愚弄《ぐろう》する者でござりまするぞ」

「む――」

「むむ」

「かまいませぬな」

「かまいませぬな」

念を押すように言われ、ついに忠平公も、う、うむとうなずかれたのでござりました。

さすがは、悪役《ヒール》をやっている藤原元方、こういう場面でぬかりはありません。

少しでも、噂の童子に怪しき態度やふるまいがあれば、たちまち斬り捨ててしまう覚悟のようでございます。何もなくとも、ともかく斬り捨ててしまえば、後でどのような理屈もつけられます。

というわけで、藤原元方、家来の者四人を連れ、自らは輿《こし》に打ち乗って出かけて行ったのでございました。

さて、一行は、童子がよく現われるという皇嘉門の前までやってまいりましたが、そこに話のような童子の姿は見えません。

「捜せ」

と、元方、家来に命じましたが、すぐに思いなおし、

「イヤ、待て」

動き出そうとした家来たちを押しとどめました。

御所の周囲を回りながら、あの唄を歌っているのなら、この場所で待っていれば、やがて童子がやって来るであろうと元方は考え、

「しばらくここを動くでない」

そう言いました。

待つほどに、やがて、朱雀門の方角から、噂の唄が聴こえてまいりました。

忽ち去るべき災難を
知らざることの哀れさよ

だんだんとその声が近づいてまいります。

元方、輿より眺めますと、あちらの方角から、多くの人の集団がこちらに向かって歩いてくるではありませんか。その人間たちの中に、何やら手足をおもしろおかしく動かしては踊っている者がありります。

よく見れば、それはひとりの童子であり、踊りながらあの唄を歌っているのでございました。

奈良の都の御宇に

彼の唐国に使いして
故郷を慕い彼の国に

人々は、この歌いながら踊る童子の姿がおもしろく、その後につき従いながら、それを眺めていると、どうもそういうことであるらしいのでございました。

土とはなれど霊魂は
天津御空に留まりて
我を助けて日本の
祈りの主こそ我なれや
祈りの主こそ我なれや

やってきた童子が充分近づくのを待って、

「ゆけ」

元方は輿より声をかけました。

たちまち、わらわらと四人の家来が飛んでゆき、童子を取り囲みました。

童子に従ってきた見物人たちは、何ごとかと脇へのいて、事の成りゆきを見守っております。

「これ、そこな童子よ、待て」

家来のひとりが声をかけますと、童子――尾花丸はくすくすと含み笑いをして、

「わたくしは、ちゃんとこうして待っているではありませんか。何か御用ですか」

と、少しも動じた風はございません。

「その方、名は何と申すか」

「もちろん、わたくしにも名はござりまするが、人に名を訊《たず》ぬる時は、まず自らが名のってからというのが礼儀というものではございませぬか」

童子とも思えぬ大人びた発言でございます。可愛くございません。

思わずたじたじとなった家来衆、

「我らは、正二位大納言藤原元方の家来じゃ。その元方さまが、おまえに話があって、わざわざここまで来られたのだ。あれなる輿に、元方さまがお乗りになって待っておられる。早々に顔を出せい」

言いながら、腕を摑んでひこうといたしましたが、家来の伸ばした手をよけて、尾花丸はさっと身をかわしました。

「逃げるか」

家来の者たちは、なおも逃げようとする尾花丸を捕らえようといたしますが、右へ左へと尾花丸が素速く身をかわすものですから、なかなかつかまりません。

「ええい、こやつ、抵抗するか」

家来衆の一人が、腰にした刀の柄に手をかけました。

「待て待て――」

輿よりこれを眺めていた元方、慌てて声をかけ、これをとめました。手むかえば斬ってしまってもよいと家来には言っておりますが、それも時と場合によります。

こんなに大勢の人の見ている前で、童子を殺《あや》めたりしたのでは、都中に自分の悪い評判が広まってしまい、そうなっては、今度は自分が失脚してしまいます。融通のきかない上司を持った部下も苦労いたしますが、融通のきかない部下を持った上司もまた、苦労するのでございます。

元方、輿より降りて、童子の前まで歩いてゆき、

「コレ童子よ。わしが藤原元方じゃ」

そう言いました。

「我が名のった上は、其方も名を名のらぬか」

そう言ったものですから、これには童子も名のらぬわけにはゆきません。もとより、尾花丸にしても、自分の名を隠すつもりはございませんから、

「尾花丸と申します」

正直に答えたのでございます。

「では、尾花丸よ。今の唄を聴くに、奈良の都の御宇に唐の国に使して彼の地に果てたといえば、かの安倍仲麿公のことか」

「いかにも。我は安倍仲麿の九代の孫《そん》安倍保名が息子、尾花丸なり」

「聴けば、御門の御悩をたちまち平癒する法をそちは知っておると申しているが、それ

は本当のことか」

「いかにも存じております」

「しからば、これは君《きみ》の御為《おんため》であるじゃによって、其方これより我と共に御所内に参って、陰陽頭《おんみようのかみ》蘆屋道満に、その法のこと語って聴かせい」

すると、尾花丸、にっと笑って、

「では、蘆屋道満さま、この尾花丸の弟子になると、そういうことでござりまするか」

「何を言うか。蘆屋道満は、従五位の身であるぞ。何でそれがそなたの弟子にならねばならぬのじゃ」

「そもそも、陰陽の道と申しますのは、師より弟子に伝えられるもの。何故わたくしが、弟子でもない方に、この法を授けなければなりませぬのか」

「これは、わが帝の御悩に関わることぞ。一刻も早く、帝の御悩を平癒し申しあげねばならぬ時に、そのようなことを申して逃げるとは、さては、ぬしは、帝の御悩を治す法があるなどと嘘をついておるということじゃな」

元方、尾花丸を追いつめました。

見物人も多くおり、その者たちに聴こえるよう、声も大きくいたしました。

尾花丸の返答の次第によっては、この嘘つきめ、帝を愚弄するかと、今度こそは人前であっても斬り捨ててしまって良いことになります。

「さあ」

と、つめよられ、

「嘘ではございませぬ」

尾花丸は答えました。

「では、その法のことをここで申してみよ」

「元方さま。元方さまは、真に帝の御悩のことを御心配なされておいでですか」

「いかにも」

「一刻も早々に帝の御悩を平癒し奉るおつもりでございますか」

「むろん」

「なれば、何故、これまでの祈禱にもかかわらず、いっこうにその効果《しるし》の現われぬ道満にその法を授けよなどと申されるのでござりまするか」

「――――」

「この法、一朝一夕で身につくものではございません。何年もの修業あってようやく身につく秘法でござります。道満さまなれば、何年もいらず、ひと月、ふた月でこの法を身につけてしまうことも、もしや、あるやもしれませぬ。ことによったら、十日で身につけてしまうやもしれませぬが、たとえわずかにしろ、道満さまがこれを身につけるのに時間を費《つい》やされれば、それだけ、帝の御悩は深くなり、もしやのことがないとも言えませぬ。元方さまが、真に帝のことを御心配あそばされておられるなら、なぜ、その法をもって帝の御悩を平癒してみよと、この尾花丸に命じませぬのか。その上で、なお、帝の御悩が平癒せぬとあらば、その時にはこの尾花丸、嘘つきとののしられても、たとえそれで殺されることとなったとしても、もんくの言える筋合ではございませぬ。いかが!?」

なるほど、言われてみれば、尾花丸の申すことはまことの道理。

さすがにその理屈は元方にもわかります。

もし、誰もこの光景を見ておらぬのであればどうにでもなりますが、これだけ人が多くいたのでは、どうにもできません。

帝の御悩平癒を楯にして、逆に元方の方が追いつめられてしまったかたちとなります。

それはならぬと言えば、自分が帝の御悩平癒を願っているというのは嘘という噂もたちかねません。

よしと言うのも、これは、この尾花丸が何を考えているのかということがよくわからぬうちは、なかなかに危険なことでございます。

もしも、保名が背後にいてこれを策しているのであれば、その恨みがむけられるのは、当然自分たちでございます。

むむう——

と、元方が返答に詰まったところへ、すかさず、

「もしも、御用のむきがあらば、わたくし、五条坊門小野好古卿のお館《やかた》におりますれば、そちらの方へいつなんなりとお声をおかけ下されますか」

尾花丸、言うだけ言うと、ぺこりと頭を下げて、たちまち走るようにその場を立ち去り、姿を消してしまったのでございました。

（八）

数日ぶりに姿を現わした尾花丸を屋敷へあげると、

「御心配をおかけいたしました」

尾花丸、好古卿に深ぶかと頭を下げました。

「これまでどうしておったのじゃ」

「はい。夜は神社や寺の境内に眠り、昼は御所に出向いておりました」

「何、御所とな」

「実は――」

と尾花丸が言うことに耳を傾けておりますうちに、好古卿の顔には不安の色が濃くなってまいりました。

「そのようなことを、あの元方に言うたか」

「はい」

と、尾花丸涼しい顔でございます。

「どうなるというのじゃ」

「やがて、御所からどなたかのお使者がこちらへ参りましょう」

「それで？」

「この尾花丸に、御所へ来いとのお使者でございましょうから、その時は、わたくしこう申しあげます」

「何と?」

「わたくしがお世話になっている好古卿が御閉門中に、若輩のわたくしのみが呼ばれて御所に上るわけにはゆきませぬ。ゆくのであらば、好古卿共ども参るのが、筋と存じあげまする。お使者をおたてになられたお方も、好古卿のお話をあわせてお聴きになられたいのではありませぬか——と」

「それで——」

「それで、好古卿の御閉門は解かれることとなりましょう」

「本当か!?」

一瞬、悦《よろこ》びの色がその顔に浮かびはしたものの、また、好古卿の顔は、もとのように不安の色を浮かべたのでございます。

御所へ呼ばれるということは、この尾花丸に本当に帝の御悩を癒す力があるかどうか試されるということでございます。

試されて、もし、それにしくじれば——

「むうむ」

と腕組をしたところへ、

「好古さま」

と、傍より声をかけたのは、野干平忠澄でございます。

「この尾花丸が、あの安倍保名の息子であることはすでに御承知のこと。安倍保名も、その師である加茂保憲も、並ぶ者なき陰陽術の達人でございました。しかも、この尾花・

丸と出会えたというのは、好古さまが見られた夢のお告げからでござります。夢に現われし白髪白髯の老爺こそ、尾花丸の話では、信太明神の化身とのこと。ここはひとつ、尾花丸をお信じなされてはいかがでしょう」

「むう」

「尾花丸、閉門中の好古さまに迷惑がおよぶのをおそれて、自ら屋敷を出、神社の境内に寝泊まりをいたしていた者。その尾花丸がわざわざもどってきたというのは、すでにそれなりの心づもりがあってのことでございましょう」

野干平忠澄が、心のこもった説得をいたしまして、ついには好古卿も覚悟を決め、

「お使者が来るとすれば、そう先のことではあるまい」

立ちあがり、

「コレ、身を清めるぞ。湯浴みの仕度をせい。屋敷内も、どなたが来られてもよいように清め、庭の草も毟《むし》っておけい」

声高らかに叫ばれたのでございました。

（九）

さて、こちらは御所でございます。

奥の一室にて、忠平公と元方卿がむかいあって話をしているところでございます。

元方卿、ここでは、役人として最善の策をとることにいたしました。

つまり、自分で判断をせず、下駄をそっくりそのまま忠平公にあずけてしまうという

手口に出たのでございます。

「なかなか、弁の立つ童子でござりました」

と元方が言えば、

「なるほど、その尾花丸の言うことにも一理はある」

と、忠平公、思案の体でございます。

「いかがいたしまするか」

「なれば、その尾花丸を御所に召そうではないか」

「では、帝の御悩平癒の祈禱をなせと――」

「いきなり、そういうわけにもゆくまい。どうじゃ、元方――」

「は？」

「尾花丸とかいう童子を御所に召して、陰陽頭である蘆屋道満と我らの前で祈禱術の問答をさせるというのは」

「はい」

「さすれば、尾花丸とか申す童子が、どれほどのものかわかるであろうが。帝の御悩平癒の祈禱を、その尾花丸にさせるかどうかは、その後でも遅くはあるまい」

「ごもっとも――」

と言いながら、元方、腹の中でにやりと笑ったのでございました。

いくら弁が立つといっても、相手は童子。

まさか、あの蘆屋道満と問答をして、これに勝てるだけの器量ありとも思えません。

蘆屋道満の博識ぶりも、その頭の良さも、呪法の腕も、よく知っております。

「では、そのようにとりはからいましょう――」

「早速に、好古卿の屋敷に使者をたてい。そうじゃ、好古卿はただいま閉門中の身であったな。なれば、一時閉門をとき、自らも童子と共に御所に参内せよと伝えい」

さすがは忠平公、あっという間にここまで考えつき、

「そうと決まれば、使者の件、いそぎいそがせよ――」

これまた立ちあがって、声高らかに叫んだのでございました。


…………


ということで、いよいよこれから、安倍晴明の宿敵、蘆屋道満の登場となって、御所内で、道満対若い晴明尾花丸との問答対決でございます。

蘆屋道満は初のお目見えであり、この問答対決が、次には一大呪法合戦へと発展してゆくことになっているのでございます。

いよいよ、本編前半のクライマックスへと話はなだれ込んでゆくのでございまするが、ややや――。

すでに、今回の予定の枚数が近づいてきてしまったではありませんか。

この続きは、次回にて、この平成講釈師の夢枕が、声高らかに語りますれば、皆さま、わたくしの唾をぬぐうハンカチ、手ぬぐいなどを用意してお待ち下されたく。

第四席　尾花丸宮中にて蘆屋道満と問答せしこと

（一）

とまあいうわけで、こちらは、小野好古《おののよしふる》卿のお屋敷でございます。

今しも、忠平公からの使者が帰ったばかりであり、好古卿は尾花丸と向かい合って座し、腕を組んでの思案顔でございます。

ついしばらく前に、忠平公の使者がまいりまして、閉門を解く故、尾花丸共ども宮中へ参内せよとの御達《おたっ》しがあったからでございます。

「尾花丸には、宮中にて、蘆屋道満《あしやどうまん》と祈禱術の問答をなせ」

とのこと。

もし、この問答に尾花丸が勝てば、帝の御悩平癒《ごのうへいゆ》の祈禱をまかせるということでございます。

さて、では、この問答というもの、いかなるものにてありましょうや。

そもそも問答なるものは、宗教、それも主に仏教の方から来たものでございます。

皆さまよく御存知の〝禅問答〟という言葉がございます。

なんだかよくわからない話や会話などに出合った時に、

「禅問答みたいでよくわからん」

などという、あの〝禅問答〟のことでございます。

この問答、言うなれば、僧のひとつの修行法でございまして、チベット仏教などでも修行のカリキュラムの中にちゃんと入っております。

仏典の言葉やなんかを引用して、これは実はどういう意味か、ということなどを一方が問い、一方が答えるというシステムになっていて、これによって仏教の勉強をばしてゆくということになっているわけでございます。

わたくし、チベットの都、ラサに行きましたおり、ラマ教——正確にはチベット仏教の寺院であるセラ寺というところに立ち寄りまして、この問答の様子を見てまいりました。

あちらこちらに樹の生えた中庭に若い僧たちが集まって、それぞれに小さなグループを造り、そのグループごとにこの問答の実習をばするわけであります。

問う方が立ち、答える方が樹を背にして座る、それを、次の順番待ちの僧たちが囲んで見守っていると、ま、かような風景の中で問答が始まるわけです。

わたくしの方は、チベット語がとんとわかりませぬので、以下想像で申しあげるのでございますが——

まず、問う方が、野球のピッチャーのように片足をあげ、

「仏陀《ぶっだ》の数ははたして何人なりや？」

自分の両手を、パン、と叩き合わせながら足を踏み下ろして相手に問うわけです。

すると、答える方は、

「その数無限なり」

とかなんとか、答えているわけでございますね。

ちなみに、常識的に考えれば、仏陀というのは、いわゆるおシャカさま、つまり、ゴータマ・シッダールタただひとりなのですが、仏教には、

〝実は仏陀は何人もおったのじゃ。どうじゃ、驚いたか〟

という考え方もまたあるわけでございます。

そもそも、この〝仏陀〟というのは、賢者、つまり覚醒した人という意味であり、固有名詞ではございません。

たとえば、〝皇帝〟であるとか、〝社長〟であるとか、そういった言葉とある意味では同じであります。

別に、何人という決まりも法則もありませんので、誰が仏陀になろうが、誰が皇帝になろうが、誰が社長になろうがよいわけでございます。

仏陀とは、この宇宙の真理について悟った人ということでありますから、おシャカさま以前に、何人も悟った人がいてよいわけであり、おシャカさまが亡くなられた後に何人も悟った人がいてもいいわけであります。

仏教的予言によれば、おシャカさまが死んだ後、五十六億七千万年後に、弥勒菩薩《みろくぼさつ》が仏陀となってこの地上に降りてきて、衆生《しゅじょう》を救済《ぐさい》すると言われております。

今は、弥勒菩薩だけれども――つまり、現在は部長であるけれども、五年後には社長の椅子が約束されているようなものです。

これが、未来仏ですね。

しかし、仏陀になれるというのは、何も弥勒菩薩ばかりじゃありません。あなたやわたし、ひょっとするとそこらにいる犬や虫だって、輪廻転生《りんねてんしょう》してゆくうちに、いつ悟りを開いて仏陀になるかわかりません。みんなが仏陀となる可能性があるのであり、過去においても、多くの人が仏陀であった可能性があるわけです。

ですから、

「その数無限なり」

という答も出てくるわけであります。

もっとも、これは、わたくし夢枕獏秀斎めの創作でありますから、実際にこの問答があるかどうかはわかりません。ま、このような問答をしているということであります。

もっとも、このチベット仏教の問答にしても、禅宗の問答にしても、テキストがあり、台本がございます。

こう問われたら、こう答えなさいという、問答集でございますね。

もちろん、アドリブがいけないというわけではありません。

テキストに載っていない答を自分で答えてもいいし、質問してもいいのですが、よほどの才能のある者どうしでなければこれはやらない方がいいでしょう。

プロレスの試合で、いきなり真剣勝負をしかけるようなものであり、これは当然ながら相手にいやがられることになります。

両手を、ぽん、と叩いて、

「今鳴ったのは右手か左手か?」

などということをやっているというのが、四方は丸く納まって平和でございます。

ついでに申しあげれば、この問答という形式は、実に様々な芸能にも取り入れられており、猿楽能《さるがくのう》などにも、一曲の見世場を作るために、問答を設定したりする場合もございます。能の「自然居士」なども、ワキの人買いとの問答で、自然居士が様々な雑芸を披露してみせるというシーンがございますですね。

万歳《まんざい》にしてからが、本来は太夫と才蔵の掛合い問答で始まったものでございます。

この問答の伝統は、現在では、芸能界で〝ボケ〟と〝ツッコミ〟と呼ばれていることは言うまでもございませんね(言ってるか)。

ともあれ、この問答、宗教家どうしが、それぞれ自分のところの教義が、相手の宗派よりもどれだけ優れているかを証明しようという時などに、よくやられました。

最澄《さいちょう》などが、唐から新仏教を持ち込んだおりにも、日本の旧仏教である東大寺を中心とした奈良仏教の僧たちと、この問答をばやっております。

密室でやるのではなく、多くの文人や官人、帝や左大臣や右大臣のいる前でこの問答をやったりいたしました。この場合には、台本はございませんから、アドリブでございます。

ま、公開の宗教論争といったところでございましょうか。

キリシタンの方々が多く日本にやってきたおりも、仏教僧と宣教師が、信長の前でこの問答形式の宗教論争をやったりしています。

つまりでございます。

このほど、尾花丸と蘆屋道満との間に行われる問答というのは、基本的に本朝の伝統にのっとったものと考えてよいでしょう。

むろんのこと、台本などのあろうはずもございません。

ですから、この問答が決まったのを知って、好古卿、さきほどより腕を組んで、

「うーむ」

「うーむ」

と、唸っているのでございました。

今回、尾花丸の相手となるのは、現役ばりばりの天文博士である蘆屋道満でございます。

幼少の頃より、播磨の国は書寫山《しょしゃざん》において仏学を修め、長じては神道の道に入り陰陽の道を極めたと言われる天文暦道の学者であります。

本朝きってのインテリであり、大教養人でございます。

この道満と問答をして、勝てる者がいるとも思えません。

なるほど、尾花丸、見れば利発そうな顔をしており、その言動、大人びたところもございますが、中身は十三歳の、少年へとなりかけの子供でございます。いくら、あの安倍仲麿公の血を引く人間とはいっても、道満とは比べようもないように思えます。

「何を案じておいでですか」

尾花丸が訊けば、好古卿、腕組を解いて、

「これ尾花丸よ。閉門が解けたのは嬉しいが、問題は明日の問答のことじゃ」

「はい」

「いったい、いかにして問答に勝とうというのじゃ」

仮に、もしも勝ったところで、次は、尾花丸がかわって、帝の御悩御平癒の祈禱をせねばなりません。その祈禱がはたしてうまくゆくかどうか。

「もしよければ、今からでも遅くはない。このわたしを道満とみなして、問答のトレーニングでもしてみるか」

言われて、尾花丸。

「いいえ」

と、首を左右に振りました。

「いやか」

「失礼ながら好古さま。蘆屋道満と好古さま、どちらが陰陽の道に詳しくていらっしゃいましょうか」

「それは、むこうに決まっておる」

「なれば、今ここで、好古さまと問答いたしましても、明日の勝負にそれほどかわりがあろうとは思えません」

可愛くない言葉でございますが、その通りでございます。

もし、仮に、尾花丸がやろうと言い出しても、いったいどのように問答の練習をしたらよいのか、好古卿には見当もつきません。

今しがたの言葉は、明日のことを案ずるあまりに、思わず口から出てしまったものでございます。

「う、うむ」

と、好古卿、また腕組をして、

「なれば、いったいどうするのじゃ」

問うのに、

「何もいたしません」

「なに!?」

「明日は明日のことでございます」

「で、では――」

「明日にそなえて、今夜はたっぷり眠るというのが、最善の策かと思われます」

あっさりと尾花丸は言ったのでございました。

「いや、まことにその通りでございます」

そう言ったのは、傍にてふたりの話に耳を傾けていた野干平忠澄《やかんべいただすみ》でございます。

「この尾花丸、殿の夢枕に立った、白衣を着た白髪白髯の老爺の言葉通りに姿を現わしたこと、お忘れでございますか。どこやらの神が、尾花丸にはついているようでございますれば、ここは尾花丸にまかせてよろしいのではありませんか」

野干平忠澄の言うこともっともなれば、

「いや、あいわかった。今夜は、そちたちの言うように、ゆっくりと休むとしようか」

好古卿は、決心したようにそう言われたのでござりました。

（二）

さて、夜が明くれば、時に天慶《てんぎよう》四年三月十五日——

問答の日でございます。

小野好古卿、ここぞとばかりに衣紋《えもん》あらため、衣冠《いかん》を正しての参内でございます。

その後ろに続くのが、十三歳の安倍童子尾花丸でございます。

試合場——いえ、尾花丸が蘆屋道満と問答対決する場所は、清涼殿《せいりようでん》でございます。

このふたりの対決をひと目見んものと、早天より、清涼殿には多くの人が集まっておりました。現代に比べて娯楽の少ないこの時代、問答対決も立派なイベントでございます。

正面上段の方《かた》には、関白藤原忠平公、さらに左大臣の藤原師祐《もろすけ》公、右大臣の藤原仲平《なかひら》公を始めとして、大納言　源　高明《みなもとのたかあきら》公、大納言兼民部卿忠家《ただいえ》、大納言兼大歌所別当師《おおうたどころべっとうのもろ》忠《ただ》といった、錚々《そうそう》たる顔ぶれが居並んでおります。

小野好古卿、正面の階段《きざはし》の下までやってまいりますと、そこへ足を止め、

「これ、尾花丸よ。其方《そのほう》はまだ無位無官である故、これより上へあがることはまかりならぬ。よって此《こ》の所《ところ》へ控えていよ」

尾花丸に言いました。

「はい」

と答えて、尾花丸、階下に控えますと、好古卿はそのまま階段《きざはし》を上って、御自分の場所にお座りになられました。

そこへやって来たのが、大納言藤原元方《もとかた》と蘆屋道満でございます。

大納言元方は、かような場所は慣れておりますので、もとより堂々といたしておりますが、それに続く蘆屋道満もまた、威風《いふう》堂々たる姿でございます。

歳の頃なら、三十代の後半でしょうか。

頭には烏帽子《えぼし》を冠《いただ》き、大いなる幣《ぬさ》を手にいたしております。

束帯《そくたい》姿で、なんと黒色の袍《ほう》を着ているではありませんか。袍というのは表衣《うえのきぬ》のことで、言うなれば上着《うわぎ》でございます。

しかし、この袍は、位《くらい》によって色が決められております。

たとえば六位以下が緑、五位が赤、四位以上が黒でございます。

この時、蘆屋道満、陰陽寮の頭《かしら》として、位は五位。着る袍の色は赤でなくてはいけません。それが、なんと四位以上が身に着けるべき黒袍《くろほう》を身にまとっての清涼殿入りでございます。

それを見ても、周囲の者たちが、誰も何も言わないところを見ると、この道満が黒袍を着るということが宮廷では認知されていたということでございます。

これは、いよいよもって、蘆屋道満、たいへんな権力の持ち主と言わねばなりません。

しかも、道満、黒は袍だけではございません。頭の冠が黒なのは言うまでもないとして、その下に着ております下襲《したがさね》や袴《はかま》、表袴《うえのはかま》の類まで、皆黒一色なのでございます。

つまりは、これ全身黒ずくめという姿で道満は参内してきたというわけなのであります。

眼光炯炯《けいけい》。

鼻筋が鋭く通っている、抜き身の刃《やいば》のごとき人物が、この蘆屋道満でございます。

一方、尾花丸はと言えば、小ざっぱりとした白い水干《すいかん》姿で、涼しげに階下に控えております。

その前を悠々とふたりは過ぎて、階段《きざはし》を上って、席についたのでございます。

「そろうたようだな」

そこで、口を開いたのが、左大臣の藤原師祐公でございます。

「これは、好古よ、そちが連れてきた安倍童子はいずれにある」

もちろん、藤原師祐、尾花丸がどこにいるかはわかっております。

さっき、好古卿と一緒にやってきて、階下に控えている少年がそうであろうと思っております。

しかし、まだ、これが尾花丸であるときちんと紹介されぬうちは、知らぬこととして話を進めてゆくのが、この時代の、かような席のルールでございます。

「はは」

と、好古卿、頭を下げて、

「安倍童子尾花丸、無位無官の者にてござりますれば、ただいま、階下に控えさせております」

と説明すれば、師祐、尾花丸に眼をやって、

「ほう、そちが尾花丸であるか」

初めて見たような顔で言うのは、これは、御愛敬としたものでしょう。

その師祐公に、忠平公が、何やらひそひそと話しかけ、

ひそひそひそ、

ひそひそひそ、

というやりとりがしばらくふたりの間にあって、ほどなく話がまとまったらしく、膝を正して師祐が口を開きました。

「アイヤ、好古よ、今日は、帝の御悩平癒のための問答の日じゃ。それを、一方が階上にあり、一方が階下にあってというのでは、充分な問答もできまい。よって、本日は特別に、大内《おおうち》への昇殿《しょうでん》を許す故、尾花丸へこれへあがるように申せ」

好古卿は、ははー、と返事をして、言われたように、上へあがるよう、尾花丸に申し伝えました。

この場合、

〝ほれ、あのように師祐殿も言われておる。上へあがること許す〟

とは言いません。

尾花丸には、師祐公の言っていたことが聴こえていなかったこととして、師祐公の言

ったことを、ほとんどそのまま尾花丸に伝えるというのが、この頃の、ま、約束事と言えば、約束事でございます。

この時、蘆屋道満清太《きよふと》は、二重壇の此方《こなた》へ控え、尾花丸は十八段の階段の下に控えておりました。

言われた尾花丸、

「左様なれば……」

と立ちあがり、階段を上って、道満の横へ並びました。

一同、あらためて、間近く尾花丸を見たわけでございますが、やはり、この若さには驚いたようでございます。

〝本当にこの子供で大丈夫なのか〟

〝これは、問答するまでもない〟

〝道満の勝ちであろう〟

さまざまな囁き声が、集まった人々の間で交されたのでございました。

この時——

「おそれながら——」

と頭を下げて発言を求めたのは、蘆屋道満でございました。

「申せ」

と、忠平公に言われて、道満が申すには、

「某《それがし》と本日問答をなさんというは、ここに控える童子のことでござりましょうや」

「いかにも」

と忠平公が答えます。

（三）

蘆屋道満、ここで、これ見よがしに、じろりと尾花丸を見やりまして、唇の端に冷笑を浮かべ、再びその視線をば忠平公にもどしました。

「帝の御悩平癒のための祈禱をいたさねばならぬおり、かような童子と問答せよとは、本気でござりまするか」

「道満清太が言《げん》もっともなれど、帝の御悩日々重《おも》らせ給う今日《こんにち》、安倍童子の言《げん》や重し」

「その言《げん》とは？」

「童子が知りたる秘密の祈禱をもちて、帝の御悩を平癒したてまつらんとの言なり」

「そのことなれば某《それがし》も聴きおよんでおりまするが、口にするだけなら、誰でもできることと。何故をもって、この童子の言を取りあげまするや」

「此の童子、彼の安倍仲麿公の血筋なれば、そこらの人間の言うことと、その言《げん》の重みの違いは、自《おのず》と明らかなり」

「安倍仲麿公の御《おん》血筋と言うは、真実《まこと》でござりましょうや」

「そこの好古卿が申せしことなれば、よもや嘘とも思われず、また、この童子尾花丸、年少とも思えぬ聡明さこれあれば、本日の問答の儀、とりおこなうこととなりたり」

「なるほど」

と、道満、下位の者とも思えぬ不敵な返事でござります。

もとより、今、忠平公が言ったことなど最初から承知のこと。

それをわざわざ問うたのは、ボクシングの試合前に、相手選手のグローブがおかしいからもう一度調べてみろだの、計量機の針が狂ってるのではないかといったいちゃもんと同じ、闘い前の精神的な掛け引きでござります。

これを耳にしていた尾花丸、何を思うたか、蘆屋道満を見やって、くすり、と小さな微笑をその口に浮かべました。

「尾花丸と言うたか、今笑うたは、何故じゃ――」

たちまちそれを見咎《みとが》めて、道満が突っ込みました。

しかし、尾花丸、少しもひるみません。

「これは、帝の御悩平癒に関わる大事なる問答。この尾花丸に、帝の御悩平癒の祈禱をする資格のあるかなきかを試すためのものなれば、忠平様にその資格の有無を問うより、このわたくしに問うことが筋。こうしている間にも、帝の御悩はますます重らせたもうことになりましょう」

ごちゃごちゃ言っとらんで、早いところ問答を始めようじゃないのという、はなはだ挑戦的で可愛くない発言でございます。

ここで、こめかみをぴくぴくさせたり、額に青筋をたてたりするようでは、蘆屋道満も小物でございます。

この道満、悪役と言えども大物でございます。

昨日、今日、プロレスデビューしたばかりの新人にリングでいきなり大技を仕掛けられてもうろたえたりはいたしません。

こらこら、いきなりそんな大技使うのは十年早いんでないの——とは口に出さず、リング上の勝負で、とっちめてやろうという腹づもりでございます。

「なればよ」

と、蘆屋道満、膝先を尾花丸の方に向け、

「如何《いか》に安倍童子尾花丸よ、祈禱主《いのりぬし》こそ我なれやとはなんという大言《たいげん》。そもそもこの人の身体《しんたい》は天地より生まれ出でたるもの。その身体に病あらば、生みの母なる天地より卓越したる祈禱の力と術《わざ》をもちてこれを平癒なさんというのが、我が蘆屋家の祈禱の極意。汝がなさんという祈禱の極意は如何なるものか、ここに答えてみよ」

いきなり、祈禱の極意について問うという大きな論を仕掛けてまいりました。

この論に、はたして安倍童子がどのように答えるかと、忠平公をはじめとして、一同固唾《かたず》を飲んで見守っております。

尾花丸、少しも臆することなく身構えまするると、

「如何《いか》に蘆屋道満。そもそも、我が安倍家においては、天地、心體《しんたい》、これふたつのものならず。両者はひとつのものなれば、一方が一方を越えるということはなし。天地の間《あいだ》に生まれ、而《しか》して天地の始めを知り、その理《ことわり》を知る。よって、天地を體《たい》に象《かたど》り、天地に魂魄《たましい》充満す。これをもって我は祈禱の極意となすものである」

頭をあげて、このように答えました。

ま、簡単に申しあげれば、人は天地の上にあるものでも下にあるものでもない。天地とひとつのものである。それをきちんとまず認識することから始めるのが、自分の祈禱の極意であると、このように尾花丸は言ったというわけであります。

玉田版、桃川版、共にこのあたりはどうもわけのわからない理屈や、蘆屋道満の大悪役とも思えぬせこい心理描写があるのでございますが、この夢枕がかいつまんでここに御説明したわけでございます。

ま、ま、このあたりは講釈でございますから、理屈が通っているかどうかよりは、口にした時の通りのよさや、調子のよさがメインでございます。

ここはひとつ、その調子のよさや流れを意識いたしまして、玉田版を中心に、その名調子を御紹介いたしましょう。

（四）

尾花丸　品形司位《しなかたちつかさくらい》は別かれども、心になんぞ別かちのあろうや。安倍家に伝わる祈禱の行術、いずくんぞ小人の知るところならんや。

道　満　如何《いか》に尾花丸。汝蘇張《そちょう》の弁を揮《ふる》わず早く祈禱の極意を論ぜよ。そもそも汝が家に伝わる祈禱の行術、これ如何《いかん》――

尾花丸　そもそも、我が安倍家に伝わる祈禱の法は、神代《かみよ》の昔、天御中主神《あめのみなかぬしのかみ》より始まりて、代々の聖主賢臣《せいしゆけんしん》も、時の不祥《ふしょう》に遭《あわ》ば天神《あまつかみ》、地神《くにつかみ》に祈る。祈って験《しるし》のなきは、祈る者の心に真実《まこと》なきが故《ゆえ》である。真《まこと》は天の道にして、その道を行くがこれ人の道。そもそも祈禱の本質たるべきものを、汝知らずや。心あって體《たい》あり、體あって手足に働く術がある。もし、體あっても心なければ、蟬《せみ》の抜殻《ぬけがら》にして、人というもの何にもならぬ。心あって身体に電気が通づればこそ、手足をもって働くことができるのぢゃ。

道　満　然らばその心體術というは、是れ如何？

尾花丸　凡《およ》そ天地の間に生まるる者は心あって體あり。體あって術がある。別して人は天地の霊物にして、心體術の働きを以《も》って第一とするぞヨ。

道　満　人は天地の霊物とは是れ如何？

尾花丸　されば天の五行、地の五行合體《がったい》して人となり、胸中に天地の道理をわきまえるが故にこれを霊物《みたまもの》という。すなわち我も汝もまた天地の霊物なり。

道　満　汝や我を離れて何を霊物というか。

尾花丸　それすなわち心である。

道　満　心の働き是れ如何。

尾花丸　それこそ祈禱なり。

道　満　然らば祈禱は心に在って體にはなきや。

尾花丸　在るともあるとも。それ狭《せま》きことにあらず。體ばかりでなく心もまた、天にも地にも、陰にも陽にも、また春にも夏にも秋にも冬にもあるのである。是れ皆祈禱の理《ことわり》が籠《こも》れるものなり。総じて心の真《まこと》を現わすは祈禱である。その真こそ天の道なれ。物事は真をもってする時は、成就《じょうじゅ》せずということなし。天には天の真あって、風雨これに従い四時行なわる。地には地の真あって、これに従い万物が生ずるのである。

道　満　天地《てんち》陰陽《いんよう》四《し》気《き》四《し》體《たい》に皆祈禱ありとは是れ如何？

尾花丸　それ、すなわち妙《みょう》なり。

道　満　（してやったりとニンマリ笑い）コリャ、尾花丸よ。汝弁舌をふるって諸人《しょじん》を惑わすといえども、何ぞこの蘆屋道満を欺くことのできようか。先刻より論ずるところは、是れ皆八百萬神《やおよろずのかみ》の問答。然るに汝、仏語をもって〝妙《みょう》〟と言いしは是れ如何。

尾花丸　汝、妙の一語について問わるるか。

道　満　いかにも。妙なる言葉は仏語なり。それを陰陽の祈禱を論ずるに持ち出したか。汝、祈り主こそ我なれやと唄ったそうぢゃが、いったい誰《たれ》に教えられてのこたびの一件ぞ。其方《そのほう》ひとりの了簡《りょうけん》ではあるまい。汝にこたびのこと申しつけた者があるはずぢゃ。それを申せば、この場は許してつかわし、我が門人のひとりに加えてやるがわしが慈悲ぢゃ。どうぢゃ尾花丸よ。

尾花丸　何と蘆屋道満。この尾花丸、人に言われて祈禱主《いのりぬし》こそ我なれやと言うにあらず。帝の御悩日々重らせたもう悲しみ、自らが心をもって、御悩平癒を祈る者なり。蘆屋道満よ、汝が祈禱のとどかざるを憫《あわ》れみ、我が行術をもって帝の御悩平癒をなさんとしたまで。そもそも、妙の一字をもって仏語と言うは是れ如何？

道　満　されば、昔天竺《てんじく》にて、釈尊御歳《しゃくそんおんとし》三十にして修行成就いたし、檀特山《だんどくせん》を出でて一《いっ》切衆生《さいしゅじょう》を成仏させせんと説法年積《せっぽうとしつ》もり、『法華経』に至ってついに成仏の骨髄《こつずい》に徹したまい、一字一句に妙の深き意味を込められたるが故に、『法華経』を大乗《だいじょう》の妙典《みょうてん》という。今、天文暦道祈禱の秘術を論ずる場所において、如何に汝言句《ごんく》につまればとて、妄《みだ》りに仏語をもって語るか。

尾花丸　ヤァ、愚かなり蘆屋道満。

道　満　愚かとな。

尾花丸　汝一を知って未《いま》だ其《その》二を知らず。妙の一字を仏語などと申して、かえって己れの学問のつたなさを人に知らすか。あな痛わしやく。

道　満　なに!?

尾花丸　なるほど竹は実を結んで枯れ、銭《ぜに》は銹《さび》を生じて朽《く》つる。浅薄《あさはか》なるかな道満殿。妙の一字はいうにいわれず、説くに説かれず、教えるに教えもならざるが真《まこと》の妙。

道　満　むう。

尾花丸　されども、今詳しく妙の一語について説き聴かせねば、佞奸邪智《ねいかんじゃち》の其方、定めしこの尾花丸が問答に負けしなどと言いふれん。無益《むえき》の論《ろん》ではあるが、汝に妙の一字を語って聴かさん。

道　満　おう、これはおもしろし。

尾花丸　されば、まず、神代《かみよ》の巻《まき》に記してある通り、天地分るるの始めに、天のたなびきしも妙。また、地の固まりしも妙。その他人を始め、鳥獣魚草木など、森羅万象皆それぞれに妙の大徳ありて、それ、それ、仏法のみに限ることにあらず。

道　満　天の妙とは？

尾花丸　天の妙とは、春ともなれば温気《あたたか》になり、夏来たれば暑く、秋となれば涼しく、冬来たれば寒く、日は照らし、月は潤い、雲は雨を降らし、風は雲をはらい、露は凝《こご》って霜となる。これ、天の妙であり陰陽の妙。

道　満　地の妙とは？

尾花丸　人を始め、形《かたち》あるものを生じ、寒暖に従って生まるるもの、たとえば米《こめ》は陽に生じ、麦は陰に生ず。寒国にあらざればよき人参はできず、暖国にあらざれば穀類実らず。これ地の妙なり。

道　満　人の妙とは？

尾花丸　人にも人の妙あり。おそれながら天子は上《かみ》に在《ま》しまして天下の事を知ろしめし、御徳をもって天下を治めたもう御威勢の妙がある。関白殿下公には国を治むるの法式を定めて有職に達せられ、詩歌《しいか》管絃《かんげん》をもって世の風俗を和《やわ》らげられる御職の妙がある。武家なれば国郡《くにごおり》を固め、忠の一字を頭にいただき、乱るる時には武をもって治め、治まるる時には文をもって立ち、忠孝を導くの妙がある。百姓は天の気候をはかって種を蒔《ま》き、耕作に身をなげうって五穀野菜を作り出すの妙がある。商人《あきんど》は商《あきない》を専《もっぱ》らにし、諸品を交易して遠国の産物を集め、此地《このち》のものを彼地《かのち》へ送る、是れ商家の妙である。盲人は杖《つえ》に妙あり、乞食《こつじき》は寒気をしのぐ妙あり、鳥は空を翔け、水鳥は水中を自在に潜るの妙あり。鷹《たか》は鳥を捕り、犬は夜を守り、鶏は時を告げ、猫は鼠を捕る。鷺《さぎ》は白く生じ、烏《からす》は黒く生ず。魚は耳なくして聴き、蚯蚓《みみず》は足なくして歩む。さてまた、形あって生まるるものは乳を飲み、卵にて生まるるものは乳なくして育つ。是れ皆自然の妙である。草木には花咲き、浮き草には根なくして能く育ち、柳は緑《みどり》花は紅《くれない》、峯《みね》の松風谷川の音、皆是れ我が為す所業ではない。すなわち自然の妙というものである。汝も妙あればこそ口で語《もの》を言い、手にて働き足にて歩み、身に痛し痒《かゆ》きを覚え、眼に青黄赤白黒の色を鑑別《みわけ》、耳に五聲《ごせい》を聴き別け、口に五味の善悪を味《あじわ》う。それと同じく行術祈禱《ぎょうじゅつきとう》にも皆その妙があるのである。妙なくんば祈りても験《しるし》なし。汝妙の一字をわきまえずして、何をもって帝の御悩平癒の祈禱をなすというか。この上は疾《と》く階段《きざはし》を降りて、この尾花丸に降参におよべ。

（五）

いやもうよく舌の回ることでございます。講釈であれば、ここは、名調子にてよどみなく、たんたかたんたんたんたたんたんたんといっきに語りあげて会場をぐいと睨《にら》めば、屋根も落ちよとばかりの大拍手が湧くところでございます。

このしゃべくり、はたして道満の質問の答になっているのかどうかというと、いささか微妙なところでございますが、なあに、これはつまり、講釈師としての腕の見せどころ——いや、口の聴かせどころでありまして、量とリズムと名調子で、道満ではなくお客様を強引に納得させてしまうという、そういうところでありましょう。

このくだり、わたくしめもさすがに疲れて、理屈を通す作業よりは、この調子をできるだけ残す作業に重点を置き、おもいきった意訳もせずに、ここに皆さまに御紹介したという次第でございます。

しかし、それにしても、尾花丸、失礼な子供であります。

敵役の蘆屋道満、皆さま御存知のごとくに、安倍晴明こと尾花丸のライバルであり、実は大悪人なのでございますが、この時点でも尾花丸、そのことをまだ知らぬはずでございます。

でありますのに、蘆屋道満のことを、平気で、

〝佞奸邪智《ねいかんじやち》の其方《そのほう》〟

などと言っているのであります。

夢枕版本講釈においては、晴明が、小生意気ないやなガキにならぬよう、できるだけそのあたりのことについては気をつかってこれまでやってきたのでございますが、ここに至ってはいたしかたなく、ついに尾花丸のそういった隠されていた部分を見せてしまいました。

さて、本編にたちもどりますれば、尾花丸の傍若無人《ぼうじやくぶじん》さに、すっかり毒気を抜かれ、

「それにしても、よくしゃべるガキであることよ」

妙に感心したりしている道満でございます。

「まあよかろう。なるほど、一切のものに妙の大徳がそなわっているというぬしの考え方には賛成をしてやろうではないか」

なかなかフェアな道満でございます。

「しかし、汝はその妙の極意を知っておるというのか」

「知ればこそ述べたのである。一心の欲《ほっ》するところ、皆是《こ》れ妙の至らざるところなし――」

「然らば、汝、妙の大徳をもって祈念をなし、帝の御悩をすみやかに平癒したてまつるか」

「いかにも、我が祈禱の妙を現わし、すみやかに帝の御悩を平癒したてまつらん」

「シテ、汝が祈禱に尊崇《そんすう》して祭《まつ》る神明は何神であるか。我は諸社諸山《しょしゃしょざん》を祭り、昼夜玉座《ちゅうやぎょくざ》に侍《はん》べて祈るといえども、更にその験《しるし》が見えぬ。汝の祭る神の名を申せ。おおかた邪神《じゃしん》を祭り、表面《うわべ》の御悩を癒《いや》したてまつり、後日、玉体に御疲労《ごひろう》を来たさせたもう腹ではあるまいか――」

「だまれ蘆屋道満。汝の修行の至らぬをかえりみず、人を疑い、邪法を行うとは何事なるぞ。未だ祈禱をなさざるうちに、様々の悪言。何神を祭るかなどと、役にも立たぬ詮《せん》議《ぎ》だて――」

尾花丸、言われたらきっちりと言い返すタイプと見え、追撃の手を緩めません。

「よく聴くがよい、道満。我が祈禱《きとう》に尊崇して祭る神明は、天御中主神《あめのみなかぬしのかみ》、大己貴尊《おおなむちのみこと》、少彦名神《すくなひこなのかみ》はもとより、今一《いまひとつ》の神を祭り、きっと帝さまの御悩御平癒を祈念したてまつるつもりでいるのである」

尾花丸、胸を反らせてそう言ったのでございました。

今一の神というのは、天満宮のことであり、是れは、尾花丸が信太明神より聞きましたものでございます。

「今一の神とは？」

「それこそ我が安倍家において祭る霊神《れいじん》なり。もって他言はできぬが、これを聞きたくば、蘆屋道満、其方階段《きざはし》を下りて我が前に手を突《つか》え、我が弟子となるならば教えようではないか」

ここに至っては、尾花丸、蘆屋道満を挑発しているとしか思えません。

たとえばこれは、あなたが総理大臣のところへ出かけてゆき、

「秘書にしてやるからカバン持ちをせい」

いきなりそう言うようなものでございます。

入門したての新人が、ジャイアント馬場にむかって、

「おい、おれの腰をもめい」

そう言っているのと同じでございます。

むろん、うんと言うはずはございません。

「奇怪《きっかい》なるその一言《いちごん》。汝が霊神と言うは、さだめて悪鬼、邪神の類ならん。斯《か》かる神を祭って諸人を惑わさんとするは、これは国家の曲者《くせもの》である。ヤア〱検非違使《けびいし》の役人共、それ、この童子に縄をかけい」

これもまた、怒るのはもっともなれど、インテリとも思えぬ論理の飛躍を見せて叫んでしまった道満でありました。

急のことなれど、道満の言葉なれば無視はできません。

控えていた役人たちが、周囲の様子をうかがいながら、おずおずと立ちあがり、尾花丸を捕えんとしようとするところへ、

「待て」

と声をあげたのは小野好古卿でございます。

役人共が、動きを止めると、

「これなる尾花丸は、我が館《やかた》の客人である。尾花丸は、安倍家の霊神の名を言えぬと申したまでであり、道満殿にあっては何故《なにゆえ》をもって、これを邪神と言うか。これはもはや問答でなく、論でもござらぬ。今のひと言こそ、道満が、この問答において尾花丸に負けしことを、自ら認めたも同然のこと——」

好古卿、ここぞとばかりに御声《おんこえ》をはりあげて、そのように言われたのでございました。

すると、これまで沈黙を守ってきた忠平公、

「双方《そうほう》とも控えよ」

御声さわやかに言われました。

好古卿も蘆屋道満も、これにはかしこまって、

「ははーっ」

「ははーっ」

と頭を下げまして、腰をひいたのでございました。

忠平公、一同をゆるやかに眺めまわし、

「先刻より問答を聴いておれば、尾花丸の言葉、一々理《り》あり」

このように言ったのでございます。

道満、この言葉にはもちろん不満でございますが、

〝それはちょっと違うんじゃないの〟

とは言えません。

さすがに、当代きっての教養人、自分が思わず挑発に乗って、非論理的なことを言ってしまったのは理解しております。

ここは、黙って話を聴いている他はありません。

「本日の問答、本来の目的は、蘆屋道満と尾花丸、どちらが勝ってどちらが負けかを決めるものにあらず。そこな尾花丸が、はたして帝の御悩平癒の祈禱をさせるに足る器かどうかを見るためのものなれば、その目的はすでに充分に達せられたと思われる——」

そうであろうと言うように、忠平公、あたりをばじろーりと見回します。

もちろん、これに異議を申したてる人間などあろうはずはございません。

「よって、本日の問答、どちらが勝ち、どちらが負けとの判定も、引き分けとの判定もいたさぬこととした」

再び忠平公、あたりを見回しながら、道満に強い視線をあびせかけました。

このあたり、忠平公、なかなかみごとな政治的配慮でございます。

尾花丸を勝ちとし、道満に恥をかかせるわけにはゆきません。

〝よいか道満、ここでもし判定をせよというのなら、そちの負けじゃ。そのあたりのこ

とはよくわかっていような〟

　無言のうちに、そう言っております。

〝よって、これからわたしの言うことにいちいち突っ込みを入れるでないぞ〟

　そう言われては、道満もおとなしくしている他はございません。

「安倍童子尾花丸、帝の御悩平癒のための祈禱をするに足る器と見た。よって、帝の御悩平癒の祈禱をすることを許す。これについて、異存のある者はおるか――」

　当然ながら、異存の声はあがりません。

　それを、沈黙によって充分に確認した上で、

「尾花丸よ」

　と、忠平公は、安倍童子に向きなおりました。

「ははーっ」

「祈禱は許すが、御所内《ごしょうち》においてはそれはならぬぞ。帝の御悩平癒の祈禱は、小野好古の館において祈禱をなせ。期限は三日とし、この間に帝の御悩快方《かいほう》に向かうの験《しるし》あらば、あらためて祈禱の儀其方に申しつけるが、御悩さらに重らせたもう時は、都に其方を留めおくことはあたわぬぞ」

「ははーっ」

　と頭を下げたのは、これは好古卿でございます。

「さらに、祈禱の翌日の早朝《あさまだき》には、御所へ御札守《おんふだもり》を納めることを申しつける」

「ははーっ」

「さて、蘆屋道満であるが、其方は其方で、尾花丸が祈念いたせし三日間は、この御所へ参内の儀相叶《あいかな》わぬぞ」

言われて蘆屋道満、

「ははーっ」

とこれまた、かしこまって頭を下げたのでござりました。

このようにして、若き安倍晴明尾花丸と、蘆屋道満との初の対決は、かたちの上では引き分けなるも、内容の上では晴明の勝ちということで終ったのでございます。

しかし、いったんは引き下がったものの、蘆屋道満、このままおとなしく黙っているようなタマではございません。

この後、蘆屋道満、さまざまに謀《はかりごと》をめぐらせて、尾花丸との呪法合戦と相《あい》なってゆくのでございますが、それは席をあらためまして、次回の講釈にてお伝えしたいと思います。

第五席　尾花丸宮中にて　蘆屋道満と呪争いすること

（一）

まことにもって、月日の移りゆくのははやいものでございます。

ついこの間、この講釈を始めたばかりと思っていたのですが、いつの間にやら、一年余りの歳月が経ってしまいました。

早くも二度目の桜の季節を迎えたかと思っておりますうちに、その桜も散って初夏の葉桜の頃となってしまったのでございました。

実は、つい先日、桜が散ったばかりの京都に行ってまいりました。

と申しますのも、知りあい何人かで、大阪に行っていたのでございます。

このほど新しくできあがった、大阪は難波の松竹座で、片岡孝夫丈（一九九八年より仁左衛門）と「二人椀久《ふたりわんきゅう》」を踊っている坂東玉三郎丈の舞台を観に行ってきたのでございました。

わたくし、これまで何度か「二人椀久」という舞台を観たことがあったのですが、なんと、玉三郎丈の踊る「二人椀久」は、今回が初めてでございます。

孝夫丈が演ずるところの椀屋久右衛門の夢の中へ、玉三郎丈の遊女松山が現われて、ふたりは夢の中で踊るのですが、この踊りが絶品でございやした。

流れてゆく水を眺めているのが心地よいように、玉三郎丈が舞台で動くのを眺めるというのは、たいへんに心地よいのでございます。花が風に揺れるのを眺めているというのは、いつまで眺めていても、見飽きるということがございません。舞台の上の坂東玉三郎丈もまた、いつまで観ていても見飽きるということがございません。たいへんに心地よいのでございます。

これはつまり、玉三郎丈が舞台上に現出させるものが、そういった天地の間に生ずる現象と、非常に似かよったレベルのものであるというような気がするのです。

歌舞伎の舞台で、歌舞伎の踊りをきちんと見せながら、なお、玉三郎丈は歌舞伎を超えた、そのような別次元での舞いを舞っているようなのでござります。

なんだか人為を超えたもののような気がいたしまして、ただうっとりと舞台を眺めているという時間を過ごしてきたのでございました。

京都に寄りましたのは、その帰りでございます。

一緒に玉三郎丈を観に行ったメンバーの中に、京都の版画工房で絵を描いている友人がおりまして、その友人の絵の制作現場を見学に行ったのでございました。

京都と申せば、本講釈の主人公である安倍晴明公の活躍なされた都であり、本編の舞台となっているのが、まさに、この都の中心である御所でございます。

安倍晴明公ゆかりの神社も、京都にはあるのでございます。

この初夏の頃の京都へゆくというのは、かなり意味のあることなのではないでしょうか。

おりしもそれは二十一日のことであり、東寺《とうじ》の境内では、通称弘法さんと呼ばれている骨董市《こっとういち》が開かれておりました。

工房の見学のあと、東寺へゆき、あちらこちらの骨董屋をひやかして歩いたのも、これまたなかなか楽しいできごとであったのでございます。

わたくしは、そこで、寺や料理屋などで使用したものと思える魚鈴を買い込み、結局その日は京都のホテルに一泊して、夜は夜で夜アソビもせずに、せっせと原稿を書いたのでございました。

さて——

それでは、本編の尾花丸、この京都でどのようなことになっているのでございましょうか。

今回は、目出たくも、尾花丸が蘆屋《あしや》道満《どうまん》との問答にみごと勝利したその続きからでございます。

（二）

というところで、お話は、尾花丸ではなく、蘆屋道満からでございます。

尾花丸の祈念中は、御所への参内が叶わぬこととなっている蘆屋道満、屋敷の自室で腕を組み、目を閉じたまま何やら思案の体《てい》でございます。

まさか、尾花丸よ、なんとか帝《みかど》の御悩《ごのう》を、我に代わりて癒してくれいと考えているわけではありません。その頬の削《そ》げ落ちた顔には、無念の色がにじんでいるからでございます。

そこへ訪ねてやってまいりましたのが、大納言藤原元方《だいなごんふじわらのもとかた》でございます。

道満が思案の体でいるにもかかわらず、藤原元方、ずいずいっと部屋の中へ入ってまいりました。

元方、道満の前の円座に、どっかりと座したのですが、道満、まだ目を開きません。

凝《じ》っと押し黙ったまま、腕を組んでおります。

もちろん、蘆屋道満、部屋に誰かが入ってきたことに気づかぬわけはなく、入ってきた者が誰であるかも当然のごとくにわかっております。

わかっていて、無言。

まだ目も閉じております。

「コリャ、道満」

藤原元方、道満に声をかけました。

しかし、道満、毛ほどもその声に反応した様子を見せません。

「コリャ、道満」

元方、さすがに声を少し荒げまするど、道満、ようやくその眼を開きました。

なんだ、あんたか——

まるで、そんな眼つきで、道満、藤原元方を見やりました。

「道満よ。こたびの問答、あれはいったいどういうことじゃ。子供相手にだらしがないではないか。おれは、我のみを味方と頼み、ぬしらと日頃陰謀《むほん》を企んでおるというに天文博士のぬしが、その職をもし失うようなことにでもなれば、我が望みを果たす手段《てだて》がなくなってしまうではないか。いったいどうするつもりなのだ」

元方、道満に向かってとんでもないことを言い出したではありませんか。

つまり、藤原元方は、謀反を起こしてやろうと、蘆屋道満らと、前々から語らっていたということでございます。

ここに至って、ようやく、読者の皆々様は、このことに気づくのでございますが、当然ながら、尾花丸はまだそのことには気づいてはおりません。

でありまするから、前回において、尾花丸が、あのように道満を悪しざまに言うのは、物語の構成上、少しおかしいのではないかと、そういうことを、夢枕の獏秀斎は指摘したしだいなのではあったのでした。

あくまでも道満はその時点ではまだ善玉として書き——という現代的手法でやってしまうと、あの場面の勢いが失くなってしまうため、あそこではリズムとテンポを優先させ、物語としての理屈を犠牲にしたのでございます。

しかし、まあ講釈とはいえ、かようなる物語制作上の秘話をも取り混ぜながら、作者自らが言い訳までしてしまう小説がこれまであったでしょうか。

まず、平安より平成のこの方、かような小説はなかったのではないかと、私は思っております。

が、そこはそれ。

いや、さて――

「アイヤ、元方殿、策がないわけではありませぬ」

「ほう」

「今日殿下の大命には、明日より三日間尾花丸に祈禱をなし、翌日の早朝《あさまだき》にはその祈念の御札守《おんふだもり》を御所へ納めよと仰せられました――」

「うむ」

「よって、是れより私が調伏《ちょうぶく》の贋札《にせふだ》を拵《こしら》え、三日が間その御札守とすりかえて、尾花丸の祈禱を妨げ、きゃつめを罪に陥れて亡きものにいたします」

や、ややややややや。

何ということまで、道満は口にしたのでございましょうか。

これはもう、つまり帝の具合が悪いのも、みんなこの蘆屋道満の仕業であるのだということを、ほとんど白状したも同然ではありませんか。

「しかし、尾花丸が御所へ納めまする御札守の表書《おもてが》きを写しとらねば、調伏の贋札を拵えることはできませぬ。これについて、元方さまに何かよい知恵はござりませぬか」

「ある」

元方、はったと膝を打って、

「御所内へ納めるということは、何れその御札守は、御常御殿《おつねごてん》御清間《おきよま》へ勧請《かんじょう》するにちがいなかろう。それならばよい策がある」

「どのような」

「我が妹に藤戸《ふじのと》という者があるが、この藤戸が、局《つぼね》の頭《かしら》を勤めており、御殿の各間の取り締りをいたしておる。この藤戸を巧《うま》く欺《あざむ》いて、これを写しとらせることにいたそうではないか」

「なれば、早々にこの一件、お取り計らい下されまするか」

「心得た」

答えて、元方、立ちあがり御所に引き返していったのでございました。

妹のいるお局の部屋先を通れば、すぐに藤戸がそれと見つけて、

「これはこれは、お兄上さまには、日々《にちにち》禁中への御参内、御苦労に存じたてまつります」

諸手《もろて》を突《つか》えての挨拶でございます。

「オオ藤戸か。そなたも、昼夜を別かたず、禁中の御用を能《よ》く勤めおるは、まことに御苦労」

「シテ、兄上さまにおかれましては何用あっての御参内」

「そなたも、こたびの蘆屋道満と尾花丸との問答の一件、どのように落着したかは存じておろう」

「はい」

「その尾花丸じゃが、明日より三日間、小野好古卿の館《しるし》においてて、祈禱を申しつけられたが、その祈禱が効験《ききめ》をあらわせばよいが、万一効験見えざりける場合は、帝の御為《おんため》に

もならぬ。これについては麿《まろ》もおおいに心を痛めておるところ」

「はい」

「ついては、内々にて、他の祈禱者に添え祈禱をさせようと思うておる」

添え祈禱——つまりこれは、誰かが何かを祈禱するおりに、さらに別の者をたてて、同様のことを祈禱させるときに言う言葉でございます。

「そこでじゃ。おそらく尾花丸は、明日一日祈禱をして、明後日の朝には御常御殿御清間へ御札守を納めることであろう。その時は、どうか、その方がその御札守の表書きを写しとって、それをこの元方に手渡してはくれぬか。さすれば、我は今言うた通りに、他の者に添え祈禱をさせ、いかにしてでも尾花丸に手柄をたてさせて、帝の御悩平癒《ごのうへいゆ》を願うつもりじゃ」

よくいうよ——

まことに元方、よく平気で言えるものでございます。

しかし、この元方の言い方からすると、この妹の藤戸、どうやら、元方道満の仲間ではない様子でございます。

「なるほど、兄上さまの御心痛まことにごもっとも。委細承りましてございます。御札守が御清間へ納まりました時には、そのお札の表書きを写しとって兄上さまにお渡し申しあげましょう」

「頼んだぞヨ。くれぐれも内密にな」

「かしこまりました」

と藤戸が下げた頭の向こうで、元方にんまりと笑って、そこから立ち去っていったのでございました。

（三）

さて、翌日となって、いよいよ祈禱の初日でございます。

尾花丸、早朝より起き出して、まず、御庭前《ごていぜん》の井戸の水を汲《く》みあげまして、その身を清めました。

好古卿の御別室の一間を借り受け、そこをきれいに掃除して、まずは東向きに八脚《やつあし》を据えました。

八脚とは何かと申しますと、これは、八本の脚のある白木の机というところでございます。

四隅にそれぞれ二本ずつ脚があるかたちと、両側面にそれぞれ四本ずつ脚のあるものとがございます。神事や祭事のおりに、この上に盛物を置いたり神酒を載せたりするもので、高さ一尺、幅一尺、長さ一尺五寸という大きさから、高さ二尺、幅一尺五寸、長さ五尺のものまで、ま、色々の大きさのものがあったようでございます。

ここで尾花丸が使ったのは、どのくらいの大きさのものかはわかりませんが、まあ中くらいの大きさのものと考えてよろしいのではないでしょうか。

その八脚の上に荒菰《あらこも》を敷いて、その上に御神酒《おみき》、洗米《あらよね》を置き、左右にはお燈明《とうみょう》を点じました。

そして、うやうやしく祭られた神々の名と申せば、以下の通りでございます。

まず、

天御中主神《あめのみなかぬしのかみ》。

大己貴尊《おおなむちのみこと》。

少彦名神《すくなひこなのかみ》。

並びに、

天満大自在威徳天神《てんまだいじざいいとくてんじん》。

以上の四神でございました。

尾花丸、それらの神々の前に座し、手に数珠《じゅず》を握り、幣束《へいそく》を振りながら、禊《みそぎ》の祓《はらい》を唱《とな》え、いよいよ祈念にとりかかったのでございました。

その背後には、実に信太明神《げ》が護《まも》らせたまえるか、御先祖安倍仲麿公の霊魂がついておられるか。

わずか十三歳の少年が、ここまでできるかと思えるほど、それは堂に入ったものでございました。

尾花丸、蘆屋道満を悪人と決めつけていたわりには、彼等の悪企《わるだく》みに気づいた風はございません。

十六日の朝から始めてその日の夜、さらに二日目の朝まで、尾花丸は一心不乱に祈念して、一日目が終ってその十七日の朝——尾花丸、立ちあがって好古卿の下までやってまいりました。

「どうじゃ、尾花丸、首尾は？」

好古卿、自分がこの宮中でうまく泳いでゆけるか、あるいはこのまま失脚してしまうか、全てはこの尾花丸の祈禱如何《いかん》にかかっておりますので、卿の顔も真剣でございます。おそらく、昨夜は心配で、よく眠れなかったのでございましょう。眼の下に隈ができております。

「まずまずの祈禱ができたと思います」

大人びた口調で、尾花丸が答えました。

「ところで、何か用事ができたか？」

「ははーっ。ちょっとうかがいたいことがございまして」

「何じゃ」

「はい。御所内におきまして、一番大切な御間《おんま》は何と申すところでござりますか」

「御所内において一番大切なる御間と言えば、御常御殿の内なる御清間であろうか」

「その御清間でございますが、どのような間どりで、お畳数はいかほどでございましょうか――」

お畳数と申しましても、この時代、畳があることはあったのでございますが、部屋の床一面に畳が敷かれて、何畳の部屋というようなものではございません。

基本的にはこの時代、床は板の間であり、畳というのは、貴人が座す時に、座すその場だけに、貴人の分だけ敷かれたものでございます。

この作者、あまりよく平安時代について調べているわけではないようでございます。

まあ、そこはそれ、本編は物語として楽しむものでございますれば、このあたりのところは、心を大きくして見守ってやっていただきたいところでございます。

「御清間は、二百三十六畳である」

好古卿、声を大きくして申されました。

「これこれしかじかの間取りであり、天照皇大神宮、住吉大神宮、八幡大神宮、および天子さまの代々の御先祖をお祭り申す時に用いられる部屋じゃ」

「おう。それぞまことに究竟《くっきょう》の御間でござります。ただいま、ここに御札守をこしらえましてございますれば、何とぞこれをばその御清間にお祭り下されまするように。また、その祭る法は、東向きに八脚を据えて荒菰《あらこも》を敷き、御神酒、洗米を供え、お燈明を点じ下さいまするよう、お願い申しあげます。それからお願いでございまするが、この私の祈禱中の三日間は、誰ひとり、御清間へ出入りできぬよう、御禁制をお願い申しあげたいのです」

「よろしい。シテ、この御札守じゃが、いったい誰の手に渡せばよいのじゃ」

「関白さまか、お局さまの、しかるべき御方にお渡しを願います。その他の方には、この札を、けして見ることのなきように御手配をお願いいたしたいのですが」

「あいわかった」

蘆屋道満と藤原元方とのあいだに、どのような密約が交されているのかまったく知らない尾花丸と好古卿は、互いに顔を見合って、うなずかれたのでございました。

（四）

さて、御札守を受け取った好古卿、これを唐櫃《からびつ》に納《おさ》め、周囲《ぐるり》に注連《しめ》を張り、これを家来に荷《にな》わせて御所へとお上りになりました。

さっそく関白忠平公の御前に進まれまして、報告でございます。

「安倍尾花丸、昨日は一心不乱に祈禱を仕《つかまつ》りました……」

ひと通りの話をいたしまして、

「つきましては、この御札守を納《おさめ》奉《たてまつ》るに、何とぞ、御常御殿の御清間へ御勧請《ごかんじよう》のほどを願います」

「あいわかった。シテ、祭る法は？」

忠平公が申します。

「それは、これこれかようなぐあいにお願い申しあげます」

と、尾花丸に言われた通りのことを、好古卿は申しあげました。

「なれば、これは藤戸《ふじのと》に申しつくるがよかろう。ヤヨ、藤戸をこれへ呼べい――」

呼ばれてやってきたのが、元方の妹の藤戸でございます。

藤戸と元方がどのような話をしたか、少しも知らない忠平公、

「というわけでな、早々に仕度をせい」

と、藤戸に申しつけました。

「かしこまりました」

藤戸、すぐに下がって、御清間へ入り、さっそく言われた通りに構えを設けます。御清間を清浄《きよら》かにし、用意した八脚《やつあし》を東向きに据え、荒菰《あらこも》を敷き、お供物をそろえ、準備《ようい》整いましたるところへ、忠平公が覆面《ふくめん》をなされ、眼八分に御札守を捧げて入ってまいりました。

八脚の前に忠平公が立たれまするど、藤戸はその後ろに立って、眼を光らせております。

忠平公は、正面八脚の上に御札守を勧請なし、数歩さがって柏手を打ち、拝《はい》をとげておられます。

この時、藤戸は、兄元方が忠義のためと思い込んでおりますから、今ちらりと眼にいたしました御札守の表書きを、懐《ふところ》に用意しておりました筆で、やはり懐より出した紙にさらさらと書き写してしまいました。

もちろん、忠平公は、藤戸が、後ろでそんなことをしているとは露も知りません。

ようやく忠平公、顔をあげて、

「さがるぞ」

と申して、藤戸ともども御清間を出ると、お唐紙《からがみ》をぴたりと閉切《たてき》って、

「これより何人たりとも、中へ入ることならぬぞ」

そう言ったのでございました。

藤戸の方は、さっそくに兄元方のもとへ走り、写し取ったるものを手渡します。

「でかしたぞ。これで帝も御悩平癒間違いなしじゃ」

喜んだ元方、妹藤戸より手に入れた御札守の表書きを写し取ったものを持って、上賀茂の道満の手にこれを渡しました。

（どれどれ。あの尾花丸の小僧めが、どのような表書きをしておるのか――）

道満、薄笑いを浮かべながらそれを見やりますると、たちまちその笑みがそこに凍りついてしまいました。

「なんと、これは、おそるべき小僧よ――」

思わず口より、賛嘆《さんたん》の声が洩れ、唇も眼も、驚愕《きょうがく》のため吊りあがっております。

「いかがした、道満」

「イヤ、元方どの。あの尾花丸、あなどれませぬぞ。問答せしおりも、子供ながら、なかなか晴明《せいめい》なる小僧と思うておりましたが、いや、ここまでとは――」

「どういうことなのじゃ」

「ここに記されてある神の名を、篤《とく》とごらんあれ」

道満が差し出した、藤戸が書写なしたる表書きをば、元方が眺めますると、そこには次のような神の名が記されていたのでございました。

まず――

天御中主神。

大己貴尊。

少彦名神。

そして――

天満大自在威徳天神でございます。

いずれも『記・紀』のビッグ・ネームでございまするが、問題は最後に記されたる天満宮の神の御名でございます。

「それが、いかがした？」

「この最後に記された天満宮の神の名こそが、問答のおり、尾花丸が隠していた名でありましょうな」

「それほどのものか、この神は」

「はい」

「これにて祈禱いたさばどうなる」

「まず、三日もあれば、充分に帝の御悩は平癒してしまうでありましょう」

「なに!?」

それは困る——と言いかけ、さすがにそれを口にするははばかられたのか、自分の口をおさえ、周囲をきょろきょろと眺めまわして、誰か今の自分の言葉を聴いている者がいないかと、思わず小心ぶりをあらわにしてしまった元方ではありました。

「しかし、大丈夫でござりまする。こうしてその神の名がわかりし上は、いくらでも法はござります」

「どうする」

「三毒虫《さんどくむし》の外法《げほう》にて、尾花丸の祈禱をばみごとに妨げてやりまする」

「なに、三毒虫の外法とな」

「はい」

ここで言う三毒虫というのは、蛞《なめくじ》、蛇《へび》、蛙《かえる》のことでございます。

蛙――つまり、蟇《がま》は蛇に呑まれ、蛇は蛞にかなわず、蛞は蟇に喰われるという、俗に言います三すくみの関係にあるのがこの三毒虫でございます。

知る人ぞ知る、かの、蛇の大蛇丸《おろちまる》対蟇の地雷也《じらいや》の対決は、この関係を背景にしたものでございます。

「かようなこともあるかと、ここに三毒虫を用意しておきました」

道満が、そう言いながら、横手を見やりますと、大きなる甕《かめ》が、三っつばかりそこに置いてあります。

「あれは――」

「開けてごらんなされ」

言われて、元方、甕の方に歩み寄り、載せてある蓋《ふた》を取ってゆきまするると、

「あイヤ、これは――」

大きな声をあげ、後方に二歩三歩と退がって、額からは冷や汗を流し、唇を震わせて呻《うめ》きました。

「むむ、むうううう」

ひとつの甕には、大きな蟇がぎっしりと入っており、もうひとつの甕にはたくさんの蝮《まむし》だの青大将だのの蛇が鱗《うろこ》をぬめぬめと照り光らせながら身をからませあいながら蠢《うごめ》いております。三っつめの甕には、蛞が縁まで詰め込まれて、あるものは縁から外へ這《は》い

出ようとし、あるものは元方が取りあげた蓋の裏にびっしりとたかっております。

道満、恐れることなく、からからと高笑いをし、

「これにて、三毒虫の外法をばただちに取りおこないましょうぞ」

さっそくにその準備を始めました。

まず、巨大なる焙烙《ほうろく》を用意し、この中へ、三つの甕の中に入っていた、蟇、蛇、蛞をすべてぶち込んでしまいました。

その上から蓋をし、合わせ目には土で目塗りをして、透き間をすっかり埋めてしまいます。

焙烙の中では、蟇、蛇、蛞が、互いに啖《くら》い合い、怯《おび》え合い、手で触れておりまするとなんとも気味の悪い、背筋の毛の立つような震動や、三毒虫たちの呻き声にも似たものが、ひしひしと伝わってまいります。

これを庭の松の樹の枝よりぶら下げ、その下に薪を置いて、道満、これに火を放ちました。

たちまちにして、火は燃えあがり、焙烙を下から熱し始めました。

焙烙は火煙にあぶられて、赤くただれたような色になり、中にいる三毒虫は、その熱さのため、気が狂ったような暴れようでございます。

しかし、蓋があるため、三毒虫も外へ逃げ出すことができません。

しだいに三毒虫も動かなくなりました。

さて、この焙烙、その底に、実は小さな穴が空いております。

その底の穴から、何やら真っ黒なる液が、ぽたありぽたありと落ちてくるではありませんか。

「おお、これじゃこれじゃ」

道満、小さな器を持ちまして、滴《したた》り落ちてくるその液を受けております。

器に一杯それを溜めると、道満、次に始めたのは、御札守の贋物《にせもの》造りでございました。

そこに、尾花丸が記した神の名とはまったく違う悪鬼魔王の名を、表書きとして書いてゆきます。

その名も、欲界第六天の魔王摩《ま》醯《けい》修《しゅ》羅《ら》王《おう》でございます。

「道満、それは？」

「尾花丸に天満宮の神あれば、こちらにはこの摩醯修羅王あり」

さらに道満は、厚紙にて人の形をこしらえ、なんと、その胸の所に記したのは、時の帝の御名でございました。

ここに至っては、もはや元方、あまりの恐ろしさに、身体をぶるぶると震わせ、顔色を青ざめさせております。

人形《ひとがた》を時の帝に見たて、さらに、その人形の急所急所に怪しげなる秘文《ひもん》をしたため、その上から先程搾《しぼ》りとったる三毒虫の油をたらたらと注ぎました。

これを別紙にて包み、堅く上封をして、尾花丸の書いた通りをその表に書き記して、

「伴雄《ともお》は居るか」

今はすっかり、道満が配下となったる山村伴雄を呼び出しました。

「はは、伴雄、ここにまいりましてございます」

「これなる調伏の札守を携《たずさ》えて、御所内《ごしょうち》の御常御殿御清間へ忍び込み、これと尾花丸めが納めたる札守とをすりかえてまいれ」

「はは」

「よいか。くれぐれも見つかるでないぞ。見つかれば、其方の生命もないばかりか、こちらの生命まであやうくなる。心してゆけい——」

「承知いたしましてござります」

言われた山村伴雄、黒装束に身を包み、目計頭巾《めばかりずきん》をかぶり、九寸五分の短刀をば腰にぶち込んで、鉤縄《かぎなわ》を腰に引挟《ひっぱさ》み、調伏の札守を懐中《ふところ》に入れて、上賀茂の道満の屋敷を出でましたる時には、すでに夕刻となっておりました。

加茂川堤を南へ歩《や》って、一条通りはお遣水《やりみず》御門の前へ立った時には、もう日が暮れておりました。

鉤縄をば、お築地《ついじ》の屋根へ引っかけて、内《うち》へと入り、麗景殿《れいけいでん》をたどり、清涼殿の前までやってまいりました。

「ようし、ここじゃここじゃ」

伴雄、人目を忍びつつ清涼殿の床下へと忍び込み、そこにある不浄口《ふじょうぐち》——つまりこれはトイレのことでございまするが、それを短刀にて切り破り、そこより中へ忍び込んだのでございます。

この不浄口、なにしろ尊き御方が用を足す場所でありますから、なかなか立派にこしらえてあり、広く、清浄《きれい》にしてあります。

「さて、御清間はどっちであったか――」

と、お廊下の上へ足を一歩踏み出しますと、
キイ、
キイ、
と、廊下が鳴りだしました。

「あっ」

声をあげて伴雄は飛びすさりました。

もとの不浄所へもどってじっとしておりますと、すでにもう音はいたしません。

「ハテ、今の音は何であったのか」

ゆっくりと、今度はおそるおそる足を踏み出して、よくよく確かめてみますれば、なんとこれは、鶯張《うぐいすばり》のお廊下でございます。

「びくびくしているから、こんなことでも驚いてしまうのだ」

と、今度は、山村伴雄、勾欄《こうらん》の横木を伝って進み、ようやく御常御殿の正面までやってまいりました。

あたりの様子をうかがいましたが、寂《しん》として、鼠《ねずみ》の這《は》う音もいたしません。

唐紙を開いて、そっと中へ入り込みますと、そこはもう御清間でございます。

正面に八脚があり、燈火が点ってその上にある尾花丸の御札守を照しております。

言われた通りの光景であり、

「してやったり。あれがあの小僧の札守だな——」

と、燈火の灯りの中を、ひと足、ふた足進んでゆきますと、不思議や、突然にゴロゴロと雷の鳴るがごとくに、家屋敷が音をたて揺れはじめました。

「何ごとだこれは。鶯張の廊下はあっても雷張の畳などは聴いたこともない」

この音で、誰ぞがここまでやってきて、捕えられてしまってはもとも子もありません。ままよ——

とばかりに、八脚に走り寄って、御札守を手にして、そこへ、持ってきた道満の贋札を置きまして、懸命に走ってもとの不浄所へと隠れました。

こちらは忠平公でございます。

御常御殿の方にあって、控えておりますると、ふいの家鳴り震動でございます。

「ハテ、この深夜に、いったい何事であろうか——」

ひとまずは、帝様の寝所へ駆けつけまして、その様子をうかがいますと、

「ぐむむう。うむむむう……」

何やら呻き声が聴こえてくるではありませんか。

昼の間はあれほどに御機嫌麗《うる》わしくあらせられましたのが、今はたいへんなお苦しみようでございます。

忠平公、廊下へ歩み出ますと、

「誰《たれ》かある。誰かある——」

大音声《だいおんじょう》にて呼ばわりました。

「ははーっ」

とさっそく集まってきた者共に、

「ただいまより、五条堀河の小野好古の屋敷へ行き、急ぎ参内におよべと伝えい!!」

激しい声にて言ったのでございます。

さっそく好古卿の屋敷に使いがたてられて、好古卿、装束を身につけ、深夜にいったい何事の御用であろうかと、御所へと参内してまいりました。

鶴の間の庭先までやってまいりますと、左右といわず、あちこちに松明《たいまつ》がたてられ、篝火《かがりび》を焚《た》きたてておりますので、昼のごとくに明るい風景でございます。

そこへ、奥から姿を現わしたのが、関白忠平公でございます。

「如何《いか》に好古、今朝尾花丸の納めたるお札を御清間へ勧請なし、帝様もまことに御機嫌麗わしくあらせられたのだが、只今、にわかに家鳴り震動いたし、玉体《ぎょくたい》に一大事を及ぼし奉らんとす。一刻も早く屋敷へたち帰り、早々に第二日目の御札守を差し出すようにいたせ」

「ははーっ」

好古卿、驚きながら退出して、屋敷へ向かったのですが、その道々にも不思議でなりません。

昼間機嫌が良かったという帝が、どうして深夜にいきなり苦しみ出したのか。

ともかく、屋敷へもどりまして、尾花丸にこのこと伝えました。

尾花丸、聴くや不審の眉をひそめ、

「ハテ、不思議なことでございます。わたくしめの納めましたる祈念《きねん》の札にてそのようなことがおこるとは……」

尾花丸も、まさか、道満が外法の術と呪《しゅ》をもって、自分の祈念が邪魔されているとは思いません。

いぶかしく思いながらも、一日目と同様に二日目の御札守をこしらえて、好古卿に手渡しました。

好古卿は、これをまた唐櫃《からびつ》に詰めて、御所内へとって返します。

すると、不思議や、この尾花丸の御札守の入った唐櫃が御所内に入った途端に、それまで、

ゴロゴロ、

ドロドロ、

と、床下から家鳴り震動しておりましたのが、ぴたりと止みました。

この時まで、不浄所の床下に潜んでいた山村伴雄、

「おう、これはよい。家鳴りが止んだこの時こそ逃ぐる時じゃ」

入ってきたのと逆の道筋を通り、築地を乗り越え、お遣水《やりみず》御門の所より忍び出でて、急ぎに急いで、上賀茂の、道満の屋敷へもどってまいりました。

「ただいまたち帰りましてございます」

「首尾はどうじゃ」

と、道満が問うのへ、

「すべて言われた通りにしてまいりました」

「でかした。それでは、尾花丸の御札守をこれへ出せ」

「はは」

と、伴雄は懐へ手をやりましたが、なかなか尾花丸の御札守は出てまいりません。

「どうした？」

「いや、確かにここに入れたはずなのでございますが、見あたりませぬ」

「なんじゃと」

「八脚の上より取りあげて、ここにこうして入れたと――」

伴雄があわててさぐりますが、出てまいりませぬ。

「ええい。捜してないとは、おまえが取って来なかったか、落としたかではないか」

「取るのは確かに取りました。それは確かでございます」

「ならば落としたのじゃ。ほれ、どこで落としたか思い出してみい」

落とした場所を思い出せとは、道満も無理を言うものでございます。

思い出せというからは、落とした時に身に覚えがあるということで、あるならば落としたその時に拾ってまいりますから、失《な》くすはずもございません。

道満、やはり、気がせいているようでございます。

「いや、不思議」

懐だけでなく、袂《たもと》を振りましても出てまいりません。

「これ、袂など振らずとも、あるものならわかるではないか。ええい、どこで落としたか失くしたか、心あたりを思い出してみい」

「ハテ、お遣水御門から忍び込み、麗景殿より清涼殿、その不浄口を破ってお廊下へ進めば鶯張、勾欄を伝って御常御殿へ、それから御清間へ、すると突然の家鳴り震動。ひと息に飛び込み八脚から御札守を手に取り懐へ。不浄口へ駆けもどって、そこで様子をうかがっておりますと、やがて家鳴りも止んで……ハテ？」

「どうした!?」

「あるいは、不浄口で潜《ひそ》みおります時に、そこに忘れたかもしれませぬ」

「このたわけ者めが。まあよい。尾花丸の札守を八脚より取りはらい、こちらの札守を置いてきただけでもまだよしとするか」

「はは――」

「これ、伴雄。よいか、明日は必ず、今夜忘れたものまで一緒に持ち帰って来るのだぞよ――」

「承知いたしましてござりまする」

山村伴雄、冷や汗流しながら、額を床に擦りつけるようにして答えたのでございました。

（五）

さて、またその翌晩でございます。

前夜と同様に、お遣水御門より忍び込みまして、清涼殿の不浄口の床下より中に入っ

て、御常御殿、そして御清間へとたどりついてみれば、またもや、
ゴロゴロ、
ドロドロ、
と、家鳴り震動でございます。

これには、またびっくりした伴雄でございますが、今度は昨夜一度経験しているだけに気が大きくなっており、

「ええい」

と飛び込んで、御札守をすりかえて、不浄口へ。

見れば、昨夜忘れた尾花丸の御札守もそこに落ちております。

「しめしめ、やはりここに置いていったのだったか」

それを、今とったばかりの御札守と共に懐に入れた、山村伴雄でございます。

はじめはそこにしばらく身を潜めていようと思ったのですが、忘れた御札守も手にした今は、こんなところでぐずぐずしてはいられません。

かまわず外に飛び出して、お遣水御門を越えて、上賀茂の道満の館へと取って返した伴雄でございます。

夏場の犬よりも長く舌を出し、ハアハアと喘ぎながら、伴雄は道満のところまでやってくると、

「ただいまもどりました」

「今夜は早かったではないか――」

「昨夜同様に家鳴り震動はいたしましたが、もう待つには及ばぬと、早々に帰ってまいりました」

「それは上首尾じゃ」

と言っている道満の眼の前で、またもや山村伴雄、懐に手を入れたり、袂を振ってみたり、

「これは不思議、今夜こそはたしかに懐に入れたと――」

「どうしたのじゃ」

「御札守が見あたりませぬ」

「なんだと!?」

「イヤ、道満さま。こんなに奇態なことはございませぬ」

「どうした」

「確かに、不浄口に昨夜落とした御札守がありましたので、それと一緒にこれ、このように懐に入れて――」

「ないではないか」

「しかし」

「なんというたわけじゃ。おおかた、家鳴り震動に怖《お》じ気《け》づいて、いったん懐に入れたものを落としてきたのであろうが」

「――」

山村伴雄、言葉もありません。

「もしも、ここに尾花丸の札守があれば、帝の生命も今夜を限りというところであったのだぞ」

「はは──っ」

「まあ、よいわ。ともかく、尾花丸の祈禱を妨げてやったことにはかわりはないわい──」

これを横で聴いていた元方、

「しかし、今すぐ取りに行けば、不浄口のところに札守があるやもしれぬぞ」

そう言いました。

「急かるるな。今申した通り、ここまでやれば、すでに帝の生命は風前の灯《ともしび》。ここで札守を取りにゆき、家鳴りで騒いでいる連中に見つかっては、もとも子もありませぬ」

「そうか」

「あと一日、それだけ尾花丸の祈禱を妨げれば、もはやあのこわっぱにもどうすることもできませぬ」

自信ありげに胸を反らせ、道満、どんと胸を叩きました。

「なれば、明日じゃ。明日の夜こそは、よいか、伴雄よ、くれぐれも盗み出した札守を忘るるでないぞ」

と元方が言えば、

「わかりました」

と、伴雄は平身低頭でございます。

（六）

「しかし、それにいたしましても——」

と、そう言っているのは、上賀茂の蘆屋道満でございます。

「二度にわたっての家鳴り震動、何やら妙でござりまするな」

「おう、そちもそう思うか」

道満に答えてうなずいているのは、藤原元方でございます。

ふたりの横で、神妙《しんみょう》に座って話を聴いているのは、山村伴雄。

二度にわたって御清間へ忍び込んで、御札守をすりかえてきたのはいいのですが、そのたびの家鳴り震動で、二度も尾花丸の納めた御札守を置いてきてしまったとあっては、でかい顔もしていられません。

「しかも、この山村伴雄が、確かに懐に入れたという尾花丸の御札守が、二度にわたって紛失《ふんしつ》いたしております」

「うむ」

「これはどうも、尾花丸を助けているどこぞの神がいるに違いありませぬ」

「どういう神じゃ」

「わかりませぬが、できるのはせいぜいが家鳴り震動と、札を隠すことくらいでございます。表立って尾花丸を助けては、わが欲界第六天の魔王摩醯修羅王《まけいしゅらおう》の怒りに触れるのが怖ろしくて、その神はかような方法をとっているのでござりましょう」

「どうする？」

「しばらく、放っておきましょう。今しがたも申しあげました通り、尾花丸の祈禱の邪魔さえできれば、この勝負は我等が勝ったも同然——」

などと言っているところへ、ふいに、どこからか怪しげなる含み笑いが聴こえてまいりました。

ムフ、
ムフフ、
ムフフフ……

なんと、その含み笑いはだんだん高く大きくなり、しまいにはなんと、

「ムハハハハハハハハハハ」

という高笑いになっていったのでございます。

「何奴——」

立ちあがりまして、蘆屋道満、部屋の戸を打ち開けまするると、濡れ縁があり、その向こうに夜の庭がございまして、そこに、月光を浴びまして、黒い唐風《からふう》の衣を着ましたるひとりの老婆が立っているではありませんか。

白髪——

顔は皺《しわ》だらけで、もはや何歳くらいになるのか見当もつきません。

百歳は優に越えていると見られ、ことによったら二百歳かそれに近い年齢かもしれません。

「わが道満が屋敷に、夜中に忍び込み、高笑いなすとは奇怪な婆あだ。いったい何者じゃ」

蘆屋道満が言い放ちますと、

「この勝負、勝ったも同然などと、可愛ゆいことをぬかしておるから、思わず笑うてしもうたのよ」

しわがれた声で言いまして、この老婆、またしても泥を煮るような声でぐつぐつと笑い始めました。

「さては、今の話を聴いておったか」

「帝を祈禱で亡き者にして、この朝廷をば思いのままにせんとのたくらみのことかえ……」

「そこまで知っておるか」

と、立ちあがってきたのは藤原元方でございます。

「ええ、伴雄、その婆あを斬って捨てい」

元方に言われ、伴雄は懐にあった短刀をば右手に引き抜いて庭へ跳びおり、

「やっ」

とばかりに突きかかりましたが、この老婆、ふわりと宙に浮かびあがってその切先をかわしました。

そして――

ああ、なんということでございましょうか。

奇怪にもこの老婆の身体は、人の背丈ほどの高さに浮かんだまま、下に落ちて来ないではありませんか。

宙に浮かんだまま、月光を浴びながら、なおも笑っているのでございます。

「こ、これは――」

元方も仰天しておりますと、

「お静かに――」

道満が元方を制して、

「小賢しや、浮身《ふしん》の術ごときでこの道満が驚くと思うたか」

濡れ縁まで出てまいりますと、その身体がすうっと浮かびあがりました。

老婆と同じ高さまで浮きあがると、道満は老婆と向かいあいました。

道満、懐より何やら白玉のごときものを取り出しまして、それをひょいとばかりに宙に放り投げますると、それはぴたりと空中に止まりました。よくよくみますれば、それは、黒い不気味な斑点《はんてん》の浮き出た卵でございます。

道満が、口の中で何やら呪《しゅ》のごときものを唱えますと、その卵の表面に、みちみちと音をたてて亀裂《きれつ》が走り、そこから翼のある黒い獣が這い出てまいりました。

蝙蝠《こうもり》でございます。

蝙蝠と言えば、鳥類《ちょうるい》に非《あら》ず、哺乳類《ほにゅうるい》でございます。その哺乳類である蝙蝠が何故に卵から生まれますのかというと、これはもう、変幻自在の蘆屋道満の術が優れているからとしか言いようがありません。

さらに申しあげておきますならば、いよいよここからは、夢枕獏秀斎が、明治時代の講釈本を離れて、本格的に新しいものを過去の先生方の作品に付け加えてゆくところでございます。

これについては、後にゆっくりお話し申しあげることになりますれば、ここはしばらくお話の方を急ぐことにいたします。

その蝙蝠、かっ、と口を開けますれば、そこに見えるのは、鋭く尖《とが》った牙でございます。

キイ、

キイ、

と鳴きながら蝙蝠は宙に舞いあがり、老婆目がけて襲いかかってゆきました。

と——

老婆は右手で、自分の白い髪の毛をばつかみ、それを引き抜きますると、

「ふっ」

と息を吹きかけながら、その白い髪の毛を宙に舞わせました。

すると、どうでしょう、その白い髪は、無数の白い小蛇となって宙を這い、まさに老婆に襲いかからんとした蝙蝠に巻きついたのでありました。

宙で、小蛇と蝙蝠の闘いが展開されております。

「怪しき老婆め、いったい何用があってこの道満が邸にまいった。返答の次第によっては、生きてここを出ることかなわぬぞ」

「おぬしらが、あの安倍晴明尾花丸のことを、もっと怖れるようにと忠告にまいったのさあ――」

「なに、安倍晴明とな？」

「尾花丸がことよ。ぬし、しばらく前に、なかなか晴明なる小僧であると言うておったではないか。晴明とはよき名じゃ。もって、あの尾花丸がことを晴明と呼んだまで――」

「あれは、利発な小僧と思うたから晴明と言うたまでのこと。名づけたわけではない」

「笑止、笑止。あれは、ぬし自らが、尾花丸がことを晴明と名づけたも同じこと。蘆屋道満ともあろう人物が、それくらいもわからぬのか。ぬしほどの人間が、そう呼んだら、それは名になってしまう。ましてや、このわしが、それを名と認めたらばなおさらじゃ」

なんと、この老婆は、蘆屋道満が晴明という名を尾花丸に与えたのだと言っているのでございます。

それも無理はございません。

史実――というのは言葉のあや、これは文学的な史実のことでございますが、この安倍晴明の晴明という名の由来は、なんと蘆屋道満が名づけたものであったのでございます。

さまざまな書にも言われているのでございますが、問答に負けた蘆屋道満が、思わず相手の尾花丸に対して、

「なんと晴明なる子供ではないか」

思わず洩らした言葉が晴明という名の元になっているというのでございます。

これ、れっきとした文学上の事実でございます。

ともあれ、本講釈もそれを受けて、敵役である道満が、晴明の名を付けたということにしたいのでございます。

「わしはなあ、あの晴明のみならず、安倍家の血に恨みを抱く者じゃ」

「安倍家の血とな?」

「そうとも。その意味では道満よ、ぬしらの味方ぞ、このわしは」

「なに?」

「あの安倍の血筋は、危くなればなるほど、土壇場で、思わぬ力を出してくるのでな。道満よ、くれぐれも油断はせぬことぞ」

「油断はせぬ」

「朝廷をひっくり返すか。それもおもしろいではないか。わしがぬしらに力を貸してやろうではないかえ」

「力を貸すとな」

「おそらくな。今夜あたり、ぬしらの身内の女が死ぬことになろう」

「なんだと!?」

「その女の身体を、このわしが預かる。それが、条件じゃ。ぬしらの味方をしてやることのな」

「――」

「この古い身体には少し飽いたのでな。若い身体が欲しうなったのじゃ」

そう言って、老婆は、気味の悪い声で、げびげびと笑ったのでございました。

蝙蝠と白い小蛇は、もつれあうようにして下に落ち、まだ地面の上で闘っておりました。

（七）

さて、一方こちらは、御所内でございます。

またしても前夜のごとくに、屋敷が家鳴り震動いたし、それと共に、昼は、昨夜の苦しみが嘘のように静まっていた帝が、またもやたいへんな苦しみようでございます。

「ぐむむむむ。ぐむうぐむむむむ……」

呻きながら、あぶら汗をたらたらと流し、呻き声のあい間には、激しい息づかいで喘いでおります。

いや、もう、すぐにも死んでしまいそうな御様子でございます。

関白忠平公は、さっそく人を呼び寄せ、

「早々に堀河館《ほりかわやかた》へ参り、好古に、尾花丸を召し連れて、急ぎ御所へとまかり来せと申せ」

このように言いわたしました。

好古卿は、とるものもとりあえず、尾花丸を連れて早速に御所へとやってまいりました。

鶴の間の御庭先にて、ふたりで忠平公を待っておりますと、左右には大きく篝火《かがりび》が燃え、激しく炎をあげております。

両側には役人がふたりを囲んで、逃がさぬようにと身構えております。

好古卿、尾花丸、いったい、昨夜といい、今夜といい、何ごとがおこったのかと座しておりますと、すぐに忠平公がやってまいりました。

忠平公、姿を現わすなり、

「これ、その方たち、昨夜に続いて今夜もじゃ。いったいどういうことじゃ」

大きな声をあげたのでございます。

「なんでござりましょう。わたしども、いきなりこれへ呼ばれて参ったばかりであり、こちらで何があったかまだ存じあげておりません」

好古卿が言えば、

「いかに尾花丸。去んぬる十五日、清涼殿において、蘆屋道満と問答いたし、そちが打ち勝ちたる故に、そなたに三日の間、帝の御悩平癒《ごのうへいゆ》の祈念《きねん》を申しつけた。なのにじゃ、その方が御所へ納めたる御札守を御清間へ祭り奉《たてまつ》ると、昼の間は何ともないが、夜になると、急に御常御殿に家鳴り震動がおこる。帝の玉体《ぎょくたい》もたいへんなお苦しみようじゃ。察するに、彼の問答のおり、蘆屋道満が申したこと、これ、本当のことであると思わざるをえぬ」

忠平公はひと息にまくしたてました。

「蘆屋道満が申したことは何でござりまするか」

　尾花丸が問いました。

「其方《そのほう》は、悪魔邪神を勧請《かんじょう》すると、道満が申しておったではないか。なるほど、こうなってみれば、道満が言うこと、いちいちうなずけることばかりぞ」

「わたしの成したる法は、決して怪しきものではございません」

「言うな、尾花丸。なるほど、其方は、道満が言うた通りに、怪しき法を行うとわたしは観たぞ。ただ今より、祈禱の儀は差し止めじゃ。そのように申しつけたぞ」

「もう、祈禱はあいならぬと？」

「あたりまえじゃ」

「それでは、いたしかたございませぬ。さようなれば、わたくしが両度にわたって納め奉りましたお札をば、何とぞこれへお下げのほどを願いあげ奉ります」

　尾花丸が頭を下げますと、ああ、もはやこれまでかと、好古卿もがっくりと頭を落とされたのでございます。

「こうなっては、もとより不用のもの。コレ、藤戸――」

　と、忠平公は藤戸を呼び寄せ、

「御清間へ参って、尾花丸の納めた御札守をこれへ持ってまいれ」

　そのように申しつけました。

「ハイ」

　と答えて藤戸が御清間へ入ってゆくと、不思議やふたつの御札守が、八脚から下に落ちております。

それを手に取り、濡れ縁に出、関白忠平公に手渡そうとしたその時——

「あれ」

にわかに藤戸は苦しみ出し、御札守を下に落として、そこに倒れ伏してしまいました。

白い喉を指の爪でばりばりと掻きむしり、七転八倒の苦しみようでございます。

「あら苦しやあら苦しや」

白く眼をむいて悶《もだ》えております。

「コレ、藤戸、いかがいたした」

忠平公が問うのに答える間もなく、二度、三度、ぶるぶると身体を震わせますと、藤戸は、その口から、真っ黒な血をどろどろと吐き出しまして、そのまま死んでしまったのでございます。

「いよいよもって、怪しき札守じゃ」

と、忠平公が落ちていたそれを手に取ろうとすると、

「なりませぬ」

叫んで、尾花丸が駆け寄って、いったん札守をつまんだ忠平公の手から、それを払い落としてしまいました。

「何をするか!?」

怒って声をあげた忠平公へ、

「これを御覧下さい」

と、尾花丸は地に落ちた札守を睨んでおります。

何やら、怪し気な気が、そこから立ち昇ってくるかのようでございます。

「これは、わたしが納めたものではございませぬ」

「なんじゃと」

尾花丸は、口の中で小さくぶつぶつと何やらの呪を唱えはじめました。

すると、どうでしょう。

ふたつの札守の表面から、何か気味の悪いものが、次々に這い出てきたではありませんか。

それは、蛇、蛞《なめくじ》、そして蟇《がま》でございました。

それらの虫は、札守から這い出てきて、しばらく地の上を這ったかと思うと、そこへ染《し》み込むように消えてゆきます。

「なんだ、それは？」

「三毒虫でございます」

「何!?」

「誰かが、三毒虫の法を使って、札守に何やら細工をしたに相違ございません」

「本当か」

「はい」

と、尾花丸は、落ちていた札をその手で拾いあげました。

「あぶなくはないか」

と好古卿が訊けば、

「すでに、毒を追い出しましたれば」

尾花丸はそう言って、その札守を包んでいた紙を開き始めました。

そこから出てきたものを、篝火の灯りにかざして読んでいた尾花丸、

「ややや、これは!?」

思わず大声をあげておりました。

「いかがした?」

「はい」

と、尾花丸が灯りの中に差し出したものをよく眺めれば、それは、表書きの書かれた札であり、なんとそこには、

〝摩《ま》醯《けい》修《しゅ》羅《ら》王《おう》〟

の名が記されているではありませんか。

「これは何じゃ」

「欲界第六天の大魔王の名でございます」

と尾花丸は答え、

「さらに、これを御覧あれ」

と、その札と共に入っていたものを指し示せば、それは厚紙を人形《ひとがた》に切ったものであり、人形の要所要所には妖しげなる秘文《ひもん》がしたためてございます。

しかも、その人形には真っ黒なる液がかけられております。

「この黒いものが三毒虫の毒液であり、藤戸殿は、これにあたって死んだものに相違ございません」

なおもその人形を眺めれば、その中央に書かれているのは、

「なんと、それは⁉」

あまりのことに、忠平公は二歩三歩と退がり、膝をがくがくと震わせました。

そこに書かれていたのは、まさに帝の御名《おんな》であったのでございます。

「かようなものが御清間へ納められていたのでは、この尾花丸がいくら祈念いたしましても、帝の御悩のよくなろうはずもございません」

「黙れ、黙れ、何を言うか。それを納めさせたは、其方ではないか」

「いいえ、誓ってこれは、わたくしが納めたものではございませぬ。何者かが、そっと、これとわたくしが書いたものとをすりかえたに違いございません」

「何だと。この札守が御清間にあることを知るは、我と藤戸以外、誰も知る者はない。ということはつまり、藤戸が死んだ今となっては、この忠平が、帝のお生命をなきものにしようと、このようなまねをしたのだと、そなたは言うておることになる。我は、苟《いやしく》も、帝を補佐し奉る関白職であるぞヨ。そのようなこと、するわけはないではないか。ということはつまり、これは、尾花丸、其方がやったということではないか」

いっきにまくしたてた忠平公、

「ヤア〳〵、次に控《ひかえ》し六孫王経基《ろくそんおうつねもと》、これへ来たれい」

と呼ばわりますれば、

「ははーっ」

と、直ちにお庭の彼方《あなた》の門を開いて、出てまいりましたのは、眼元すっきりとした男、太刀を身に帯びたる偉丈夫《いじょうふ》でございます。

是《こ》れなん清和《せいわ》天皇の後胤《こういん》六孫王経基でございます。

「いかに経基、それにおる尾花丸は、幼き子供と思いて油断をすれば、これがなかなかの曲者《くせもの》じゃ。今日より其方に預ける故、くれぐれも取り逃がさぬようにいたせよ」

「はい」

「明日は、太政官へ引出《ひきいだ》して、善悪邪正《ぜんあくじゃしょう》を取調べるゆえ、気をつけて館へ連れ帰るのじゃぞ」

「心得ましてございます」

六孫王経基がうなずけば、

「では連れてゆけい」

「承知」

というわけで、尾花丸、六孫王経基に縄をかけられて、そこから連れて行かれてしまったのでございました。

後に残ったのは好古卿ただひとりでございます。

「これ、好古よ」

と忠平公が言えば、

「ははーっ」

と好古卿、ただただ頭を低くするばかりでございます。

尾花丸と一緒にいて、まさか尾花丸があのようなことをしているとは思いませんでした し、また、していたとも思えません。

しかし、ここで尾花丸の弁護をすれば、自分も尾花丸と同罪と見られ、縄をかけられてしまうおそれがあります。

ここはひとつ、大人しくしておく方が得策であると好古卿、考えております。

「こうなってしまっては、しかたあるまい」

「ははーっ」

「尾花丸の善悪定まるまでは、ぬしがここにいたとて、どうなるわけでもあるまい」

「ははーっ」

「ここはひとつ遠慮して、館へ退がっておれ。いずれ、必要があれば、またおぬしを呼ぶこともあろうよ」

「わかりましてございます」

そう言って、好古卿は、そこを退出していったのでございました。

藤戸の屍体は、その後で忠平公が藤原元方を召して、そうして兄の手に妹の屍体は渡される運びとなったのでございました。

第六席　唐の大妖狐　本朝にて蘇ること

（一）

いやいや、皆様、たいへんなことになってしまいました。

尾花丸は祈禱に失敗をし、今のところは、蘆屋道満の圧倒的な有利でございます。

このピンチをばいかにして尾花丸がひっくり返すかというところが、第六席になるのでございまするが、尾花丸対蘆屋道満、まず、一回戦の問答については、尾花丸の勝利。

二回戦の呪《しゅ》争いは、どうやら、道満の勝利ということになってしまいました。

三回戦は、いったい、いかなる展開とあいなってゆくのでございましょうか。

何やら妖しげなる老婆の出現も、なんだかどきどきはらはらさせられます。

ようやくここまで話を持ってくる間に、月日は流れ流れておりまして、なんともう鮎《あゆ》の季節が始まっております。

すでに七月。

この講釈も二年目にいたりまして、まだ、道は半ばでございます。

いよいよ、季節はこれから夏の盛りをむかえるわけであり、本講釈もまた、最後の大づめとはあいなってゆくわけでござりまするが――

（二）

さて、古来、昔より、歳経《へ》た動物は、人語を解し、人に化けると申します。
古《いにしえ》より、本朝においても、動物が人に化けた話というのは無数にございます。

狐。
貉《むじな》。
狸《たぬき》。
猫。
狼。
鼠。

石の地蔵さまが人に化けただの、果ては、軒先に吊るしてあった干柿《ほしがき》が化けたという話までございます。

狐や狸は、昔話にも例がたくさんあり、猫は、多くの怪談話に登場し、貉については、小泉八雲の怖い話があります。

夜道で、のっぺらぼうに出会った男が、命からがら逃げてきて、屋台の蕎麦屋《そばや》の親父に、今自分はこれこれかような怖い目にあってきたのだよと、のっぺらぼうに出会った話をいたしますと、

「それは、こんな顔だったかえ」

そう言って振り向いた親父の顔が、やはりのっぺらぼうであったというお話でございます。

こういうお話は、原話さえあればいくらでもバリエーションを考えられますね。

借金取りからようやく逃げてきた男が、汗をふきふき、屋台のおでん屋さんに飛び込み、喉が渇いたんでビールを注文する。

「お客さん。それならこの間までの付けを払ってからにしておくんなさい」

言われて顔を見れば、なんと、これまで付けで飲んできて、その飲み代を踏みたおしてきた店の親父ではありませんか。

「お客さんが金を払ってくれないので、店は倒産し、今はこうして、あたしは屋台をやってるのですよ」

これは少し違うかもしれません。

『鶴の恩返し』では、鶴が人に化けて、恩を返す話で、これをもとにした、木下順二の『夕鶴』という、舞台もございます。

この夏（平成九年）には、セゾン劇場で、坂東玉三郎がやりますね。

これはたいへんに楽しみにしておりますので、観ましたら、本編で御紹介いたしましょう。

このバリエーションで言えば、蟹《かに》の恩返しなどというのも考えられますね。

あるところで、子供にいじめられていた蟹を助けた男の家の戸を、夜叩く者がいる。

何事かと開けてみれば、そこに目玉の飛び出た女が立っていて、この家に置いて下さいという。

家に置いてやると、この女がよく働く女で、家業の床屋の手伝いをする。

お客の髪の毛を実にうまく切り、仕事も早い。ちょきちょきちょっきんなと切る。

目の飛び出た女がおもしろいし、腕もいいというので、客は増え、店は大繁盛となる。

しかし、どうしてこの女はこんなに腕がいいのか。どこかで修業でもしたのかと男は考える。

どのようなハサミ使いをするのであろうか。

男は気になって、女の手元を見ようとするが、

「わたくしの仕事の最中は、手元だけは見ないで下さいまし」

しかし、気になって気になってしょうがない。

男は、ある日、ついに鏡に映っているその女の手元を見てしまう。

すると、女は、なんと、ハサミを使わずに自分の両手の指で、お客の髪の毛を切っているではないか。

なるほど、これでは仕事が早いわけだと感心しているところへ、

「ついに見てしまいましたね」

鏡の中で、女が怖い目で男を睨んでいる。

「わたくしは、いつぞやあなたに助けられた蟹でございます……」

――というのが、ぼくの考えた『蟹の恩返し』でございます。

『亀の恩返し』というのもあります。

ある時、漁師の太郎が海辺を歩いていると、子供たちが、大きな亀を捕えて遊んでいる。

「これこれ、おまえたち、それでは亀が可哀そうではないか。海へ放しておやり——」

あ、これは、ただの『浦島太郎』ではありませんか。

『蛇の意趣返し』というのを思いついてしまいました。

しかしこれは、ヤクザの御礼参りと同じで、ありがたくなさそうですね。

ともあれ、歳経た獣が人に化けるということが、昔の世界では日常茶飯事にあったということは、御理解いただけましたでございましょうか。

というところで、前回からの続きでございます。

所は大内《おおうち》清涼殿の濡れ縁でございます。

そこに、ひとりの女の屍体が横たえられておりますのですが、これぞ、しばらく前に亡くなられた藤戸《ふじのと》でございます。

帝の御悩平癒のことで、自らの生命を落とすこととなったあっぱれ者であり、手厚く葬ってやらねばなりません。

早速に屍体を運ぶ用意を整えたり、兄元方《もとかた》のところへ使いを走らせたりしているのですが、何分にも夜であり、すぐにそのだんどりができるものではありません。

それで、ひとまず濡れ縁に屍体を置いているのでございますが、屍体についているのは、忠平公の下僕の者が、ただ一名でございます。

他の者は、家鳴り震動騒ぎや、この藤戸が死んだ件で、あちらこちらと忙しく動きまわっており、屍体につきそっているのは、この下僕がただひとりきりということなのでございました。

下僕の男、深夜に起こされただけでなく、このような黒い血をどろどろ吐いて、膝元を赤黒く染めて死んでいる女のそばになどいる役を仰せつかって、不満でいっぱいでございます。

何故、このような役を自分がやらねばならぬのか。

気味が悪いし、早く、誰かがもどって来ないかという気持でいっぱいでございます。

屍体と向きあって、それを正面から見ているというのもいやな気分でございますし、かといって、屍体に背を向けて座しているのでは、これはこれでなかなかに怖ろしうございます。

そういうわけで、座した左横に屍体を見るかたちになって、時おり、ちらりちらりと屍体に眼をやっているという、そういう状況なのでございました。

正面にした庭には、篝火が燃えて、空には青い月が出ております。

軒先から出た月が、下僕の上にも注いでいるのですが、青い月に照らされた藤戸の姿はいっそう不気味でございました。

しかし――

そのうちに、つい、うとうととしてまいりましたのは、しかたがございません。

充分に眠っていないうちに起こされたわけでございますから、身体の方は、まだ、眠りの続きに入ろうとしており、凝《じ》っと座っているだけでは、その身体の誘惑に負けてしまいます。

何度か眼を瞑《つむ》っては開き、瞑っては開きを繰り返しておりまするうちに、いつの間にやら、眼を閉じている時間が長くなり……。

ふっと、何やらの気配に気づいて顔をあげ、あわてて横へ眼をやりますと、すぐ自分の眼の前にあったのは、女の顔でございました。

藤戸。

紫色の唇。

その周囲には、どす黒い血がこびりつき、髪はざんばら、鼻と口は尖《とが》り、黄色い眼が炯々《けいけい》と光っております。

「わっ」

と声をあげたところへ、女が、ぱっくりと口を開きまして、赤い舌を出して、

「はあああ……」

と、生臭い息を下僕に吹きかけたのでございます。

とたんに、下僕は苦しみもがき出して、ついにはそこに、ばったりと倒れて死んでしまったのでございました。

しばらくして、数人の男たちがもどってきた時、濡れ縁には、ふたつの屍体が倒れていたのでございます。

ひとつは、下僕の屍体であり、もうひとつは、なんと藤戸ではなく、歳経て皺《しわ》くちゃになった老婆の屍体でございました。

（三）

さて、一方、こちらは、尾花丸でございます。

六孫王経基《ろくそんおうつねもと》へお預けの身となった尾花丸、一条油小路にある経基の館の庭へ、後ろ手に縄を掛けられたまま、座しております。

経基は、濡れ縁に腰を下ろし、沓脱石《くつぬぎいし》の上に右足を下ろし、その右膝の上に左足首を引っかけて、尾花丸を見下ろしております。

左右には篝火が焚《た》かれ、郎党《ろうとう》の者たちが十人ほども、尾花丸が逃《のが》れられぬよう、その後方に控えております。

「いかに尾花丸よ――」

経基が声をかけます。

「汝、年端もゆかぬ子供ながら、此《こ》度《たび》は実に大《だい》それたることをいたしてくれたな」

「いいえ。わたくしは、帝の御悩を平癒したてまつらんと、心よりの祈念をいたしたまでのこと。大それたことなどした覚えはござりませぬ」

と、尾花丸、これははっきりと答えます。

「しかし、そなたが祈念いたしたこのふた晩は、これまでにない帝のお苦しみようじゃ。これは、そなたが、魔王をたてて、ひそかに帝を亡きものにしようとしたからに他あるまい。そなたはまだまだ子供である故、さだめて、これは、そなたの一存ではあるまい。そなたに、この祈禱を申しつけた者の名を申せ。しからば、そなたの罪も軽うなるであろう」

「わたくしに、この祈禱を命じた者など誰もありませぬ」

「正直に申せ。好古《よしふる》か、それとも――」

「ございません」

「そんなはずはあるまい」

「帝がお苦しみになられたるは、何者かが、わたくしが納めましたる札守を擦り替えたるためでございます」

「それは誰じゃ」

「はあ――」

「誰じゃと申しておる」

「それは、わたくしの口からは申しあげられません」

「何故言えぬ」

「――」

「そなた、忠平《ただひら》公を疑うておるな」

「――」

「返答せぬということは図星か」

「――」

「コリャ、何故、返答いたさぬか。確かに、御清間へ入ることができたのは、忠平公と藤戸の両名のみであり、その藤戸はすでに死んでおる。すると残るは忠平公のみということになると、おまえはそう言いたいのか――」

「――」

　言われても、尾花丸、忠平公が怪しいともそうでないとも言いません。

「ええい。かわゆくない子供じゃ。こうなったら、庭の松の枝におまえを吊るして、青竹で叩かせても白状させるがどうじゃ――」

　それでも尾花丸、何とも言いません。

　確かな証拠もなしに、忠平公が怪しいなどと言ってしまっては、あとがたいへんでございます。

　ここで、尾花丸の心中を、この猿秀斎めが推し測るとすれば、当然のごとくに、御札守に書かれていたあの欲界第六天の大魔王、摩《ま》醯《けい》修《しゅ》羅《ら》王《おう》の名は覚えているでございましょう。

　あのようなことができる人間が、この都にそう何人もいるはずはございません。

　よほど呪《ず》法《ほう》に長《た》けた人間でなければ、やれる業《わざ》ではありません。まさか、忠平公が、それをできるとも思わず、もしそれができる人間がいるとすれば――

〝蘆《あし》屋《や》道《どう》満《まん》〟

　その名が、今、尾花丸の脳裏には浮かんでいるのでございますが、やはり、確かな証拠もなしに、その名を口にできるものでもありません。

「経基さま……」

　尾花丸、ようやく口を開きました。

「おう、言う気になったか」

「帝の御悩平癒の祈禱、約束の期日まで、まだあと一日ございますれば、今一度、あと一日の祈禱をお許し下されますよう、忠平公にお取り次ぎ願えませぬでしょうか」

「何を言うかと思えば、この期《ご》におよんでまだそのようなことを——」

「なにとぞ」

「ええい。誰ぞ、そこの松の枝にこの尾花丸を吊るせい。青竹で叩いて、誰に頼まれてこのようなことをしたか、白状させてくれるわ」

経基が言った時、

「アイヤ、しばらく。しばらくしばらく——」

そう言って奥より出て来た若者がありました。

「おう、満仲《みつなか》ではないか」

なんと、そこへ姿を現わしたのは、経基が御嫡男《ごちゃくなん》、源満仲公でございました。

十五歳ながら、きりりと目もと、口もとのひきしまった、みごとな男ぶりでございます。

「満仲、其方《そのほう》、何故《なにゆえ》の止めだてじゃ」

「すみませぬ。ただいま、奥の間で父上と尾花丸の話、耳にしておりましたが、このまま黙って聴いているわけにもゆかなくなり、こうして出てまいりました」

「ほほう」

「父上、関白殿下より仰付《おおせつ》かったのは、この尾花丸を拷問《ごうもん》にかけよとのことでございまするか」

「いいや。明日にでも詳しく吟味《ぎんみ》いたすゆえ、それまで尾花丸の身柄を預かっておくよう言われたまでじゃ」

「それを、何故、松が枝《え》に吊るし、青竹で叩けと——」

「イヤナニ、明日の詮議《せんぎ》に先立って、少しでもこの尾花丸より、ことの実否《じっぷ》をただしておかんと思ったまでのこと」

「尾花丸、まだ、十三歳の子供なれば、松が枝より吊るされて、青竹で叩かれでもしたら、まず生命はありませぬ。預かった尾花丸を、屍体にして忠平公にお返しするおつもりですか——」

「ム、ムム……」

「父上、ここはひとつ、歳の近いわたくしめが、父上になりかわって、この尾花丸と話をしてみましょう。よろしゅうござりまするか——」

「むむ——」

「いかが」

「アイわかった。わしは、ここで聴いておる故、そなた、自由にこの尾花丸と話をしてみるがよい」

「はは——」

と、満仲頭を下げ、濡れ縁より尾花丸を見下ろしました。

「これ、尾花丸よ。そなた、先ほどのだんまりは、忠平公を疑うておると理解してよいのか──」

「──」

問われた尾花丸、またも口をつぐんで答えません。

「忠平公と言えば、先の六十代醍醐《だいご》天皇にお仕えなされたる左大臣時平公の御舎弟じゃ。そのことは存じておろう」

「──」

「時平公は、かの菅原道真《すがわらのみちざね》公を無実の罪におとしいれ、筑紫《ちくし》のはてへ流罪《るざい》となし、其身《そのみ》は百八人の公卿衆《くげしゆう》と語らい、天下を覆《くつが》えさんとした。それがために道真公は、恨みの一念を平安城へ下されて、時平公をはじめとする百八人の公卿衆をお殺しになった……」

「──」

「この時、藤原家は絶ゆるところであったのだが、忠平公の忠義により、そのまま朝廷は藤原家を立てておかれたのじゃ。この忠平公が、実は、兄時平の謀反の心を継いで、密かに計略《はかりごと》をめぐらしているのであろうと、思うていやるか──」

何を問われても、尾花丸、頑として口を開きません。

「よろしい。なれば、こちらから問うのはやめにいたそう。そなたの言いたいことを、ここで言うてみるがよい」

「はは──」

と、ようやく、再び尾花丸は口を開きました。

「証拠もなく、誰が怪しいだの、誰がやったのだのと、わたくしがここで言えるわけもございません。わたくしが申しあげられるのは、ただひとつ。お願いでござりまするから、今一度、帝の御悩平癒の祈禱をさせていただくことでござります。もし、これを邪魔する者あらば、この時にわかりましょう。それでも、帝の御悩平癒なき時は、その時こそ、このわたくしを松に吊るすなり、青竹で叩くなり、いかようにでもされればよろしいのではありませんか——」

「なるほど、そなたの言うは、まことにもっともなことである」

と、満仲は経基を見やり、

「いかがでござるか、父上——」

「むうう」

もっともなことに、返す言葉もありません。

「父上、それがし、忠平公の御嫡男、藤原師輔卿《ふじわらのもろすけきょう》とは親しき間柄なれば、彼をここへ呼んで、この話をばしてみんと考えまするが、いかに？」

と問えば、

「むう。むむむ——」

と唸《うな》っていた経基、

「よかろう」

とうなずかれたのでございました。

「夜分なれど、ことは帝の御悩に関わること、さっそくに、師輔卿のもとへ、使いをやらせましょう」

満仲、さっそく両手をぽんぽんと叩いて、下僕の者を呼び、

「話は聴いていたであろう。さっそく、師輔卿の御屋敷へ馬を走らせい」

（四）

さて——

一方、こちらは、蘆屋道満が屋敷でございます。

道満、そして、藤原元方、山村伴雄の三名が、祝盃をあげているところでございます。

「これで尾花丸め、もはや、二度と祈禱などできぬでございましょう」

と山村伴雄が言えば、

「さよう。わが妹、藤戸が亡くなったのは、思わぬ哀しみであったが、この兄がこの朝廷をわがものにするための死であれば、あやつもあの世で満足していることであろう」

元方、とんでもない勝手なことを言っております。

「しかし、気になることがある」

元方、山村伴雄に比べ、道満の表情は、まだ厳しいものが残っております。

「なんじゃ、言うてみい、道満」

と元方。

「藤戸の屍体が、清涼殿の濡れ縁より忽然《こつぜん》と姿を消しただけでなく、かわりに老婆の屍体があったそうな」

と、これは道満でございます。

「それが気になるか」

「はい」

と答えた道満、ふと顔をあげ、それをそのまま庭先に向けました。

「むう」

と、道満が声をあげれば、

「どうした道満」

元方も、山村伴雄も、そちらへ視線を向けます。

と――

月光で、青あおと光っている庭先に、ひとりの美しい女が立っているではありませんか。

髪から衣から、濡れたようになって、全身から月光をしたたらせております。

白い顔。

吊りあがった眼。

紫色の唇。

その顎《あご》も胸元も、何やらどす黒きもので汚れております。

「おまえ、ふ、藤戸……」

元方、盃を取り落とし、思わずそこに立ちあがっておりました。

「なんと」

道満もまた、そこに立ちあがって、庭先に立ってその女を睨みました。

「あわわわ」

伴雄は、だらしない声をあげて、腰をよじって、後方へ逃げようとしております。

死んだと報告を受けた藤戸が、どうしてそこにいるのでしょうか。

いや、藤戸にしては、少し眼つきもきつく、唇の色もあんな紫色ではございません。

しかし——

それでも、それは、間違いなく藤戸ではありませんか。

「誰ぞ、反魂《はんごん》の術でも使うたかよ」

道満が言いました。

反魂の術とはすなわち、死者をこの世に蘇《よみがえ》らせる術のことでございます。

すると——

「ホホホホホホホ……」

右袖を口元にあて、高い声で藤戸が笑ったではありませんか。

「違うぞえ、違うぞえ、これは反魂の術なぞ使うたのではないぞえ」

藤戸が言います。

「ない!?」

「今晩、若い女が死ぬ故、それをもらいうけると、しばらく前に言うたではないかえ」

「あの婆あか」

「いかにも、いかにも。それにしても、美しい娘よの。唐にも、これほどの娘、めったにはおらなんだわい……」

藤戸であって、藤戸でないものが、くくく、と含み笑いをしながら、そう言ったのでございました。

（五）

足音も高く、濡れ縁の板を踏みながらやってきたのは、藤原忠平公の息子、藤原師輔卿でございました。

「満仲、来たぞ」

そう言って師輔卿、濡れ縁にどっかりと腰を下ろしました。

「おう、師輔どの、わざわざのおこし、かたじけのうございます」

「帝の御悩のことで、話があるとな」

「はい」

答えているのは、満仲公であり、父の経基公は、すっかり息子に事をまかせてしまっているようでございます。

現代ならば、家にやってきた上司の息子の接待を、息子の高校生にまかせてしまっているようなものでございます。

まことにこの頃の十五歳と言えば、しっかりしております。

「実は、これこれしかじかのことがございまして――」

と、満仲公、これまでのことを、手短かに師輔卿に話をいたしました。

「むう、なるほど……」

と師輔卿はうなずきました。

「話はもっともじゃ。よかろう。このおれが協力できることは、いくらでもしようではないか。この件については、このおれも、このままにはしておけぬと思うていたところ。これは願ってもないこと——」

「なにか、ございましたか」

問われて、師輔卿、

「う、うむ」

とうなずき、唇をきりりと嚙むのでございます。

「どうされました？」

「実は、満仲よ。このおれは、あの死んだ藤戸を、心から好いておったのだ。あの藤戸が、あのような死に方をしたことが、いまだに信じられぬのじゃ。しかも、いつの間にか、見張りの者が倒れており、藤戸の屍体が老婆の屍体にかわってしまっていた。いったい何がおこったのかを、このおれも知りたいのじゃ——」

「ううむ」

「この尾花丸が再び祈念することになれば、もし、邪魔だてしようとする者がいるなら、必ずや何か仕かけてくるはずじゃ。その者たちこそ、藤戸どの敵《かたき》——」

「なるほど」

「ついては、このおれに、良い考えがある」

「どのような」

「それを話す前に、ひとまず、尾花丸の縛《いまし》めを解いてやらねばならぬ」

「その通りじゃ。おい」

満仲が手を二度、ぽんぽんと叩くと、庭にひかえていた者たちが、さっそく縄をほどこうといたしました。

すると——

「それにはおよびませぬ」

尾花丸は、そう言ってそこに立ちあがりました。

すると、縄はするするとほどけて、尾花丸の足元に、蛇のようにたまりました。

「さあ、それでは、ゆるりと、この後の相談をいたしましょうか」

尾花丸、涼しい声でそう言ったのでございました。

第七席　蘆屋道満大妖狐とタッグチームを作りしこと

（一）

いやさて――

観てまいりました。

坂東玉三郎丈演ずるところの『夕鶴』。

平成九年八月三日から銀座セゾン劇場で上演されているのですが、これ、木下順二の名作で、一九四九年の初演以来、山本安英の〝つう〟で、三十七年間一〇三七回も上演されました。

これまで、ずっと『夕鶴』の上演を断り続けてきた木下順二が、坂東玉三郎ならばということでOKを出し、ようやくこの上演となったのでございます。

たいへんにみごとな舞台であり、後半に入って、玉三郎のつうが、眠っている与ひょうの上に羽根を広げてかぶさるシーンは、間といい、空間といい、舞踊の一シーンを見るようで、惚れぼれするほど美しいものでございました。

この脚本を舞踊劇化して、浄瑠璃《じょうるり》に合わせてのびのびとたっぷり三十分間、玉三郎が舞う姿を見たくなってしまいました。

これは鶴が人に化けるという話なのですが、動物が人間に化けるということでは、本講釈でも語っております。唐よりやってまいりましたる妖狐も人の身体を借りてそれに化けるというのがそれでございます。

本朝では、この妖狐、藤原元方《ふじわらのもとかた》の妹である藤戸《ふじのと》の身体に憑《のりうつ》っております。前の講釈でも申しあげましたが、この唐より渡ってきた妖狐が藤戸に憑るというシーンは、筆者夢枕獏秀斎めの創作であり、玉田版にも、桃川版にもございません。

この妖狐、その正体はと言えば九尾の狐でございます。唐の都長安において、柳圭女《りゅうけいじょ》という女に化けて、安禄山《あんろくざん》の妻として宮廷に入り込み、唐朝廷をば思いのままにせんとの野望を持っていたのですが、安倍仲麿《あべのなかまろ》、吉備真備《きびのまきび》のコンビと太華《たいか》とによってその正体をあばかれ、恨みの念を抱いてこの日本国に渡ってきたものでございます。

これまで、この妖狐が、どこでどうしていたのかは不明でございますが、いよいよ、安倍の一族に対して復讐をすべく、再び姿を現わしたものでございます。

さて、この妖狐でございますが、本朝の文学史的に申しますと、様々なバージョンがあるのでございますが、正体を現わすのは、もっと後の世でございます。

本編の主人公である、安倍晴明公が亡くなられてから、ようやく、玉藻前《たまものまえ》として姿を現わし、時の帝《みかど》を惑わして悪さを働くのですが、そこに現われて、これを退治するというのが、晴明公の息子でございます。

しかし、筆者といたしましては、この大妖狐にあられましては、ぜひとも安倍晴明公存命中に本編にご出場いただき、晴明公と目もくらむようなおどろおどろしき呪法合戦をばやっていただきたいと考えて、今回のご登場とはあいなったわけでございます。

ここにおいて、いよいよ、玉田、桃川両先生の講釈本からは離れてゆき、夢枕版平成講釈とはなってゆくわけなのでございますが、これは、玉田、桃川両先生並びに、本編を現在も演じておられる旭堂小南陵《きよくどうこなんりよう》師匠に敬意をはらっての改編でございます。

玉田、桃川両先生も、昔より伝えられてきたこの話をば、講釈する時には、自分流晴明公の物語として手を加えてきたに相違なく、さすれば、この平成の時代において、活字講釈師たる夢枕獏秀斎めが、深き愛情といくばくかの受けねらいという下心を持って、自分流の晴明公の物語をやるというのは、歴史として正しい行為のような気もいたしているのでございます。

しかし、この夢枕バージョンは、このまま時の流れの中で消え去ってしまうかもしれず、あるいはまた、さらなる誰かの手によって、映像化、舞台化、音楽化という、まったく新しい講釈のスタイルとして作り変えられてゆくかもしれません。

ならば、この平成の世において、安倍晴明公の物語を、バトンとして、小南陵師匠より受け取り、後の世に繋いだ者として、この夢枕獏秀斎、本望でございます。

さらには、すでに書きましたように、この夢枕バージョンが時の彼方に忘れ去られてしまう日があったとしても、それはそれ、これまで本朝の物語の歴史を支えてきたに違いない、無数の、今は無いけれどもかつてはまちがいなくあった物語のひとつとなったということであり、それはそれで、わたくしの望むところなのでございます。ということで、話は本編にたちかえりまして、尾花丸が、再び自由の身になったところからでございます。

（二）

さて——

ここは、六孫王経基《ろくそんおうつねもと》の屋敷でございます。

屋敷の奥まった一角に、四人の人間が、顔をそろえているところでございます。

ひとりは、この屋の主である、六孫王経基その人であり、ひとりは、その息子の満仲《みつなか》でございます。

そして、もうひとりが、関白藤原忠平《ただひら》公の御嫡男、藤原師輔《もろすけ》卿でございます。

そうして最後が、後の安倍晴明公である、本編の主人公である安倍尾花丸でございます。

ただいま、四人は、いかにして尾花丸に、残り一日の祈禱を続けさせるかということについて、思案している最中でございます。

「確かに、尾花丸が言うことは理にかのうておるが……」

と経基が言えば、

「問題は、それを、いかにして忠平公に伝えるかということでございます」

満仲が答えます。

「それについては、このおれが、我が父忠平公に何とでも申し伝えるが、ただそれだけでは、こたびの一件はかたづかぬ」

と、師輔卿が言います。

「と申しますと?」

と満仲公。

「この祈念の邪魔をいたした者たちを捕えねばならぬということだ」

「それについては、先ほど、何やら良き考えがあると申されておられましたな」

「おう、言うた」

「どのようなお考えでしょうか」

「三度目の御札守《おんふだもり》を御清間へおさめた後、我等のうちの何人かが、ひそかに物陰に忍んで待つのさ」

「待つ?」

「おそらく、尾花丸の祈念が再び始まったと知れば、何者かは、必ずや、また御清間に忍び込んで、御札守をすりかえんとするであろう。それを捕えてしまえばよい」

「しかし、それは、御所内に、武器を持った人間を置くことになりますが、忠平様がたやすく承知いたしてくれましょうか」

「むろん……」

「むうむ……」

と、男たちが思案しているところへ、

「心配するにはおよばぬぞ」

いずこからか、響いてきた声がございました。

何者か――

と、一同が首をめぐらせてみれば、一本の柱の陰より、灯火の明りの中へ、歩み出てきた人影がございました。

「おう」

「あなたさまは――」

経基と満仲公は、驚きの声をあげました。

「父上!?」

と、高い声を出したのは、師輔卿でございます。

なんと、柱の陰より現われ出でた人影こそ、今しも話題にのぼっていた、藤原忠平公その人だったのでございました。

「いや、そのこと、心配するにはおよばぬぞ――」

藤原忠平公、一同の前まで歩いてくると、その目の前にどっかりと腰を下ろして微笑いたしました。

「父上、これはいったいどういうことでございますか?」

と問うたのは、もちろん、息子の師輔卿でございます。

「いや、すまぬ」

忠平公、座したまま、深々と頭を下げたのでございます。

「尾花丸よ。多数の面前で、そなたに縄をかけ、捕えさせたは、このわしに考えあってのこと――」

「お考え？」

と、問うたのは、もちろん尾花丸でございます。

「あの場で思いつき、そなた本人にも、誰にも相談できずに、わが一存にてやったことなれば、許せ――」

また頭を下げてから、

「あのおり、このわしが考えたのも、今、わが息子師輔が言うていた通りのことじゃ」

「は？」

「今度《こたび》のこと、尾花丸の言うように、何者かが帝のお生命を縮めんと謀《はか》っておることは、すでに明白――」

「はは――」

「尾花丸に祈禱をやめさせ、これを捕えさせたは、その何者かを油断させ、欺《あざむ》かんがため――」

「欺く、と申されましたか？」

と尾花丸。

「いかにも――」

と忠平公は尾花丸を見やり、

「許せヨ。敵を欺くにはまず味方からとは、昔より言われている通りじゃ」

と頭を下げたのでございました。

「尾花丸よ、あらためて申しつける故、これにてあらたなる御札守を作り、それを御清間へと納め、帝の御悩平癒のための祈念をなせ――」

「願ってもなきこと」

「我は、これより、百官百司《ひゃくかんひゃくし》を御所内へ集め、尾花丸があらたに書きたる御札守を示して、再び、帝の御悩平癒の祈禱を尾花丸に申しつけしことを、一同に伝えるであろう」

「はい」

「さすれば、この中《うち》には必ずや、今度《こたび》の一件に関わる者が出席していようから、その者はおおいに驚くに違いない。おそらくは、あらためて贋の御札守を作り、その本物とすりかえるために、御清間へ忍び込んでこよう――」

「はい」

「その時に、尾花丸よ、そなたは、こちらの源満仲と共に、御清間に隠れて待ち、その者を捕えるのじゃ。いや、捕えるなどと手ぬるいことを言っていて、曲者《くせもの》を逃したとあってはたまらぬ故、殺すつもりで討ちとってしまってかまわぬ。たとえ死しても、顔あらためをすれば、いずれの人間かは、すぐに知れよう。よいか、尾花丸、満仲――」

「ははっ」

「ははっ」

と、ふたりが頭を下げれば、

「尾花丸よ、そなたは十三歳の子供とは言えど、並々ならぬ祈禱の術を修めし者。満仲は満仲で十五歳なるも、清和源氏の嫡流にして、弓矢の家に生まれたる者。尾花丸に従いて、弓矢にてみごと曲者を射殺《いころ》してみよ」

とのお言葉でございます。

「このこと、他言無用。知っておるは、ここの五名のみじゃ。わかったな」

「はい」

と、経基、満仲、師輔、尾花丸はうなずくばかりでございます。

「いつ、このことをそなた等に告げようかと思うておったところへ、満仲よりの使者が師輔のところへやってきたので、これぞ幸いとばかりに、夜闇《やいん》に乗じて、ただ独《ひと》りその後をつけて、ここまでやってきた次第じゃ」

この時代、関白忠平公のような身分の高いお方が、ただ一人にて、牛車にも乗らず、供の者も連れず、夜道を歩いたというのは、よほどのことでございます。

今度の一件については、並々ならぬ決意と覚悟があるようでございます。

「しかし、尾花丸をこの任よりはずしたこの忠平が、再び尾花丸を同じ任につけるのであっては、あやしまれる」

「はい」

「そこでじゃ、この役は、そなたがやるのじゃ――」

と、忠平公が見やったのは師輔卿でございます。

「わたしが?」

「おまえは我が息子じゃ。一同を集めて、たった今、この件については我が父忠平を説得してまいったところであると皆に申せば、まさか、これに異を唱える者はあるまい」

なんと、もの凄いどんでん返しの作戦でございます。

「いかに――」

と忠平公が言えば、これには、一同も、畏《かしこ》まって、

「承知いたしました」

うなずいたのでございました。

（三）

「何と申された、元方殿――」

と、声を荒らげたのは、蘆屋《あしや》道満《どうまん》でございます。

「だから、今、申した通りじゃ」

と藤原元方が言っているのは、上賀茂にある道満の屋敷でございます。

「いきなり師輔卿が、百官百司を御所内へ集め、尾花丸に三日目の祈禱をやらせることにしたと言って、これこのように、新しい御札守まで一同に見せてよこしたのじゃ」

〝如何《いか》に方々《かたがた》、これなる御札守をば今一度御清間へ置き、尾花丸には約束通りのあとひと晩の祈念を申しつけた。この祈念によって、またもや帝の玉体に事あらば、その時こそこの尾花丸をいかようにもいたせばよろしい〟

そのように、師輔卿が言ったというのでございます。

〝このこと、すでに我が父忠平をこの師輔が説得してのこと。忠平公も承知のこと。ほ

れ、ここに、新しい御札守もすでに用意してある――〃と。

「その表書きを見ましたか」

「もちろんのこと。しっかりとこの目で見てきたわ」

「何と書かれてありましたか」

「ただ一文字〃璽《みしるし》〃と――」

「それがわかっておりますれば、まだ方法はございます」

「これまでのように、その御札守を、贋物と取りかえるか？」

「そのつもりでございまするが、しかし、気になることがございます」

「何じゃ」

「一夜もたたぬうちに、忠平公、息子に説得されたとはいえ、前言を翻《ひるがえ》してのこの一件、何やら向こうもたくらんでいるのではありませぬか」

「うむ」

「御清間へ、山村伴雄をまたやるとしても、こんどばかりは、周囲を警固の者で固めておるのではありませんか。そこへのこのこと伴雄がゆけば、たちまち捕えられてしまいましょう」

「それもそうじゃ」

「しかし、だからといって、このまま指を咥《くわ》えて見ているわけにもゆきませぬ」

「どうしたらよかろう」

言われて、しばらく思案顔であった道満、やがて、何やらよからぬことを思いついたのか、にんまりと歯をむき出して微笑いたしました。

「よきことを思いつきました」

「何じゃ？」

と、膝ですり寄って、元方が問うところへ――

「山村伴雄をこれへ呼びましょう」

道満はそう言って、ぽんぽんと両手を打ち合わせて、山村伴雄を、そこへ呼んだのでございました。

「お呼びでござりまするか」

と、床に手をつき、山村伴雄が言えば、

「他でもない。しばらく前に、師輔卿が、御所内へ百官百司を集めて言ったことについては、おまえも承知しているであろう」

と、道満が言います。

「はい」

「ついては、御苦労だが、いま一度、御清間へと忍び込み、贋札と尾花丸が作りし本物の御札守とを、取りかえてくるのじゃ」

「いや、道満さまのお言葉ではございますが、それればかりはかんべんしていただきとうございます」

「何故じゃ」

「いくら何でもこれで三度目ともなれば、さすがにあちらも、警固の者を御清間の周囲に置いていることでございましょう。そこへのこのこ出かけて行っては、捕えてくれと言っているようなものではございませぬか。捕えられれば、まず、この首が無事に胴にくっついているとも思えませぬ。この儀、何とぞ何とぞ、お許しを——」

と、伴雄はもっともなことを言うではありませんか。

これには、ひとまず、道満もうなずくより他はございません。

「おまえの言うのももっともなことじゃ。であれば、出かけてゆき、もしも警固が厳重であれば、そのまま帰ってきてしまってもかまわぬ」

「しかし、これがもし、罠《わな》であれば、わざわざ目立つように警固の者を置いているはずもなく、どこぞに目立たぬように隠れているやもしれませぬ」

「ふむ」

「警固の者が見当らぬからといって忍び込み、隠れている者たちに見つかってしまっては同じことではございませぬか」

なかなか、山村伴雄、小悪人なりに頭が働き、自分の身を守る知恵は身につけているようでございます。

「しかし、心配はいらぬぞ」

「は？」

「ここに、唐より伝来せし、重宝《ちょうほう》の品《しな》がある——」

と、道満は立ちあがって別の間に入り、すぐにもどってまいりました。

その両手に錫《すず》の蓋物《ふたもの》と、錫の徳利《とっくり》とを持っております。

道満、蓋物の蓋を開けて、中を山村伴雄に示しました。

「ヤア、これは、白い粉が入っておりまするが――」

「これこそ、唐より伝来せし秘薬じゃ」

「どのような粉薬《こぐすり》でござりまするか」

「たとえば、其方《そのほう》がじゃ、今晩御清間へ忍び込もうとしたとするな」

「ハイ」

「その時に、警固の者に見つかってしまったとしよう」

「おそろしいことでございます」

「その時にこの粉薬をば舌の上に乗せ、こちらの瓶《びん》の詰《つめ》を抜いて、こちらの水薬と一緒に合わせて飲めば、其方は無事じゃ」

「何故でござりまする」

「このふたつの秘薬を合わせ飲めば、たちどころに其方の五体は消え失せ、誰の眼からも見えなくなってしまうのじゃ」

「それほどの薬でござりますか」

「姿が見えなくなったところで、警固の者たちが右往左往している様子を楽しみながら、其方は、のんびりとその場から逃げ出してくればよい」

「なるほど、それは心強い薬でございますなァ――」

「このふた品は、もしもの時にこの道満自らが使おうと思うて、これまで家宝として取り置いてあったものじゃ。しかし、今は場合が場合じゃ。其方のために、この薬をば使うことにしたのじゃ」

「ありがたきことでござります」

「しかし、これは、一度きりしか使えぬ大事な品じゃ。二度と手に入れることかなわぬ。よって、警固の者に見つかり、いよいよどうにもならぬという時まで使うことはあいならぬぞ」

「ハイ」

「どうじゃ、行ってくれるか」

「わかりました。そのような大事な重宝をわたしのために用意して下さったというのに、これで行かぬというのでは、わたしも顔が立ちませぬ。まいりましょう」

「よくぞ申した」

「かわりに、あらためてお願い申しあげたき儀がございますが、お聴き届けいただけましょうや」

何やら、これまでは卑屈であった山村伴雄、相手の弱みにつけ込んで、少し態度が大きくなったようでございます。

「申してみよ」

「なればでござります」

「うむ」

「これはもとより、今の帝を亡きものにしたてまつり、元方様、道満様が、この朝廷をば思いのままにせんがための謀略《はかりごと》でございます」

「いかにもな」

「もし、ここでわたくしめが首尾よく働きましたれば、左大臣、右大臣とは申しませんが、大願成就なされたおりには、この山村伴雄めを、大納言、中納言におとりたていただけましょうか」

「あたりまえではないか――」

と、道満は元方を見やり、

「のう――」

と微笑いたしました。

「おう。そうじゃ、そうじゃとも。ぬしの働き何で忘らりょうか。事成った暁《あかつき》には、褒《ほう》賞《しょう》は望みのままじゃ。大納言、中納言にでも何でも、とりたててつかわす」

と元方も道満に口添えいたします。

「ははっ」

「それにしても、抜け目のない男よのう。わしは、其方のように、はっきりと自分の心に思うていることを口にできる男が好きじゃ。そういう男なればこそ、信用もできるのじゃ。だからこそ、其方に、かようなる大事の役を頼むのじゃ。くれぐれも、失敗することのなきようやってまいれ」

「承知いたしましてござります」

山村伴雄、道満の手よりふた品を受け取り、それを懐にいれて、いそいそとそこを退出して行ったのでございます。

そこへ――

「ホホホホホ――」

と、響いてきたのは、楽しそうな女の笑い声でございました。

すると、先ほど道満が姿を消してもどってきた別の間より、唐衣《からごろも》に身を包んだ、美しい女房が姿を現わしたではございませんか。

「藤戸――」

と声をあげたのは、元方でございます。

しかし――

そこに現われたのは、外見こそ藤戸でございますが、中身は今や別人――いや、別狐でございます。その正体は、唐より渡ってきた大妖狐であることは、言うまでもございませんが。

「あれが、唐より渡来《とらい》せし、姿を消す薬とは、道満、よう言うではないか――」

そう言って、またもや楽しそうに、ホホホホホと笑うではありませんか。

これまた、道満も、唇の端に笑みを溜《た》めて、

「何を言うか。あれは、そなたが唐より持ってきたと言うて、このおれに渡した品じゃ。唐より伝来せしというは、本当のことではないか――」

「いかにも、いかにも、さようでござりまするなあ」

と言って、藤戸の妖狐がホホホホホと笑えば、道満は道満で、

「ムフ、ムフ、ムフフフフフ。ムハハハハハ……」

と、声をたからかに笑い出したではありませんか。

「これ、道満、いったいそれは何の話じゃ」

と元方が問いますが、

「ムハハハハハハ……」

「ホホホホホホホ……」

とふたりはおかしそうに笑うばかりでございます。

「元方殿、じきにわかりまする。じきに……」

道満はそう言って、またもや、大きな声で笑うのでございました。

「ムハハハハハハハ……」

「ホホホホホホホホ……」

ふたりの笑い声は、高く、上賀茂の夜の空に響いたのでございました。

第八席　夢枕獏秀斎スルタンの国にていよいよ物語が佳境に入りしことを宣言すること

（一）

さて皆様、本日の講釈をするにあたりまして、このわたくしめがどこにいるかをまず、申しあげておきましょう。

わたくしめが今おりますのは、スルタンの国トルコ——この物語の初めに舞台となった唐の都長安よりも、さらに西へ行ったところにある、イスラムの国でございます。かのオスマントルコ大帝国の首府であった、イスタンブールに、このわたくし、今来ているのでございます。

何故に第八席の頭で、このようなことを申しあげるのかと申しますと、単にこのわたくしがお調子者の講釈師だからでございます。

海外に出ると、つい、そのことを人に自慢したくなる。一〇〇〇円を道端で拾ったら拾ったで、その喜びを誰かに話したくて、すぐに電話をしてしまう。

このような人間は、どなたの周囲《まわり》にも、かならず、十人のうちにひとりやふたり——いえ、三人や四人はいることでございましょう。ことによりましたらば、あなた御自身がそのような方であるかもしれません。

わたくし、その十人のうちの三人、四人に含まれる人間です。その自覚症状、ございます。

ですから、ついつい、締切に追われ追われて、異国で原稿を書くこと、しょっ中でございます。

書く方はそれでよいのでございますが、これでは、担当さんはたまったものではございませんね。

今回などは、電話事情があまりよろしくない。

電話が、直通でかかる時もあるし、かからない時もある。ＦＡＸなど、日本と繋《つな》がっても届いていない時もある。

着いた初日に、ＦＡＸで送らねばならない原稿があるというのに、宿の五つ星ホテルの部屋から電話が通じません。

フロントの男に訊ねるのですが、外線番号の〝9〟を押して〝0081〟を押せばそれでよいと言うばかりで、何度やっても繋がらないのでございます。

頼んだＦＡＸ三〇枚が、無事に届いているかどうかが、確認できないのでございます。どうせ、この分では、届いてないのだろうなあ、と心細い思いで、日本からの電話待ちでございます。

そのうちに電話が日本からかかってまいりまして、

「一枚しか届いてない」

と言うではありませんか。
この電話番号へ送ってくれと頼んだおりに書いた、日本の電話番号を記した一枚が届いただけだと言うのです。
いったいどうなっているのか。
このような複雑な事情となると、もうわたくしの英語力ではお手上げとなり、幸《さいわい》にも担当さんが英語ができるものですから、フロントの男を電話に出して、わたくしに代わってあれこれ事情説明をしてもらったのですが、それでも埒《らち》があきません。
ついに、日本のＫＤＤにまで電話をして確認をしたのですが、やはり、フロントの男が言うように、
〃９００８１〃
でよいという返事。
しかし、それをまわしてもこちらから日本に電話が繋がらないのです。
これはもう、ホテルの部屋の電話がおかしいという以外に考えようがないのですが、まことにもって不親切、フロントマンは、
〃９００８１〃
の一点張り。
以前にもこのようなトラブルがあって、そのおりは、ホテルのシステムの問題であることがわかり、機械をいじくってもらったら、あっという間にトラブルは解決したのですが、ここの男は、

〝9 0 0 8 1〟

と唱えるばかりでどうしようもありません。

「ならばおまえ、おいらの部屋に来てやってみたらどうじゃ」

と申しましても、

〝9 0 0 8 1〟

をコーランの文句のように唱えるばかりでございます。

結局、日本から、まめに電話をもらいながら、都合八回にわたって原稿を送り、やっと原稿を送り終え、全部届いたことを確認し終えたのが、朝の四時でございます。はじめたのが、到着してすぐの、トルコ時間午前一時ですから、なんと、たかだかFAXを送るだけで、三時間もかかってしまったことになります。

しかも、届いたFAXが不鮮明であり、あらためて原稿を電話口で読みあげるという、電話送稿にて、やっと原稿を送り終えたのでございます。

日本を出てから、二十四時間、ほとんど眠らずに原稿を書きつつ移動し、原稿を送り終えて、もうふらふらでございます。

二時間も眠ったら、もう出発の時間であり、まことにもって、たいへんな状況をくぐりつつ、ようやく、本日ここに、この原稿にたどりついたのでございます。

すでに、こちらで四本の原稿をこなしており、これで五本目。これでは、日本にいるのと同じ、いったい何のためにトルコまでやってきたのかわからないようなところもあるのでございますのですが、ま、そこはそれ、異国ならではの筆ののりもあり、このようなぐちにもひときわ力が入ってしまったりするのでございます。

さて――

わたくしが今、この原稿をば書いているホテルの窓からは、でんとスルタン・アフメット・ジャーミイ――通称ブルーモスクがそびえているのが見えるのでございます。

そのすぐ先にある巨大なドームは、アヤソフィアでございます。

このアヤソフィアなるモスク、実は、もともとはイスラムのモスクではなく、キリスト教の寺院、教会であったものでございます。

ドームの直径、およそ三十一メートル、高さが五十六メートル。

まことにまことに巨大な山のような建物でございます。

この大聖堂の初期のものがこの地に建てられたのが、紀元三六〇年。

火事や戦争でこの建物が消失し、再建されて現在の建物となったのは、五三七年――日本で言えば、仏教伝来の直前であり、古墳時代のことでございます。

本編の主人公、安倍晴明公がお生まれになるより、四〇〇年近くも前のことでございます。

これが、キリスト教の聖堂から、イスラムのモスクになってしまったのは、一四五三年に、オスマン帝国によって、このコンスタンティノープル（イスタンブールのこと）が征服されてからでございます。

多くの歴史がこの地に重ねられていったその象徴が、このアヤソフィアでございますね。

かようなる建物を窓の外にしつつ、わたくし、この稿をば書き起こしている最中なのでございます。

安倍仲麿公が日本国より出かけて行って果てました、唐の国は長安よりもさらに西、シルクロードのアジアの終点であり、ヨーロッパの始まりの地。彼の大妖狐が生まれました天竺国《インド》よりもさらに西の国が、このトルコでございまして、日本でも有名なるあの〝からくさ〟紋様《もんよう》の原形が、こちらのイスラム紋様にあることは皆様御存知と思いますが、実は、我らが安倍晴明公ゆかりの紋様の原形もまた、こちらのイスラム文化の中にあるのでございます。

一般的に言うところの、

〝五芒星形《ごぼうせい》〟

あの〝☆〟マークでございます。

安倍晴明公の家紋とでも申しましょうか、俗に晴明紋とか、晴明桔梗《ききよう》とか呼ばれているものでございますね。

ユダヤ教で言うダビデの星、〝✡〟六芒星形《ろくぼうせい》などは、もっと古くからあり、これまた古い神秘のシンボルでございます。

安倍晴明公のことに思いを馳《は》せる時、そこから、どこか、シルクロードの彼方の異国の香りが漂ってくるのは、そういうことがあるからでしょうか。

ともあれ、この夢枕獏秀斎、異教の寺院を見物している最中に、天井の紋様などにこの〝☆〟マーク、晴明紋を発見しては、この物語に思いをおよばせていたりしていたのでございます。

というところで、前置はこのくらいにいたしまして、いよいよ本編でございます。

（二）

さて——

お話は、いよいよ佳境。

前回は、あの憎っくき小悪人山村伴雄が、唐より渡来せし秘薬を持ちまして、尾花丸の御札守《おんふだもり》をば、贋物とすりかえるため、蘆屋道満の屋敷を出て行ったところまででございました。

山村伴雄——

今回は息をはずませながら、いつもの通り、一条のお遣水《やりみず》御門より入り込み、御常御《おつねご》殿《てん》御清《おきよ》間《ま》の方へと、忍んでまいります。

なにしろ、事成った暁には、大納言、中納言にとりたててもらえるとの言質《げんち》を、道満、元方からとってあります。

もし、これをうまくやりとげれば、ふんぞりかえって生きてゆくことができます。

小者である山村伴雄としては、こんなに嬉しいことはございません。

さすがに鼻唄こそは唄っておりませんが、足取りが軽くなっているのは無理もありませんでしょう。

いざという時には、姿を消してしまう秘薬を飲めばいいのでございます。

ようやく、御清間の妻戸の前まで忍んでやってまいりまして、

「しめしめ、どうやら何事もなくここまで無事にたどりつけたわい」

呟きながら、妻戸に手を掛け、そっと引き開けました。

中を眺めやりますと、これが真っ暗でございます。

いつもであれば、八脚《やつあし》があり、その上に荒菰《あらこも》を敷いて、お神酒《みき》、洗米《あらよね》がそこに並び燈明《とうみょう》が点《つ》いておりまするのに、今宵に限っては、真っ暗闇で何も見えません。

しかし、そこは、かつて何度か忍び込んだ御清間でございます。

抜き足差し足というはなはだ古典的なる動きをもって、山村伴雄、見当をつけて歩き出しました。

しかし、さすがに不安になってまいりまして、

「待てよ――」

と考えます。

「これは、もしかしたら、誰やらどこぞに、怪しき者が忍び込んできたら捕えんものと、待ち構えておるやもしれぬ。いきなり、曲者曲者《くせものくせもの》と騒がれては、粉薬を飲んで、さらに水薬を飲んでいる間がないかもしれぬ。ならば、最初にまず粉薬を口に含んでおいて、騒ぐ者あれば、すぐに水薬にて粉薬を飲むことにした方がよくはないか」

さっそくに、山村伴雄、粉薬を舌の上にのせ、水薬の入った瓶の詰《つめ》を脱《と》り、それを左手に握って、前へ進んでゆきます。

一方――

こちらは、御清間の闇の中にいる尾花丸と、源満仲公でございます。

満仲公は弓を持ち、尾花丸は刀を持って、静かに息を殺して闇の中で待っております。

そこへ、御清間の戸が開いて、何者か黒い人影が、足音を忍ばせてそろそろと中へ入ってきたではありませんか。

足を忍ばせる――

これはもう、怪しい者に違いありません。

もしも、仲間の者であれば、こんなにそろりそろりとは歩かずに声をかけてくるはずでございます。

充分にお清間の中へひきつけておいてから、

「曲者！」

叫ぶなり、尾花丸は、手に持った太刀で、黒い人影に向かって、

「ヤッ」

とばかりに切りかかりました。

ビュッ、
と刃先が人影の首筋をひと撫でいたしました。

切りかかられた山村伴雄は、びっくり仰天。

首筋を浅く切られましたものですから、もうおおあわてで、手に持った瓶から、中の水を、
ぐいっ、

とひと息に飲み込んで、口の中にあった粉薬と共に腹の中に納めてしまいました。

もう、足を忍ばせてなどおられません。

ばたばたと足を鳴らして、逃げようとするところへ、

「逃げるかっ」

満仲公が、手に持った弓に矢をつがえ、その足音の方に向けて、
ひょう、
と矢を射放てば、ぶっつりと何かを射抜く気配があって、黒い影が、どうと畳の上に倒れ伏しました。

「げっ！」

と、人影は声をあげて倒れたまま動きません。

「やったぞ」

尾花丸と満仲公、倒れた人影に歩みより、

「ヤアく、何《いず》れもお出合いそうらえ。ただ今、御清間のうちへ入り込んだる怪しの曲者をば、尾花丸、満仲の両名が射止めたり。お出合いそうらえ、お出合いそうらえ」

と呼ばわりました。

これを耳にした、別の間に控えていた忠平公、

「さてこそ、両人が曲者を射止めてくれたか——」

と、紙燭《ししょく》の燈火《あかり》を点《とも》して、御清間までやってまいりました。

その姿を見つけて、

「忠平さま」

尾花丸と満仲公が駆け寄れば、

「オオ、尾花丸、満仲、でかしたぞ。曲者をばみごとに射止めたか」

忠平公が嬉しそうにふたりを呼びます。

「ははーっ」

とふたりが膝をついて頭を下げるところへ、燈火をかざしてみれば、ひとりの男がうつ伏せに畳の上に倒れております。

「これが曲者か」

忠平公、その襟首を摑んで顔をひき起こして仰向けにさせますと、

「おうっ！」

声をあげて腰を引いてしまいました。

「これは⁉」

「なんと⁉」

尾花丸も満仲公も、声をあげておりました。

なんと、仰向けになったその男の顔は、焼け爛《ただ》れたようになっており、顔面は、とろけ、眼玉は流れ出し、鼻や口のかたちもはやさだかではなく、みごとにとろけていたのでございます。

これでは、誰が誰やらわからず、他に仲間がいるのかどうかも聞くことができません。

「ムウム……」

忠平公、ひとしきり唸っておりましたが、ともあれ、これで、帝の御悩平癒の祈禱を、何者かが邪魔をしていたことがはっきりいたしました。

「やはり、そうであったか」

忠平公は、深く静かにうなずかれたのでございました。

人を呼んで、色々とさぐらせてみれば、これまでに尾花丸が納めたるお札がふたつとも、不浄口に落ちていたこともわかりました。

曲者が、そこに捨てたか、あるいは持ち去ろうとして、そこに落としていったか、忘れていったか。

いずれにしろ、これまで、尾花丸の祈禱がうまくゆかなかったその理由もわかりました。

「許せ、尾花丸よ」

忠平公、尾花丸に向かって頭を下げ、

「ここまでわかった上は、このわしが許す。尾花丸よ、今一度、帝の御悩平癒のための祈禱をここで申し渡す」

「ははーっ」

かくして、安倍尾花丸、天下晴れまして、再び祈禱の再開とはあいなったのでございました。

（三）

一夜明けて、こちらは上賀茂にある蘆屋道満の屋敷でございます。

出かけて行った山村伴雄が、そのまま帰って来ぬので、さてはしくじったかと思っておりますところへ、知らせが入りました。

御所内へ賊が忍び込み、尾花丸、源満仲公によって討ちとられたが、顔が崩れてその正体がわからなかったこと、しかし、それによって、尾花丸が再び、帝の御悩平癒のための祈禱に入ったことなどが、道満に知らされました。

「これ、道満、あの薬はどうした。山村伴雄は、あの薬を使わなんだのか」

その場におりました藤原元方は、蘆屋道満に問いました。

「使いましたとも」

道満はうなずき、傍に座している妖狐藤戸に向かって、にやありと笑いかけました。

「いかにもいかにも」

藤戸は、美しい顔に、不気味な笑みを浮かべて嬉しそうに言いました。

「しかし、あの薬は、姿が消えるのではなかったか」

「消えたのではございませぬか」

「消えた？」

「消えましたとも。なあ」

と、道満、またもや傍の藤戸を見やりますると、

「はい」

藤戸がうなずきます。

「顔がわからなくなったということは、どこの誰かわからなくなったということ。これすなわち、姿を消したということではござりませぬか」

「しかし、山村伴雄は死んで――」

そこまで言いかけて、元方、

「――そうか。さては、道満、おまえ、最初から、失敗したら山村伴雄を亡きものにするつもりで」

この言葉に、道満、
ふ、
ふ、
と不気味に笑っただけでございます。

「恐ろしいやつ。おまえ、仲間まで――」

「元方さま。そのおかげで、我らは今、こうして、捕えられもせず、話をしていられるのでございます。もしもあの男が捕えられたらたちまちにして、我らのことを白状して、道満、元方に脅されて、仕方なくこの儀におよんだなどとべらべらとしゃべっているこ　とでございましょう」

「――」

「もし、しゃべらずとも、顔が割れれば、たちまちにしてこの館は検非違使《けびいし》の役人どもに囲まれているところ」

「む、むむ」

「山村伴雄が死んだればこそ、我々はまだ安全に、こうして息をしていられるのでございます」

「むむ」

言われてみれば、たしかにその通り。

道満の言う通りでございます。

「大事を成す前には、たとえ味方といえども騙《だま》す時には騙し、必要とあらばその生命をとることもせねばなりませぬ」

道満の言うこと、まことにもっとも。

「し、しかし――」

「何でございます」

〝場合によったら道満よ、おぬし、まさかこのわしに全ての罪をかぶせて、自分は逃れるつもりではあるまいな――〟

思わずそう言いそうになるのをこらえ、元方は、

「まことに、恐ろしき男……」

そうつぶやいたのでございます。

元方の腹の底を見透しているのか、道満は笑って、

「このわたくしと元方さま、一蓮托生《いちれんたくしょう》でございます。生きるも、死ぬるも、共にという

運命でございますれば、覚悟めされい。こうなりましたれば、もはやゆくところまでゆくしかございませぬぞ――」

「わ、わかっておる」

これは、たいへんな男と組んでしまったぞと、脇の下に冷や汗をたらしながら、元方はうなずきました。

「シテ、これからどうするのじゃ」

「御心配めさるるな。この蘆屋道満にまかせておきなされ」

蘆屋道満は、そう言って立ちあがり、奥の一間へと歩み入りました。

なんと、そこには一段が設けられ、正面には欲界第六天の魔王摩醯修羅王《まけいしゅらおう》なる大邪神が祭られております。

急所急所に秘文《ひもん》をしたためましたる厚紙が、八脚の上に逆に置かれ、それには帝の御名が記されております。

さらには、血塗られた刃の剣《つるぎ》ひと振りが紐《ひも》にて天井よりぶら下げられております。

「これをごらんあれ」

「なにをする気じゃ」

「しれたこと。あの尾花丸と、正面からの呪法合戦をするのでございます」

「呪法合戦?」

「これをやりましては、我が生命も縮めかねぬため、これまで別の手段をもってやってまいりましたが、もはやそうも言ってはおられませぬ故、な」

蘆屋道満、牙を見せて、にんまりと笑いました。

人ではなく、獣が笑ったように、元方には見えました。

「この生命、削ろうとも、あの尾花丸が祈禱を妨げてくれん」

言うなり、その場へ衣服を脱ぎ捨て、冠までもとって、蘆屋道満、全裸《まるはだか》となってしまいました。

黒々とした陰毛も男根も、まる見えでございます。

「ホホホホホホ――」

藤戸は、口に白い指先をあてて笑っております。

道満は、つかつかとそのまま歩いて、縁《えん》より庭先に跳び降りました。

すると――

庭先には、六頭の獣が繫《つな》がれておりました。

牛。

馬。

鶏。

犬。

猪。

鹿。

この六畜《ろくちく》でございます。

「ど、道満、これは!?」

震えながら元方が声をかけますが、道満は、もはや答えません。

まず、鶏につかつかと歩み寄り、それを頭上高く差しあげて、羽根を握って左右にばりばりと、生きたままひき裂いてしまいました。

鶏が高い声で鳴きますが、もはや、目玉をぎらぎらと妖しく光らせている道満の耳には届いてないようでございます。

頭上より落ちてくる血を、頭からあびながら天を向き、口を開き、からからと笑いながら、道満はしたたり落ちてくる血を飲み始めました。

次は、牛でございます。

牛の角をやおら摑んで、なんという大力かそれをめりめりと曲げおり、哭《な》き続ける牛の目玉に口をあて、それをつるりつるりと吸い出しては食べ、両手で牛の腹を割って、手を中へ突っ込んで臓物をひきずり出して、それを身体に巻きつけながら、溢れてくる血をば、
ぞぶり、
ぞぶり、
と飲みはじめました。

髪はざんばらとなり、道満が首を左右に振りまするたびに、血で濡れた髪の先より、血があたりに飛び散ります。

すでに、道満自身が、欲界の大魔王、摩《ま》醯《けい》修《しゅ》羅《ら》王《おう》と化したかのようでございました。

次が馬。

次が犬。

次が猪。

次が鹿。

六畜の血を飲み、血を浴び、その臓物を衣服となして、道満は、その六畜の血まみれの首を摑んで、八脚の上に乗せました。

「見よ、元方！」

そう叫ぶ道満の股間を眺めれば、

「おう」

なんと、股間の男根が、ぬらぬらと六畜の血で濡れたその茎を持ちあげて、高く頭を天に向けて立ちあがっているではありませんか。

そうして、蘆屋道満は、自らが魔王と化すその呪法に入ったのでございました。

その横では、

「ホホホホホホ……」

かつては元方の妹であった藤戸、唐より来たりし大妖狐が、声高く笑っているのでございました。

（四）

さて――
尾花丸は、御所内の御清間にて、一心不乱に祈禱をいたしております。

沐浴潔斎《ゆあみけつさい》に身を清め、目の前に八脚《やつあし》を置き、天御中主神《あめのみなかぬしのかみ》、大己貴尊《おおなむちのみこと》、少彦名神《すくなひこなのかみ》、天満《てんま》大自在威徳天神《だいじざいいとくてんじん》を勧請《かんじょう》し、額より汗を流しての大祈禱でございます。

尾花丸、これまでは、御所内ではなく別の場所で祈禱をしていたのですが、今回は御清間での祈禱でございます。

これで効かぬはずはございません。

帝の様子も、息安らかとなって、それをごらんになっていた忠平公も、

「オオ、これなれば帝のお生命もなんとか助かるやもしれぬぞ」

と、喜びの色が顔に出てまいりました。

しかし、尾花丸の相手はあの蘆屋道満でございます。

道満は道満で、上賀茂の自らが屋敷の一室に閉じこもって、正面の壇に欲界第六天の魔《ま》王摩醯修羅《けいしゅら》王《おう》なる大邪神を祭り、額のみならず、全身より大汗をかいての大呪法でございます。

道満、全裸であり、その身には糸屑《いとくず》ひとつまとってはおりません。

身体の表面には、

牛、

馬、

鶏、

犬、

猪、

鹿、を自らの手で殺して浴びたその血が、ぬらぬらと光っており、それが汗と混ざり、いやもう顔をそむけんばかりの光景と、臭いでございます。

髪はざんばらとなり、眼《まなこ》は黄色くらんらんと光っております。

しかも、その髪の毛は天に向かって立ちあがり、青白い雷電が、髪の中で小さく火花のように光っております。

喰い縛った歯の間から洩れてくるのは、不気味極まりなき呪《しゅ》の声でございます。

道満、胡座《あぐら》をかいているのでございますがその股間からは、巨大なる陽根が、天に向かって、凶暴な獣のごとくそそり立っているのでございました。

部屋のあちらこちらには、牛、馬、鶏、犬、猪、鹿の血に濡れた生首が転がり、その間を蛇がくねくねと這っております。

呪法《ずほう》の最中に、腹が減るのか、それがまた呪法の方法のひとつであるのか、道満、這っている蛇を片手で捕えてはその首を嚙みちぎり、生き血をごくごくちゅうちゅうと飲みかつ吸って、腹の中に納めております。

さらにはまた、部屋中に、殺した六畜《ろくちく》の臓物がちらばっておるのですが、その心臓や肝《きも》を摑んでかじり、はたまた腸《はらわた》を自らの身体に巻きつけたりで、これはもう人の世の姿ではございません。

これを眺めた藤原元方も、

「お、鬼じゃ」

膝をがくがくと震わせて、道満に近づくことができません。

ただ、妖狐が憑《のりうつ》った藤戸だけが、口元に薄笑いを浮かべながら、

「ホホホホホ……」

高い声をあげて、おかしそうに笑っているのでございます。

「ほれ、どうした、道満、それではあの小僧に負けてしまうぞえ」

笑いながら藤戸が言います。

「ほれ、そなたの魔羅《まら》は、そこまでしか立たぬのかえ。もっと大きくせい。もっと堅くせい」

それが耳に入っているのか入らぬのか、道満、ただただ自らの中に没入して、邪神に祈りを捧げているのでございます。

時おり、足元に置いた針を拾いあげ、上より逆さにぶら下げられた、帝の御名を書いた人形《ひとがた》の厚紙に、ぶすりぶすりと、その針の先を突き立てます。

「だめじゃだめじゃ。あの尾花丸が祈っておるは、御清間じゃ。もっと帝に近い場所におるのじゃぞえ――」

藤戸、笑っているのでございます。

「そろそろ、このわらわが、そなたを助けてしんぜようかえ」

言うなり、藤戸、自らが身に纏《まと》っていたものを、はらり、はらりと脱ぎ捨てはじめたではございませんか。

ついに、藤戸、自らは一糸も纏わぬ全裸となってしまいました。

すんなりとした、頸から肩の線。

たっぷりとふくらんだ双つの乳房は、その重さにも負けずに前に向かって持ちあがっております。

兄元方が見ても、欲情をそそる肢体《したい》でございます。

「道満、ゆくぞえ」

言いながら、藤戸は歩いてゆき、道満の正面に立ちはだかりました。

そして――

やおら、藤戸は大きく脚を広げて道満の胡座の上に股がって、その腰を沈めたではございませんか。

道満の陽根と藤戸の陰門とがひとつものとなってしまったのでございます。

「ほれ、どうじゃ道満。気持ち良かろうが。気持ち良かろうが」

言いながら、藤戸は、がぶりがぶりと、道満の顔と言わず、首と言わず、その歯をたてはじめました。

「ぐむううう」

道満、獣のごとき唸り声をあげまして、自分の身体の中に生まれた新しい力に耐えてでもいるように、苦しげに身をよじりました。

しかし、呪法をやめようとはいたしません。

「そうじゃ、そうじゃ、よくわかっておるではないか、道満――」

藤戸が、道満の血で濡れた唇を舌で舐めながら言います。

「気をやるでないぞ。気をやるまいぞ。気をやらずに、それを溜めて、己の呪に込めるのじゃ」

藤戸が言えば、うなずくように、

「ぐおおお」

道満が獣の声をあげます。

「どうじゃ、ほれどうじゃ。これはどうじゃ、道満」

藤戸が身をくねらせれば、何かに耐えるように、道満、藤戸の白い顎や、胸に歯をたてて、肌を裂き、血を舐めとります。

「地獄じゃ、これは地獄じゃ……」

眺めていた元方、唇を震わせて、こめかみをぴくぴくとさせておりますが、その光景から眼を離すことができません。

中身こそ、唐から渡ってきた妖狐でございますが、その顔も身体も、外身は全てそのまま、自らが妹の藤戸でございますから、元方、もう、気も狂わんばかりでございます。

できることなら、あの道満と妹の交《まぐわ》っている姿など見たくはありません。

しかし、その光景から、元方は眼を離すことができないのでございます。

「おう。よいぞえ、よいぞえ、道満。これでは、わらわの方が先に気をやってしまいそうになるぞえ」

藤戸がからかうように言いますと、道満は、

「ぐむむむ」

唸りながら応えております。

「ほれどうじゃ、これはどうじゃ」

「ぐむんむうむう……」

「ホホホホホホ……」

ふたりの声が上賀茂の天に響き渡ってゆくのでございました。

第九席　夢枕獏秀斎久かたぶりにバイオレンスとエロスの語り手となって大団円となること

（一）

いやいや、さてさて。

皆様ここは、どこあろう、かの奈良の都は薬師寺のすぐ近くの宿でございます。宿と申しましても、友人の家でございまして、そのお宅のひと間をお借りして、今、これを書いている最中なのでございます。

広い庭には、池があり、そこには、六〇センチの鱒《ます》や岩魚《いわな》が泳いでおり、その上に紅《こう》葉《よう》の始まりかけた紅葉《もみじ》の枝がかぶさっております。

昨夜は、たいへんにおいしい会席料理をいただいてしまいました。

なんと、その料理をいただいたお店には、あの棟方志功《むなかたしこう》画伯が筆でさらさらーと描きましたる絵などがかかっており、出てくるお茶碗やお皿は、いずれもが室町時代のものという、たいへん豪華絢爛《ごうかけんらん》たるお食事でございました。

集まりましたるメンバーはと申しますと――、
野田知佑。

佐藤秀明。

藤門弘。

辰野勇。

そして私という〝白髪五人男〟の集《つど》いであったのです。

どこかのよい川に、釣り小屋を建てて遊ぼうではないかという、悪いたくらみの相談のために集まったのですが、腹が減っては悪事の相談はできぬと、まず食事の宴とはなったのでございました。

「獏さん、いくら味が薄くっても、おショーユをくださいなんて言っちゃだめだよ」

などと言われつつ喰べたのですが、お吸いものの海老は、ごりごりと歯ごたえがあり、新鮮で、お酒もおいしく、ついついすごしてしまいました。

そんなわけで、昨夜、この原稿をば書こうとしたのですが、眠くて眠くて、一時間かかってやっと一枚というていたらくでございました。

ともかくひと眠りしてからと、ベッドに潜り込み、早朝の六時に起き出して、朝まだ暗い薄明の中で、この原稿をば書き出したのでございます。

一千数百年の歴史を持ちます古都にて、いよいよ佳境となったこの物語を、こうして書き進めてゆくのは、まことに感慨深いものがございます。

そもそも、この古都が、本朝の中心であった頃は、まだこの講釈の主人公である安倍晴明公も、この世に生まれておりません。

その御先祖であらせられる安倍仲麿公がいた時代でございます。

私、つつしんで、仲麿公の霊にこの物語を捧げつつ、先を書きすすめてまいりましょう。

さて、前講釈は、身の毛もよだつ邪法を、蘆屋道満と、藤戸に憑《のりうつ》りし大妖狐が行なっているところまででございました。

一方、こちらは、御所内の帝の寝所でございます。

尾花丸の祈禱が始まって、一時は安らかになったかに見えた帝でございましたが、しかし、時間が経つにつれて、その具合がだんだんとおかしくなってまいりました。

「う〰〰ん」

「う〰〰ん」

全身よりアブラ汗を流しながら、たいへんなお苦しみようでございます。

身を左右によじり、喉をば伸ばし、苦しみのあまりに歯で唇まで嚙むものでございますから、そこからたらたらと、血までが流れ出して、頰を伝って枕の上まで濡らしております。

それを凝《じ》っと眺めておりました忠平公、ついに我慢しきれなくなったように、

「ええい、尾花丸、何をやっておるのじゃ」

叫ぶなり立ちあがってしまいました。

走るように御清間までやってきた忠平公、戸を開け、

「これ、尾花丸!!」

一心に祈っております尾花丸に声をかけました。

尾花丸、はっと我に返って見れば、そこに形相凄じく藤原忠平公が立っているではありませんか。

「やめい、やめい。その方が祈禱すればするほど、主上《しゅじょう》はたいへんなお苦しみようじゃ。その方、いったいどのような祈禱をしておるのじゃ」

「まさか、そのような」

これほどまでに一心に祈っておりますのに、まさか病がさらに悪くなっているとは。

「とにかく、祈禱をやめい。帝のあのような御様子、もうわしは見てはおられぬ。誰かあるか、誰かあるか——」

叫んだ忠平公の声を耳にして、わらわらと見回りの男たちが三人、四人と御清間へ集まってまいりました。

「この尾花丸をこれより連れ出し、好古の館へもどして、外へ出ぬように見張りをたておけい」

「はは」

と男たちが、さっそく尾花丸の左右からその両腕を捕えて動けぬように取り押さえました。

「何をなされます。忠平さま」

「わしにはもう、誰も信用できぬ。わしがわかっているのは、その方が祈っておる間に、主上の御容態がますます悪くなったということだけじゃ」

「忠平さま。それは、何者かが、どこかで帝のお生命を亡きものにしようと、邪法をなしているからでござります。それは、しばらく前に見つかった、贋の御札守でも明らか――」

「たとえ、それが明らかでも、尾花丸よ、その方が祈って効果がなきこともまた明らかなのだ。わしとしては、かようにする以外に方法はないのじゃ」

そう言われてしまえば、尾花丸には返す言葉がございません。

とうとう尾花丸は、男たちに取り押さえられて、好古卿の館まで連れてゆかれてしまったのでございました。

（二）

夜――

というところで、ここは藤原忠平公のお屋敷の庭でございます。

暗い庭の中を、さきほどから右へ行ったり左へ行ったりしながら、心定まらぬ体にてうろうろしておりますのは、忠平公の御子息である藤原師輔《もろすけ》卿でございます。

歩いては、

「はあ……」

溜め息をついて立ち止まり、立ち止まってはまた、

「はあ……」

溜め息をついて歩き出すということを、師輔卿、繰り返しております。

師輔卿の心の中にあるのは、ふたつのことでございます。

ひとつは、言うまでもなく、帝の御悩のことでございます。

尾花丸があらためて祈禱に入っているはずなのですが、果たしてそれがどういうことになっているのか、気になっているのでございます。

そして、もうひとつは、藤戸のことでございます。

帝のお側近く仕えていたこの藤戸を、師輔卿、たいへんに好いておりました。

いずれ、帝の御病気が平癒しましたならば、文など送り、歌などやりとりして、自分の妻にと思っていたのですが、その藤戸が、帝の御悩にからむ事件で、なんと黒い血を吐いて死んでしまったのです。

しかも、のみならず、死んだはずの藤戸の屍体が、御所内《ごしょうち》より、忽然《こつぜん》と姿を消してしまったのです。

これはいったい何があったのでしょうか。

藤戸の屍体はいったいどうなってしまったのでございましょうか。

それを案じて、右に左に、夜の庭を行ったり来たりしながら、溜め息をついている師輔卿なのでございました。

そこへ――

「もし、師輔さま、師輔さま……」

どこからか、低い声で、名を呼ぶものがございます。

「はて」

と、師輔卿は、声のする方へ首《こうべ》をめぐらせました。

奥の方に、大きなる楓《かえで》の樹があるのでございますが、声はどうやらそのあたりから聴こえてきたようでございました。

そこを見やっておりますと、

「もうし、師輔さま、師輔さま……」

また声が聴こえてまいります。

眼を凝らしますれば、その楓の幹の陰に、何やら人の姿が見えているではありませんか。

「何者じゃ」

油断なく身構えて言いますと、

「怪しい者ではございません。わたくし、小野好古卿にお仕えいたしている、野干平忠澄《やかんべいただすみ》と申す者でございます」

「野干平忠澄とな」

「はい」

「何用じゃ」

「実は、さきほど、師輔さまのお父上、忠平公の命によって、尾花丸がまたもや好古卿の屋敷に連れもどされました」

「何」

「帝の御悩が少しもよくならないので忠平公も、ついにはそのようにせずにはいられなかったのでしょう」

「何と」

「ついては、師輔卿に、お願いしたきことがございまして」

「何じゃ」

「このお願いのこと、実は、亡くなられた藤戸様にも関係することでございます」

「何だって――」

（三）

さて、こちらは、好古卿の館にもどされた尾花丸でございます。

庭の見える一室に座しまして、ただ独り、腕を組んで思案の最中でございます。

いったい、何がどうなっているのか。

忠平公の言うことも、わかります。

しかし、自分が、帝を呪法で殺そうとしているわけでもありません。そのことは、本人でございますからよくわかります。

ただ、忠平公にはそこまではわかりません。

わかっているのは、何者かが、尾花丸の祈禱の邪魔をしていることでございます。

しかも、邪魔をしているだけでなく、その何者かは、自らも邪法を行なって、帝を亡きものにしようとしているのでございます。

そのこともよくわかります。

では、いったい、誰がそのようなことをしているのか。

それを知る方法はないでもありません。

帝の寝所に自分が行って、呪法を捕えて、そこから相手をさぐってゆけばよいのでございます。

しかし、それをやっている時間はもうありません。

そんなことをしているうちには、帝のお生命がありません。

身体がふたつあれば、帝の御悩平癒のための祈禱をしつつ、相手をさぐることもできましょうが、彼に身体がふたつあったとしても、祈禱を禁じられている今は、それもできないのでございます。

いったい、何者が、帝のお生命をねらっているのか。

尾花丸には、ひとつ、心あたりがあります。

しかし、それは、心あたりというだけで、証拠があるわけではないのです。

その心あたりのある相手の名を忠平公に言っても、今は取りあってはくれないでしょう。

どうしたらよいのか?

腕を組んで思案している尾花丸に、

「もし、もうし……」

庭先より声が聴こえてまいりました。

誰か!?

尾花丸が庭先を見やりますと、植え込みの陰に、ぼうっと立つ人の姿があります。

「どなたですか?」

尾花丸が問うと、その人影が、二歩、三歩と庭から尾花丸の方へ近づいてまいりました。

「わたくしでございます」

というその顔を、月明りによく見れば、なんと、野干平忠澄でございます。

「忠澄どの――」

尾花丸がその名を言いますと、

「尾花丸さま、今夜は申しあげたきことがございまして、ここまでやってまいりました」

「何でございまするか」

「事情は、全て承知いたしております。しかし、決して、力を落とすことのなきよう、まずそれを申しあげたく……」

「わかっております」

「しばらく前に、御所内へ様子を見に行ってきたのでございますが、帝は、尾花丸どのが祈禱をやめてから、前にも増してのお苦しみようでございます。それを見かねて、夜明けまでには今一度、忠平公が、帝の御悩平癒のための祈念をせよと言ってくることでございましょう」

「本当ですか」

「はい」

「それで――」

「尾花丸様も、すでにお気づきかと思われますが、こたびの帝の御悩の原因は、ある人物の悪しき呪法のためでございます」

「ある人物とは?」

「蘆屋道満」

はっきりと、野干平は言ったのでございました。

「蘆屋道満――わたしも、彼が怪しいと考えていたのですが、それよりも、どうしてあなたにそのようなことがわかるのですか――」

尾花丸が言いますと、

「こういうことでございます」

と、そこで、その身をひと揺すりいたしました。

すると、野干平の姿が、たちまちに、煙のようにぼうっとぼやけて見えなくなり、その煙のごときものが、別の姿と変化してゆくではありませんか。

「おう」

尾花丸、思わず声をあげておりました。

さっきまで野干平が立っていたはずの庭先に、なんと、一頭の白い狐――白狐が二本の脚で立っていたのでございます。

「そなたは――」

「お聴きおよびと思いますが、私は、先に、葛子姫《かつらこひめ》になりすまして、安倍保名《やすな》さまにお仕え申しあげていた信太《しのだ》の森の白狐と、保名さまとの間に生まれた、信太丸《しのだまる》でございます——」

「信太丸——スリャ、そなたは、我が兄上ではございませぬか」

尾花丸は叫んでおりました。

読者の皆様は覚えておいででしょうか。

葛子姫になりすまして安倍保名の妻となっていた白狐が、本物の葛子姫がやってきたために、泣く泣くその本性を現わして、姿を消していったのを。

ふたりの間に生まれた、幼い信太丸が、姿を消してしまった母の姿を求めて、

「母さまいのう……」

「母さまいのう……」

とその名を呼ばわりながら、いずこともなく姿を消していってしまったのを。

あの信太丸が、今、立派な大人の狐の姿となって、尾花丸の前にいるのでございます。

「実は、わたくし、いつか安倍家のために役に立つこともあろうから好古卿に奉公しておれと、信太大明神に言われまして、これまで、野干平忠澄として、この屋敷に奉公していたのでございます……」

なんと、このようなことを言うではありませんか。

「それが、やっと、今、こうしてお役に立つ時がやってまいりました」

（四）

「尾花丸様。ここはいまひとつの御辛抱でござりまするぞ」

と、野干平忠澄は言うのでございます。

「しばらくすれば、必ずや、忠平さまよりお呼びがかかり、いま一度の祈念を為せとのお達しがありましょう。これが最後の機会でございます――」

「兄上はどうなされるのですか」

「わたしはこれより、上賀茂にある蘆屋道満の屋敷まで、藤原師輔卿とゆくつもりでおります」

「蘆屋道満の屋敷？　さては――」

尾花丸、はっと気がついたように申しました。

「はい。こたびの帝さまの御悩、全ては藤原元方と蘆屋道満が計りしこと。そのことようやくつきとめました」

「やはりそうでありましたか。では、道満が屋敷へゆくより、まず、忠平様にそのこと御報告いたさねばなりませぬのでは――」

「いきなり、このわたしが出かけて行ってそのようなことを申しあげても、忠平様が信用して下さるかどうか。そうこうしているうちにも、道満が邪法のために、帝のお生命が亡きものにされてしまいましょう。それに、それでは、安倍家の再興がなりませぬ」

「では――」

「わたしと師輔卿が道満がもとへゆき、あちらの呪法《ずほう》の邪魔をしてまいりましょう。道満には、何やら妖しきものの憑いている気配あり。この妖しきものさえ、道満よりひき離せば、尾花丸様の祈念で道満の邪法、打ち破ること、できましょう」

「妖しきものとは？」

「どうも、我らの眷属《けんぞく》とは別の、異国より渡り来たりし大妖狐でござりましょう」

「異国とな」

「遣唐使、吉備真備《きびのまきび》様が、唐より帰朝せられしおり、同じ船に乗って本朝に渡ってきたものと思われます。吉備真備様が、安倍仲麿公と共に、唐の国にて闘われたという、天竺《てんじく》よりやってきたという九尾の狐がこの大妖狐の正体と思われます」

「九尾の狐!?」

「これは、異国の妖狐と本朝の我らとの闘いにてありますれば、いずれはあいまみえねばならぬ相手——」

「オオ、それでは——」

「はい、それではさっそくこれよりわたしは出かけてゆきまする」

そう言って信太丸が姿を消してほどなくすれば、はたしてやってきたのは忠平公の使いならぬ、忠平公本人でござりました。

小野好古卿と尾花丸を前にして忠平公、

「すまぬことをした尾花丸よ。そちを帰したその後、帝は前にも増してお苦しみのようじゃ。薬師《くすし》も、もう、あといくらもお生命はないと申しておる。そちの祈禱があったればこそ、あの程度のお苦しみようですんでいたのだと思い知らされた――」

このように申して頭を深ぶかと垂れたのでございました。

「この上は、尾花丸よ、今一度の祈禱を申しつける――イヤイヤ、申しつけるのではない。こうして、それを願いにやってきたのじゃ」

関白忠平公にこう言われて頭を下げられては、断われるものでもなく、もとより尾花丸にも断わる理由はございません。

「このわしが許す故、この上は、帝の御前にて祈禱をしてもらえぬか」

「承知いたしました」

尾花丸、余計なことを何も言わずに、これもまた頭を下げ、

「色々と御挨拶の儀はあるのですが、今は帝の玉体の一大事、さっそくに参りましょう」

その場で立ちあがりました。

「おう」

と好古卿も立ちあがれば、

「頼むぞ」

と言って、忠平公もまた立ちあがり、三人は揃って内裏へと向かったのでございました。

（五）

帝の寝所へ尾花丸が入ってみれば、これはただならぬ妖気が満ち満ちております。そこでは、帝が、もはや身をよじって悶える気力も体力もなく、ただただ細い呼吸を繰り返しているばかりでございます。

現代で申しますならば、まさに危篤状態でございます。

「むう……」

と尾花丸が声をあげれば、

「何事じゃ」

と忠平公が問われます。

「この御寝殿のうちを見奉《みたてまつ》りますれば、隅々隈々《すみずみくまぐま》まで陰気満ち満ち、全てが邪気を含んで居ります。これを祓《はら》うよりはまず、御寝所を別室に移し、清らかなる器に清水を盛り、塩を混ぜ、榊葉《さかきば》を浮かせたものを四方に置かねばなりませぬ――」

「では、さっそくにもそのようにいたそう。コレ！」

と忠平公が声をあげれば、

「ははっ」

とお局《つぼね》どもが寄ってまいります。

忠平公、お局たちに、尾花丸が言ったことを申し伝えると、たちまちのうちに、帝の寝所が別室に移され、清水を盛り塩を混ぜた器がその四方に置かれました。

尾花丸、帝の枕元に八脚《やつあし》を置き、その上には御札守《おんふだもり》を乗せ、米《よね》と塩を左右に盛って、さっそくに祈禱をば開始いたしました。

これまでの大威徳《だいいとく》天満宮の神のみでなく、天神七代地神五代を勧請《かんじょう》し、節布留部《せつふるべ》の祓《はらい》を唱え、十干十二支《じっかんじゅうにし》の秘法をもって、尾花丸が祈れば、帝の細かった息が、たちまち太くなり、また、呻き声をあげられるようになったのでございます。

傍に座してこれを見ていた忠平公も、

「おう、効いておる、効いておるぞ、尾花丸――」

思わず声をあげて身をのり出しました。

しかし――

半刻、

一刻、

と時が過ぎてゆきましたが、帝の容態がそれ以上によくなる兆《きざ》しは見えません。

尾花丸が、祈禱を為していたのと同じ状態にもどっただけのことでございます。

これは、まさに、蘆屋道満と妖狐が為している邪法の力と尾花丸が為している祈禱の力とが、みごとに拮抗《きっこう》しているからでございます。

（六）

さて、一方ここは上賀茂にある蘆屋道満の屋敷でございます。

庭に面した一室にて、蘆屋道満と大妖狐が憑《のりうつ》った藤戸とが、共に全裸となって、からみ合いながら邪法をなしている真っ最中でございます。

床には、六畜の血や肉や皮、そして、臓物が散乱し、ふたりは血まみれ、臓物まみれでございます。

しかも、交《まぐわ》い合いながら、落ちている臓物を手摑みし、口に運んではそれを嚙みちぎって食べているではありませんか。

この身の毛もよだつ光景を眺めているのは、藤原元方ただ独り。

この光景は、いかに道満や元方に家来がいるとはいえ、彼等に見せられるものではございません。

呼ぶまでは、どのような物音や声が聴こえようと、この一室と、そしてその一室に面した庭には入ってくるではないぞというお達しが家来に届いているからでございます。

元方は、ただおろおろとして、今はもう激しい後悔と恐怖とに震えております。

「ああ、とんでもない魔王と自分は組んでしまった」

そう思っております。

もはや、蘆屋道満、人間とは思えません。

自らが邪法を為している欲界第六天の大魔王、摩醯修羅王《まけいしゅらおう》そのひとではないかと元方には思われます。

そうでなければ、死人《しびと》たる藤戸と、その兄の前で、どうして交うことなどできましょうか。

妖狐が憑っているとはいえ、死人《しびと》は死人《しびと》でございます。それも、道満が殺したと言ってもいい死に方を藤戸はしているのでございます。

もし、帝を亡きものにして、朝廷を我がものにできたとしても、この道満を自分が操ることなどできるでしょうか。

とてもできそうにありません。

むしろ、操られるのは自分の方ではないでしょうか。

帝のお生命を、祈禱によって亡きものにし、朝廷を思いのままにしようとしていたことがわかれば、死をまぬがれることはできないでしょう。

うまくいけばいったで、道満の人形となり果てるのです。

しかも、妹の藤戸は、その巻きぞえをくって死んでしまったのです。

どう考えても、この先、自分に楽しい未来が待っているとは思えません。

かといって、今さらどうすることもできずに、ただおろおろとしているのが、今の藤原元方なのでございました。

その姿を、道満屋敷の塀の上から、凝《じ》っと眺めている者がおりました。

人数はふたり。

野干平忠澄――

藤原師輔卿――

「むううう……」

と、師輔卿、すぐあちらに展開している光景を見て、叫び声を喉の奥で押し殺し、呻き声をあげておりました。

「ほれどうじゃ、ほれどうじゃ。気持ちよかろうが道満。ほれ、ほれ。しかし、気をやってはならぬぞ。気をやらずに、それを邪法に込めるのじゃ」

「ぐむむむむむむむんむう……」

と道満が声をあげれば、腰をふりながら、

「ホホホホホホホホホホ……」

高い声で藤戸が笑い声をあげるのでございます。

それを眺め、

「あれはまさしく元方と道満」

師輔卿がつぶやきます。

「しかも、道満の相手をしているのは、藤戸ではないか――」

師輔卿が、この藤戸をひそかに好いていたのは、読者の皆様はすでに御存知。

死体とはいえ、それが裸で別の男とからみ合い、腰をゆらしているのを見ているその心中はいかばかりでございましょうか。

「むうむ。やはり、そなたの言うこと本当であった。藤戸殿に憑《の》りし妖狐と蘆屋道満めが、このような邪法を働いておるとは――」

灯明皿の灯りに照らされて、赤々となった人の裸体が、臓物の中でのたうっている光景が、塀の上から見えているのでございます。

「師輔様、お気を確かにお持ち下されませ。首尾はあなた様のお力にかかっておりますのですぞ」

「むう」

うなずいて師輔、

「しかし、あの大妖狐を、藤戸殿の身体から追い出す手だてはないものか」

「ないことはございません」

「あるのか」

「は」

「どのような法じゃ」

「伝え聴きまする話によりますと、あの天竺より来たりし大妖狐、唐の国にて破邪の鏡にてその正体を現わしたとか」

「破邪の鏡とな」

「妖狐が柳圭女《りゅうけいじょ》という女に化けていたおり、太華老《たいか》と呼ばれる道士が持ちきたるその鏡によって正体を現わしたと耳にしております」

「その鏡があればよいのか」

「はい」

「しかし、その鏡、唐の国にあるのではなかったのか」

「いいえ。吉備公が唐を去るおり、太華老よりその鏡を賜《たまわ》って、今はこの日本国に来ております」

「どこじゃ」

「それが——」

「どうした」

「はい。しばらく前まで、その鏡、藤原忠平公のお屋敷にあったのですが、わたしの調べましたるところによれば、先夜、何者かに盗まれてしまったらしいのです」

「何者が、何のために盗んだのだ」

「わかりませぬ。鏡はそのまま行方知れず」

「なんということだ。では、もう藤戸殿からあの妖狐を祓《はら》うことはできぬというか」

「そうは申してはおりませぬ。しかし、今は帝のお命をお救いするのが、第一――」

「どうすればよい」

「はい。とにかく、あの妖狐を、道満から引き離すことです。道満と妖狐を、ここで成敗するのは、さすがに我らの手に余りましょうが、ふたりを引き離すことはできましょう。さすれば、あとは尾花丸と道満のうち、どちらの方が呪法の力があるかの勝負になります」

「勝てるか、尾花丸が？」

「あの児《こ》は普通ではありませぬ。本人もまだ知らぬ力が、あの児の中《うち》に眠っております。それが出てまいりますれば――」

「勝てると」

「はい」

「その力が出てこぬ時は？」

「は？　どうなりましょうか」

「よい。とにかく、ここは我らのできることを為し、あとは尾花丸にまかせようではないか──」

「では、このわたくしがあの妖狐をこの屋敷の外へ誘い出しますれば、あとは師輔様が──」

「このおれが、どうするのじゃ？」

「藤戸殿に、刃《やいば》を向けることができましょうや」

「む、むう」

「できまするか」

「や、やろうではないか」

「そのお言葉、信じまするぞ。これは、他の何人にもできず、藤戸殿をお慕いしていた師輔様なればこそできることなのですから──」

（七）

そのような会話が、塀の上で交されているとは露も知らず、道満と藤戸は激しく交《まぐわ》っております。

「ああ、よいこころもちじゃ。それそれそれどうした道満、やるまいぞやるまいぞ」

「むむう。やらぬぞ。やるものか。それでしまいか藤戸。このおれをやらしてみよ。気をやったればこの道満が首、おまえにくれてやるわ」

「あ、あれ」

ふたりは、快楽《けらく》の地獄の中をのたうつ蛇さながらでございます。

そこへ——

「どうした、柳圭女——」

庭先から声がかかってまいりました。

「それとも、藤戸と呼ぼうか。いや、その正体は天竺、唐とふたつの王朝を惑わし、今また本朝にやって来たりし九尾の狐じゃ。本朝にても、また、何かたくらんでおるか」

男の声でございます。

「何やつじゃ」

と、藤戸と道満がふり返ってみれば、黒い服を着た小柄で白髪の老人が、庭の暗がりに立っているではありませんか。

「むう」

と、声をあげたのは、藤戸の大妖狐でございます。

「あな憎らしや、そなたは吉備真備ではないか——」

妖狐の言う通り、そこに立っていたのは死んだはずの吉備真備でございました。

「いや、しかし、たしか、吉備真備は死んだはずじゃ。それがどうしてここに——」

言っている大妖狐の口がぱっくりと割れて、赤い舌が、へらへらとその中で踊ります。

「ははあ。さては何者かが、真備に化けて、道満と我との呪法の邪魔をしに来たか
——」

「だとすれば何とする」

「その正体、暴《あば》いてくれるわ」

「できるか、おまえに――」

「あの鏡が盗まれた今、この我にもはや敵無し――」

「ということは、忠平公の屋敷よりあの鏡を盗みしは、やはりおまえか」

「なんの。このわしは、あの鏡には近づけぬ故、羅生門《らしょうもん》で泣いていた子供をそそのかして盗ませたのさ――」

「何？」

「今頃は、あの鏡、どこぞの海にでも投げ捨てられていることじゃろう。それ故、安心して、このわしも、安倍の血に復讐できるというものじゃ」

「なんと――」

この時、大妖狐がそそのかして鏡を盗ませた子供というのが、後の大盗人《おおどろぼう》、袴垂保輔《はかまだれのやすすけ》であり、ゆくゆくは、この物語の次なる幕において、安倍晴明とおおいに関わってくるのですが、ここでは、そこまでお話しするわけにはまいりません。

そのこと、この時点では、この大妖狐でさえ、思ってもみないことであったのでございます。

「おい道満、わらわはあの吉備真備の正体を暴き、腸《はらわた》を摑み出してすぐにもどってくる故、ここで待っておれ」

「おう」

と道満が答えれば、全裸のまま、大妖狐、すっくとそこに立ちあがり、庭へ降りてまいりました。

「さあ、どこのどのような術者かは知らぬが、このわらわを相手にしたが一代の不幸と思え」

はあっ、

と藤戸が口を開けげば、そこからめろめろと青い炎が吐き出されてまいりました。

「どうも人の臭いではないな。この臭い、おまえ、獣の血を引いておるのかえ」

死臭のする息をはあはあと吐きながら藤戸が言いました。

「そなたとわたしとの闘い、ここでは、狭すぎる。外で待つぞ」

吉備真備は、言うなり姿を白狐に変えますれば、

「おのれ、そなたこの国の狐の眷属《けんぞく》であったか」

その声を聴く間もなく、白狐は走って塀に跳び乗り、あっという間にその向こうに姿を消してしまいました。

「待ちや」

藤戸は、人とは思えぬ疾《はや》さで白狐の後を追い、同じように塀を跳び越えて、屋敷の外の地面に降り立ったのでございました。

降り立った場所は、裏手に鬱蒼とした森をひかえた、草地でございます。

おりしも、月が出ており、天より青い月光が、しんしんとその草の上に注いでおります。

しかし、どこにもあの白狐の姿は見えません。

「どこへ行きやった」

と、妖狐が見やれば、

「ここだ」

と、森の中から姿を現わした者がございました。

抜き身の剣を右手に持った、藤原師輔卿でございます。

その顔色が青ざめておりますのは、決して月の光のためばかりではございません。

その額には、汗がふつふつと浮いております。

眼の前にいるのが、藤戸の屍《しかばね》であり、それを操っているのは大妖狐とわかってはいるものの、見えているのは、恋焦がれていた藤戸そのものであり、しかも裸体でございます。

よほどの強い意志を持っておらねば、そこに力を持って立っていられるものではございません。

「藤原師輔――まさか、ぬしが、さっきの真備と、狐に化けていたとも思えぬが……」

「帝を亡きものにせんとする妖狐よ。ここで我が手にかかって果つるがよい」

師輔卿が言いますと、にたあり、と妖狐が笑いました。

「師輔よ、おまえ、この女に惚れておったなあ……」

妖狐が言いました。

その豊かな両の乳房を両手で下から持ちあげ、

「ほれ、この乳を吸うてみたかったのではないかえ」

そう言いました。

続いて、その脚を広げて、

「ほれ、ここもぬしが欲しかったところであろうが……」

一歩前へ踏み出してきました。

「師輔様……」

ふいに、その声が、師輔卿のよく知っている藤戸のものにかわりました。

「わたしもお慕い申しあげておりました。このわたしを、師輔様はお斬りになると言われるのですか――」

また一歩、近づいてまいります。

師輔が一歩退がると、二歩前へ、三歩退がれば、四歩前へと藤戸が出てまいります。

師輔卿の額からは、今やたらたらと激しく汗が流れ出ております。

「師輔様!」

いきなり、藤戸が師輔卿に飛びかかり、その喉に牙を立てようとした時――

「む、むう……」

声をあげたのは、藤戸でございました。

藤戸の動きが止まっておりました。

「お、おのれ。わが動きを邪魔するは何者じゃ――」

藤戸の口から、藤戸ではない声が響いてまいりました。

「師輔様、今でございます。お斬り下されませ」

なんと、こんどは、同じ藤戸の口から、藤戸の声が響いてきたではありませんか。

「妖狐の動きは、今、わたくしが封じておりますれば、早く……」

「藤戸殿！」

師輔卿が叫びました。

そこへ、森から出てきたのが、あの白狐、信太丸《しのだまる》でございました。

「うまくゆきましたぞ、師輔殿」

「おう、信太丸」

「人の魂は、死して後、四十七日間この世に留まると申します。かようなことになれば、必ずや、藤戸様の魂が、師輔様をお守りするであろうと、わたしは信じておりました――」

「で、では――」

「師輔様、わたくしも、あなたをかねてよりお慕い申しあげておりました」

ああ、なんという、なんという愛の告白であったことでございましょう。

藤戸の魂は、今一度、その肉体に蘇り、今激しく、妖狐と争っているのでございました。

しかも、藤戸の魂は、自分を斬れというのでございます。

「お斬りになって。すでにわたくしは死人《しびと》でござります。ためらうことなどございませぬ」

「藤戸殿！」

「さあ」

その声にうながされて、

「えやあっ！」

とばかりに師輔卿が斬りかかれば、藤戸は、さっと後ろに跳びすさりました。

「むむう」

と、藤戸の口が、妖狐の声で唸りました。

「ぬしを喰い殺そうと思えば、この身体、動かぬ。しかし、逃げることならできるようじゃ」

くやしそうに藤戸は言いました。

「今夜のところは、ひとまず姿を消しておくが、安倍家への恨み、必ずやいつかはらしてくりょうぞ……」

そう言ったかと思うと、裸の姿のまま、藤戸はすうっと四つん這いになり、草の上を疾《はし》って、たちまち夜の闇の中に姿を消してしまったのでございました。

「藤戸殿ォ……」

その闇に向かって、師輔卿の哀しい声が響きましたが、すでに藤戸の姿はなく、風に揺れる草を、月の光が皓々《こうこう》と照らしているばかりでございました。

（八）

一方尾花丸は、額と言わず、今や全身から汗を滴《したた》らせて祈禱に没頭しております。

その身体はぶるぶると震え、歯を喰い縛ったその顔は、鬼のようでございました。

ここより、夢枕獏秀斎のお得意の描写をいたしますれば、尾花丸の中より膨《ふく》れあがってくる巨大なものの内圧に、もはやその小さな肉体は耐えられなくなっているようであった――というところでございます。

と――

ふいに、かあっ、と尾花丸が、その眼を大きく見開きました。

その瞬間、尾花丸にびっくりするような変化がおこったのでございました。

尾花丸の髪の毛が、音をたてざあっと一尺、二尺、三尺も伸び、もじゃもじゃと天と言わず横と言わず、四方八方に向けて立ちあがり、しかも、色までもが真っ赤に変わっていたのでございます。

しかも、むくむくと、その顔の肉が動き、鼻は獅子鼻となり、頰は赤く膨れて、まるで、赤鬼のごとき形相となったのでございました。

さて、皆様、覚えておいででございましょうか。

そもそも、本編の始まりの頃、尾花丸の形相が、まさにこのようであったのを――

本編はもともと、玉田版と桃川版の安倍晴明伝を、この夢枕獏秀斎めが合わせたものでございました。

桃川版において、尾花丸は、ちんちくりんで、悪戯《いたずら》小僧、赤い髪に獅子鼻の、手におえぬ暴れん坊でございました。

それに、この獏秀斎が手を加えて、玉田版の秀才型晴明へと変貌させたのでございますが、それが、この時になってみごとに生きてきたのでございます。

さすがは、この道二十年、エロスと伝奇バイオレンスで稼ぎまくり、淫楽《いんらく》御殿を建てた夢枕獏秀斎でございます。

この時の伏線のためにこそ、あの変身の場面を書いていたのでございますね。

どうじゃどうじゃと、いばっているところではございません。

尾花丸、かつての姿にもどり、帝の枕元にすっくと仁王立ちとなって、いよいよ声を大きくして、祈禱を始めたのでございました。

(九)

さて、こちらは、上賀茂にある蘆屋道満の屋敷でございます。
今や、ただ独りとなって、呪詛《ずそ》の声をはりあげている道満、何やら苦しげに身をよじり出したではありませんか。
歯をきりきりと音をたてて嚙み、呪法の声も、ともすれば、とだえがちになりました。
横からそれを見ている藤原元方、何ごとが起こったのかと思っておりまするところへ、いきなり、
ぼっ、
と音をたてて、道満の眼の前に吊るしてあった、帝の御名の書かれた人形《ひとがた》が炎をあげて燃え出したのでございました。

「があっ！」

と、声をあげて、蘆屋道満が立ちあがりました。

「どうしたのじゃ、道満!?」

元方が声をかけます。

「あ、熱い」

道満が、呻《うめ》くように言いました。

「あ、熱い。熱くてたまらぬ。元方、水じゃ、水をかけてくれいっ」

言われて、元方、どうしていいかわかりません。

裸の道満の背や肩から、ぶすぶすと黒い煙が立ちあがってまいります。

「水じゃ、水じゃ。家来ども、水をもて、道満がたいへんじゃ」

元方が叫びますと、家来どもが集まってまいりました。

「おう」

「これは」

その場の惨憺《さんたん》たる有様を眼にして、家来たちは声をあげましたが、それに驚いてばかりもいられません。

「水じゃ、水をかけいっ！」

道満が、眼をむき、歯を喰い縛って叫んでおります。

「むう、御主人様がたいへんなお苦しみようじゃ」

「たいへんだ」

「水をもて、水を――」

さっそく、井戸から、桶《おけ》に水が汲《く》まれてそこへ持ってこられました。

家来のひとりが、ざぶりとばかりに水をかけますると、

「ぎゃあっ！」

と、道満が声をあげて床に倒れ伏しました。

手を突き、顔をあげ、

「水をかけよと申したに、熱湯をかけるやつがあるか。水じゃ水じゃ……」

血を吐くように呻きました。

そこで、家来たちが、あとからあとから水を桶に汲んでは、ざぶり、ざぶりと道満の身体にかけるのですが、そのたびに道満はそこをのたうちまわるのでございます。

「水じゃと言うたぞ」

「熱いっ！」

「何故、熱湯をかける」

「これは地獄の炎に焼かれるようじゃ」

「水、水、水」

言われるままに、水をかければかけるほど、ざぶりと注いだそこが、赤くただれ、水ぶくれとなり、それが破れて血や膿《うみ》のごときものが、じくじくと流れ出してまいります。

ついに道満、そこに打ち伏して、悶絶《もんぜつ》してしまったのでございました。

（十）

「おう、帝が眼をお開きになられたぞ！」

そう叫んだのは、関白藤原忠平公でございました。

その通り。

寝床で、しばらく前までたいへんなお苦しみようで唸っておられた帝が、眼を開き、

「おう、忠平ではないか。朕《ちん》はどうしておったのじゃ。さっきまで、たいへんな苦しみと闘っていたと思うたのだが、ふいに身体が楽になった……」

そのように言ったのでございました。

第十席　夢枕獏秀斎次なる講釈を約束しつつ　ひとまず本編の語りを終えること

（一）

とまあいうわけで、足かけ三年にわたりまして語ってまいりました本講釈、これにてひとまずの閉幕でございます。

その前に、尾花丸や、本編の登場人物たちがどうなったかを、皆様に申しあげておかねばなりません。

帝の御悩でございますが、上賀茂の道満屋敷で道満が水ぶくれとなって倒れたのを機に、たちまちにして元気になられ、その日のうちに粥《かゆ》などを食され、二日目には普通の食事ができるようになり、三日目には歩くようになって、五日目にはもとのようにおすこやかな身体にもどられたのでございました。

このたびの尾花丸の手柄によって、津の国は安倍野まで帝のお使いが立ちまして、安倍保名、葛子姫、加茂保憲は都へ呼ばれ、一条堀河のお屋敷に住居《すまい》いたしますることとなり、ここに安倍家の再興はなったのでございました。

参議小野好古《おののよしふる》卿の閉門もむろんとけ、尾花丸は、若い身ながら、天文博士従五位下《じゅごいのげ》陰陽の頭《かみ》となって、名も晴明とあらためましたのでございます。

一方、蘆屋道満でございますが、藤原師輔卿《ふじわらのもろすけ》より話を聴いて、役人たちがこれを捕えに行ったのですが、この時、なんと藤原元方《もとかた》ともども、屋敷より姿を消していたのでございます。

家来たちの話によれば、ふいに天より屋敷に落雷があって、一同は意識を失い、気がついてみたら、道満、元方の姿がなかったというのでございます。

道満、元方は、いずれへ姿を消したのでございましょうか。

はたまた、裸体にて疾《はし》り去った藤戸《ふじのと》の妖狐は、今、どこでどうしているのでしょうか。

その行方は、杳《よう》として知れないのでございます。

（二）

わたくし夢枕獏秀斎、これまで長々と若き日の晴明公のお話を語ってまいりましたが、このお話、実はこれでお終《しま》いではございません。

桃川版の全体で言うなら、ようやく五分の一を語り終えたかどうかというところでございます。

この後、すでに書いた袴垂保輔《はかまだれのやすすけ》や、姿を消したはずの蘆屋道満が再び現われて、また、あらたなる、晴明との呪法合戦があり、なんと大江山の酒呑童子《しゅてんどうじ》や、玉藻前《たまものまえ》となった大妖狐までが晴明公の敵となって出てくるのでございますが、ひとまずは、これをひとつの区切りといたしまして、幕を閉じておきたいと思います。

ま、てっとり早く言うならば、このまま延々とやっていたら十年はかかりそうだし、ひとまず区切りのよいところで原稿もたまりましたので、ここいらでひとつ、一冊の本にまとめておきましょうというのが、本音のところでございます。

つまり、本編の続きは、折をみて、必ずやまた再開するという覚悟でございますので、お許しのほどをよろしくお願い申しあげる次第でございます。

すでに、本編は、玉田版や桃川版にないストーリーがいっぱいにちりばめられており(たとえば、玉田版や桃川版は、蘆屋道満の悪事は露見せず、この後も朝廷に出入りをしたりしているのであります)、この後は、いよいよ、夢枕版晴明伝となってゆく予定でございます。

皆様におかれましては、またの小屋掛けを楽しみにしていただいて、ひとまずのお別れでございます。

では、本編の続きは次巻の講釈にて――


(了)

あとがき

いやあ、おもしろい、おもしろい。

ゲラに赤を入れながら、おおいに楽しんでしまいました。

安倍晴明の話、本当におもしろい。

この物語を書くようになったいきさつは、本編の中に書いてある通りであり、三代目旭堂小南陵師匠との出会いがなければ、本書は書かれてはいなかったでしょう。

あらためて、この場にて御礼申しあげたいと思います。

実は、安倍晴明の話は、これまで『陰陽師』として文藝春秋で書いているのですが、本編は、それとはまた別仕立ての晴明のお話であります。

したがって、晴明との名コンビ、好漢源博雅は、本編には登場いたしません。けれども、こちらもまた、たいへんにおもしろい物語であります（しかし、同じ晴明で、こうも毛色の違う話を書いてしまうというのは、まったくもって、節操のない人間であります）。

本編にあるようないきさつで、これを小説にしようと発想した時、まず思いついたのは、

〝語ること〟

でした。

語るように書くこと。

舞台の上から、講釈師が、お客に語るように書く。

現在進行形で、アドリブ入り。

つまり、そのおりそのおりの、時事や、書き手の私生活、考えなどを書いてしまうこと。日々の感動や体験などを盛り込みつつ、お話を進めてゆくこと。

この手口は、すでに『仰天・平成元年の空手チョップ』でやっており、たいへんにノリがよろしいのはわかっております。

ようし、これならいけるぞという、自信を持ってのスタートでありました。

たとえば、芝居を観たら、その芝居のことを枕に振ってから本編に入ってゆく（しかも本編とまるで無関係ではない）というスタイルは、そうしてできあがってきたものです。あちらこちらと、日々、移動につぐ移動の最中に、その移動現場の実況中継をしながら書いていったこともございました。

これもおもしろい。

ともあれ、おもしろいことずくめの本書なのであります。

さあ、明日からは北海道でワカサギ釣りじゃ——というところで、（このあとがきか

ら読んでいる人が多いと思いますので）本講釈をゆっくりお楽しみ下さい。

平成十年一月二十二日　小田原にて

夢枕　獏

解説

晴明神社　禰宜[*1]　山口琢也

バチが当った。こんなド素人の私が本の解説を書こう事になろうとは。真に「バチ当り」に違いない。私のお仕えする京都・晴明神社御祭神安倍晴明公が、中央公論新社を依代《よりしろ》として「ワシをダシにした小説で大儲けをしておる輩《やから》がおるらしい。禰宜《ねぎ》のおまえがしっかりせんからぢゃ。世を糺《ただ》せよ」との御下命であろう。「それなら作家にバチを当てて下さいよう」などと口応えせず、只管《ひたすら》「へっへー」となった次第である。いや待て、これは獏さん流のバチかも知れない。ああ、あの時食事に招待しなかったからか、昨年既刊の本（『安倍晴明公』晴明神社編）の執筆料が安すぎたのか。でもそれはK社のせいでしょ。いや御婦人同伴でお参りの際、おみくじ位はサービスすべきだったのでは……。もしかしたらこれが噂の「呪（しゅ）」か。

何《いず》れにせよ、神社もこの平成十五年が御鎮座壱千年祭を斎行する佳節である。御神縁と思い筆を進めたい。

そもそも私は、神職がこんな事で良いのかという程活字に馴染みがない。従って少年時代に親に買って貰《もら》った「児童文学全集」だの「日本文学全集」といったものは、あの固い箱からお出ましになった事もなければ、漱石、藤村でさえ繙《ひもと》く経験なく、昔日《せきじつ》の偉人という認識しかない。まさにこれこそ新人類――少し古いか――、神社界のニューウエーヴ——もっと古い——と呼ぶに相応《ふさわ》しいと勝手な言い訳をしていた。

しかし、昭和六十年代あたりから徐々に「晴明ブーム」がやって来ると事情は急変していく。所謂《いわゆる》「晴明本」、「陰陽本」の類《たぐい》のものが書店に並ぶ様になってくると、さすがの私も目を通さないわけにもいかず求めて読む。読み終えぬ内に次のが発刊され、又、読む。日露戦争での旅順二〇三高地の皇軍も如《か》くやと思われる勢いで出版される為、俄《にわか》読書中年（それもカルトな）が誕生するはめになる。が、その作業の内実は、「神様の事を悪さする奴はいねえか」、「出鱈目《でたらめ》ばかり言う会社は何処《どこ》ぢゃ」、「断りもなく写真を使う自称ライターは誰ぞ」といった事に多くのエナジーが振り向けられていた。初めて貘さんの著作を読んだ時もそうだった。私のスタンスは。

　何故なら、貘さんがずっーと前からエロやバイオレンスの大家として既に売れっ子であった事も全く知らなかったし、仮に知っていてもエロはともかくバイオレンスには食指を動かさなかったろう。ところが多くのファンがそうである様に、彼の作品の行間に両足をはめてしまう。あらゆる場面で自分が鳥瞰《ちょうかん》し、俯瞰《ふかん》する。登場人物に頷《うなず》いたり怒ったり、又「今の処《ところ》、分かり難いんでもう一度お願いします」てな言を発する事すら有る。で、新刊は何時《いつ》、何処の出版社かといった具合で、まるで帰り道で待ちぶせする荒井由実の様。一人前の貘パーンチ・ドランカーである。

　その貘ビームに中枢神経を冒《おか》された男が手にしたのがこの『平成講釈　安倍晴明伝』[*2]ハードカバー版であった。平積みされたそれを持ち、レジに走り、家で一気に読んだ。まあ、面白い面白い、本当に面白い。そもそも講釈が、そういう仕掛けになっているのだろうが、緩急のよろしきに引きずり込まれる。御親切に、各話のはじまりに「まくら」が有り、前回までの「おさらい」が有り、そして本編という構成になって最後は、「この続きは如何《いか》に」で終る。本当に講談を聞きに行っていたら通い詰めて、幾らお金があっても足りなかったろう。氏の言うところの「活字講釈師」で良かった。

又、そのネタとなる桃川版『安倍晴明』、玉田版『安倍晴明』、『蘆屋道満』の三つについても各々の美味《おい》しいとこだけ摘《つま》み出して、都合の良い様に手を加え、平成版たり得る創作を重ねてゆく。肯定的な意味において獏さんらしい。あれは確かNHKの番組ロケの為に獏さんが来社された時のこと。氏、宣《のたま》わく「小説家っていうのはね、学者が汗水たらして調べ上げた成果の良い所だけ摘み喰いして繋ぎ合せていくのが仕事なんだよ」。私もそれを真に受け、「なんとまあ物書きとは、ええ生業どすなあ。それで長者番付に出はるんやさかいに」といけずを添えて心の中で呟いた事を記憶している。

しかしその一年後、前述した神社編の本の中で私が司会をつとめ、獏さんはじめ、荒俣宏さん、岡野玲子さん、京極夏彦さんのビッグ4に対談してもらった時に一年前の獏さんの話は大嘘である事が判明した。無論、他の三氏もそうだが、豊富な知識、経験、多岐に亘《わた》る好奇心に圧倒され放し、相槌《あいづち》も充分に打てず仕舞いであった。これが「スター千一夜」の司会なら二日で降板であろう。その衝撃的事実を基に私的国語辞典を作るなら「作家＝溢《あふ》れんばかりの知識を小出しにし、言葉という装飾を施し少しでも永く文壇に名を残そうとする職能者若しくは集団」。

少し話が外れたが、この「平成版講釈」のようなやや軽いタッチの裏側には、とんでもない努力と感性の積み重ねがあることを知るべき、否、面白ければそれでいいのかも知れない。何とならば、面白さは売り上げという素直な数字に現われてくるから、と妙に納得したうえで、そうだ今晩でも再度この「安倍晴明伝」読み返してみよう。
さて、獏さんを筆頭に多くの方が晴明公を描かれたお蔭で、晴明神社も大変な賑《にぎわ》いを見せている。当初その参詣者の増加になかなかついて行けずにいたが、今年あたりから態勢が整ってきた。しかし、此処《ここ》は建物の色が金や赤でもないし古色蒼然とした殿舎も無いので、見て楽しい所ではない。御祭神のプロフィル、時代背景といった予備知識が無いと大して意味を持たない観光施設かも知れない。それは大型バスでやって来る熟年の団体を見るとそんな気がする。でも今、この本を買って読んでいる貴方《あなた》は勿論《もちろん》、立ち読み中の貴方は購入して読了すれば充分に此のやしろは素晴らしい神社になり[3]、お出でいただいた折に神としての晴明公を体感する資格をお持ちの筈《はず》である。この本のカバーを彩る南伸坊さんの描く晴明さんとは違ったキャラかも知れないが、そのギャップを楽しむもよし、〝晴明さんについてもっと知りたいシンドローム〟に陥るもよし。京都が二倍面白くなること請け合いである。

折しも今秋は、[4]獏さん原作の映画も公開されるようだし、神社も壱千年記念行事を十月に盛り沢山で企画している。その間に獏さんがお参りに来られるかも知れないので、ナマ夢枕獏に会えるチャンスが。その時この私めは「解説原稿では、くだらん事ばかり書きやがって!!」とポカスカやられていそうなので心ある方は、人間の盾となり守って頂く様お願いしておく。しかし乍《なが》ら、自然を愛し人を愛す文豪は、きっとこの稿を見てもF社の通販で手に入れたバランスチェアに座して、ニコニコされているだろう。

漏れ承れば、書物はあとがきから読まれるという。当初の計画では、私の解説文に依《よ》りこの本が爆発的な売り上げを記録↓不況に喘《あえ》ぐ出版業界の救世主出現↓私も文章をころがし巨万の富を築くヨロコビ組の仲間入り――という大胆なシナリオであったが、所詮は藤四郎《とうしろう》である。ここは、夢枕獏さんの才筆と晴明公の大稜威《おおみいつ》が次なる壱千年、三十一世紀までも輝き続けることを祈り上げ駄文の結びとしたい。

以上

平成十五年三月

編集部注

＊1　二〇一五年現在は宮司。

＊2　この文春文庫版で『陰陽師　平成講釈　安倍晴明伝』と改題しました。

＊3　中公文庫版のこと。

＊4　映画『陰陽師Ⅱ』。

この文庫は『平成講釈　安倍晴明伝』（単行本：一九九八年四月、ノベルス：二〇〇一年四月、文庫：二〇〇三年五月／単行本は中央公論社、ノベルスと文庫は中央公論新社刊）を改題したものです。

文春文庫

陰陽師《おんみようじ》　平成講釈《へいせいこうしやく》　安倍晴明伝《あべのせいめいでん》

定価はカバーに
表示してあります

2015年6月10日　第1刷

著　者　夢《ゆめ》 枕《まくら》　獏《ばく》

発行者　羽鳥好之

発行所　株式会社　文藝春秋

東京都千代田区紀尾井町3-23　〒102-8008
TEL 03・3265・1211
文藝春秋ホームページ　http://www.bunshun.co.jp

落丁、乱丁本は、お手数ですが小社製作部宛お送り下さい。送料小社負担でお取替致します。

印刷製本・凸版印刷

Printed in Japan
ISBN978-4-16-790384-8

（　）内は解説者。品切の節はご容赦下さい。

陰陽師《おんみょうじ》
夢枕　獏

死霊、生霊、鬼などが人々の身近で跋扈した平安時代。陰陽師安倍晴明は従四位下ながら天皇の信任は厚い。親友の源博雅と組み、幻術を駆使して挑むこの世ならぬ難事件の数々。

ゆ-2-1

陰陽師《おんみょうじ》　飛天《ひてん》ノ巻
夢枕　獏

都を魔物から守れ。百鬼夜行の平安時代、風水術、幻術、占星術を駆使し、難敵に立ち向う安倍晴明。なんと中世の闇のこっけいで、おおらかなこと！　前人未到の異色伝奇ロマン。

ゆ-2-4

陰陽師《おんみょうじ》　付喪神《つくもがみ》ノ巻
夢枕　獏

妖物の棲み処と化した平安京。魑魅魍魎何するものぞ。若き陰陽師・安倍晴明と盟友・源博雅は立ち上がる。胸のすく二人の冒険譚。ますます快調の伝奇ロマンシリーズ第三弾。（中沢新一）

ゆ-2-5

七人の安倍晴明
夢枕　獏　編著

老若男女を問わず、平成ニッポンにブームを巻き起こす陰陽師。高橋克彦、荒俣宏、澁澤龍彥、加門七海等八人が、小説、紀行、対談と様々な形で紡ぐ七つの安倍晴明の姿。ファン待望の一冊。

ゆ-2-6

陰陽師《おんみょうじ》　鳳凰《ほうおう》ノ巻
夢枕　獏

魔物は闇が造るのではない、人の心が産むものなのだ、博雅。さて、ゆくか——。平安の都人を脅かす魑魅魍魎と対峙する、ご存じ安倍晴明・源博雅二人の活躍を描くシリーズ第四弾!!

ゆ-2-7

あとがき大全
あるいは物語による旅の記録
夢枕　獏

79年から90年まで、著者が執筆した本のあとがき、序、まえがき、著者から読者へ、等の文章を収録。空前にして絶後、前代未聞の試み。ファン垂涎の一冊。遂に文庫化!!（北上次郎）

ゆ-2-8

陰陽師《おんみょうじ》　生成《なまな》り姫
夢枕　獏

源博雅が一人の姫と恋におちた。恋に悩む友を静かに見守る安倍晴明。しかし、姫が心の奥に棲む鬼に蝕まれてしまった。果して姫は助けられるのか？　陰陽師シリーズ初の長篇遂に登場。

ゆ-2-9

（　）内は解説者。品切の節はご容赦下さい。

夢枕 獏 編
『陰陽師《おんみようじ》』読本
平安の闇に、ようこそ

人気シリーズ『陰陽師』。名コンビ、晴明、博雅誕生の秘密を著者自ら語り、映画『陰陽師』主演の野村萬斎が語る、平安の世と晴明の魅力などなど、ファンならずとも必携の一冊である。

ゆ-2-10

夢枕 獏
腐りゆく天使

不世出の詩人・萩原朔太郎が激しく愛したエレナ。背徳の恋にもだえる神父。そして山奥の土の中に埋められているわたし。この三人が交差して物語が動きだす。大正ロマン伝奇長篇小説。

ゆ-2-12

夢枕 獏
陰陽師《おんみようじ》 龍笛《りゆうてき》ノ巻

蝶の蛹や芋虫など、虫が大好きな露子姫の許に、あの蘆屋道満から禍々しい幻虫が送られてきた。何を企むのか道満!?　晴明と博雅は虫退治へと向うのだが……。「むしめづる姫」他全五篇。

ゆ-2-13

夢枕 獏
鮎師

小田原を流れる早川の淵に棲むという六十センチを超す巨大鮎に取り憑かれた二人の男。巨大鮎をなんとか釣ろうと格闘する姿をスリリングな筆致で描いた幻の傑作が文春文庫に登場。

ゆ-2-14

夢枕 獏
陰陽師《おんみようじ》 太極《たいきよく》ノ巻

安倍晴明の屋敷で、いつものように源博雅が杯を傾けている所へ、虫が大好きな露子姫がやってきた。何でも晴明に相談があるというのだが……。「二百六十二匹の黄金虫」他、全六篇収録。

ゆ-2-15

夢枕 獏
村上 豊 絵
陰陽師《おんみようじ》 瘤取《こぶと》り晴明

都で名を馳せる薬師、平大成《たいらのおおなり》・中成《なかなり》兄弟。その二人に鬼たちが取り憑いた。解決に乗り出した晴明と博雅。百鬼夜行の宴に臨む二人の運命は？　村上豊画伯と初めてのコラボレーション。

ゆ-2-16

夢枕 獏
陰陽師《おんみようじ》 瀧夜叉姫《たきやしやひめ》（上下）

次々と平安の都で起きる怪事件。それらは、やがて都を滅ぼす恐ろしい陰謀へと繋がって行く……。事件の裏に見え隠れする将門との浅からぬ因縁。その背後に蠢《うごめ》く邪悪な男の正体とは？

ゆ-2-17

（　）内は解説者。品切の節はご容赦下さい。

陰陽師《おんみょうじ》　首
夢枕　獏
村上　豊　絵
美しい姫・青音は、求婚した二人の貴族に、近くの首塚へ行き、石を持って帰ってきたものと寄り添うと言い渡すが……。村上豊の手で蘇る「陰陽師」シリーズ、好評の絵物語第二弾。
ゆ-2-19

陰陽師《おんみょうじ》　夜光杯《やこうはい》ノ巻
夢枕　獏
博雅の名笛「葉二」が消えた。かわりに落ちていたのは、黄金の粒。はたして「葉二」はどこへ？　晴明と博雅が平安の都の怪事件を解決する〝陰陽師〟。「月琴姫」ほか九篇を収録。
ゆ-2-20

楽語（ＲＡＫＵＧＯ）
夢枕　獏・春風亭昇太他
席亭　夢枕獏・爆笑　ＳＷＡの会
落語・講談で活躍する話題の団体、ＳＷＡの会と夢枕獏が夢のタッグ。夢枕の新作噺書き下ろしや、昇太らメンバー本人の新作噺、ＳＷＡ結成秘話、楽屋の裏話も収録した夢の演芸コラボ本。
ゆ-2-21

陰陽師《おんみょうじ》　鉄輪《かなわ》
夢枕　獏
村上　豊　絵
他の女に心変わりした男を恨んだ徳子姫は、丑の刻参りの末に生成《なまなり》の鬼になってしまう。事情を知った相手の男は晴明と博雅に助けを求めるのだが……。「陰陽師」絵物語シリーズ第三巻。
ゆ-2-22

空手道ビジネスマンクラス練馬支部
夢枕　獏
飲んだ帰りにヤクザに絡まれてしまった中年男、木原は一念発起して練馬の空手道場の門を叩く。夢とは？　真の強さとは？「強くなりたい」と願う、すべての男に贈る痛快格闘技小説。
ゆ-2-23

陰陽師《おんみょうじ》　天鼓《てんこ》ノ巻
夢枕　獏
盲目の琵琶法師・蝉丸にとり憑いた美しくも怖ろしい女の正体とは？　女を哀れむ蝉丸が、晴明と博雅を前にその哀しい過去を語りだす――。「逆髪の女」他、全八篇を収録。
ゆ-2-24

陰陽師《おんみょうじ》　醍醐《だいご》ノ巻
夢枕　獏
都のあちらこちらに現れては伽羅の匂いを残して消える不思議の女がいた。果して女の正体は？　晴明と博雅が怪事件を解決する〝陰陽師〟。「はるかなるもろこしまでも」他、全九篇。
ゆ-2-25

（　）内は解説者。品切の節はご容赦下さい。

まんまこと
畠中《はたけなか》 恵

江戸は神田、玄関で揉め事の裁定をする町名主の跡取・麻之助。このお気楽ものが、支配町から上がってくる難問奇問に幼馴染の色男・清十郎、堅物・吉五郎と取り組むのだが……。（吉田伸子）

は-37-1

こいしり
畠中 恵

町名主名代ぶりは板についてきたものの、淡い想いの行方は皆目見当がつかない麻之助。両国の危ないおニイさんたちも活躍する、大好評「まんまこと」シリーズ第二弾。（細谷正充）

は-37-2

西遊記
平岩弓枝

（全四冊）

唐の太宗の命で天竺へと向かった三蔵法師一行。力を合わせ、数々の試練を乗り越える悟空や弟子たちの活躍を描く、いままでいちばん美しい「西遊記」。蓬田やすひろの挿絵も収録。

ひ-1-110

花世の立春
平岩弓枝

新・御宿かわせみ3

「立春に結婚しましょう」――七日後に急に祝言をあげる決意をした花世と源太郎はてんてこ舞い！　若き二人の門出を描くみずみずしい表題作ほか珠玉の六篇。

ひ-1-120

初春《はる》の客
平岩弓枝　画・蓬田やすひろ
御宿かわせみ傑作選 1

江戸の大川端にある小さな旅籠「かわせみ」を舞台に繰り広げられる大人気〝人情捕物帳〟。宿の若き女主人るいの忍ぶ恋が胸を打つ、国民的シリーズのカラー愛蔵版第一弾！

ひ-1-252

祝言
平岩弓枝　画・蓬田やすひろ
御宿かわせみ傑作選 2

美しい江戸の町に実を結ぶるいと東吾の恋。シリーズ最大の人気作「祝言」を含む、捕物、人情、江戸の光景に贅沢に心遊ばせる一冊。蓬田やすひろ氏のカラー挿絵も美しい、第二弾！

ひ-1-253

天地人
火坂雅志

（上下）

主君・上杉景勝とともに、信長、秀吉、家康の世を泳ぎ抜いた名宰相直江兼続。〝義〟を貫いた清々しく鮮烈なる生涯を活写する長篇歴史小説。ＮＨＫ大河ドラマの原作、遂に登場。（縄田一男）

ひ-15-6

（　）内は解説者。品切の節はご容赦下さい。

火坂雅志
墨染の鎧（上下）
戦国時代末期、禅僧にしてただ一人城持ち大名になった男がいた。信長の横死と秀吉の活躍を予言した僧の数奇な運命を、大河ドラマ「天地人」の著者が描く長篇歴史小説。（細谷正充）
ひ-15-9

久木綾子
見残しの塔　周防国五重塔縁起
五重塔建立に関わった番匠たち、宿命を全うする男女の姿を、綿密な考証と自然描写で織り上げた、感動の中世ロマン大作。取材14年、執筆4年、89歳新人作家衝撃のデビュー作。（櫻井よしこ）
ひ-25-1

藤沢周平
三屋清左衛門残日録
家督をゆずり隠居の身となった清左衛門の日記「残日録」。悔いと寂寥感にさいなまれつつ、なお命をいとおしみ、力尽くす男の残された日々の輝きを描き共感をよぶ連作長篇。（丸元淑生）
ふ-1-27

藤沢周平
隠し剣孤影抄
剣客小説に新境地を開いた名品集〝隠し剣〟シリーズ。剣鬼と化し破牢した夫のため捨て身の行動に出る人妻、これに翻弄される男を描く「隠し剣鬼ノ爪」など八篇を収める。（阿部達二）
ふ-1-38

藤沢周平
海鳴り（上下）
心が通わない妻と放蕩息子の間で人生の空しさと焦りを感じる紙屋新兵衛は、薄幸の人妻おこうに想いを寄せ、闇に落ちていく。人生の陰影を描いた世話物の名品。（後藤正治）
ふ-1-57

藤沢周平
逆軍の旗
坐して滅ぶか、あるいは叛くか―戦国武将で一際異彩を放ち、今なお謎に包まれた明智光秀を描く表題作他、郷里の歴史に材をとった「上意改まる」「幻にあらず」等全四篇。（湯川　豊）
ふ-1-59

古川　薫
吉田松陰の恋
野山獄に幽閉されていた松陰にほのかな恋情を寄せる女囚・高須久子。二人の交情を通して迫る新しい松陰像を描く表題作ほか、情感に満ちた維新の青春像を描く短篇全五篇。（佐木隆三）
ふ-3-3

（　）内は解説者。品切の節はご容赦下さい

古川 薫
斜陽に立つ
乃木希典と児玉源太郎

乃木希典は本当に「愚将」なのか？　戊辰戦争から運命の日露戦争、自死までの軌跡を、児玉源太郎との友情と重ね合わせながら血の通った一人の人間として描き出す評伝小説。（重里徹也）

ふ-3-17

藤井邦夫
養生所見廻り同心　神代新吾事件覚
指切り

北町奉行所養生所見廻り同心・神代新吾。南蛮一品流捕縛術を修業する若く未熟だが熱い心を持つ同心だ。新吾が事件に挑む姿を描く書き下ろし時代小説「神代新吾事件覚」シリーズ第一弾！

ふ-30-1

藤井邦夫
秋山久蔵御用控
虚《うつ》け者《もの》

評判の悪い旗本の倅が、滅多刺しにされ殺された。これは女の恨みによるものか？　手下とともに真相を暴いた南町奉行所吟味方与力・秋山久蔵が見せた裁きとは？　書き下ろし第十九弾！

ふ-30-23

藤原緋沙子
切り絵図屋清七
ふたり静

絵双紙本屋の「紀の字屋」を主人から譲られた浪人・清七郎は、人助けのために江戸の絵地図を刊行しようと思い立つ。人情味あふれる時代小説書下ろし新シリーズ誕生！（縄田一男）

ふ-31-1

藤原緋沙子
切り絵図屋清七
飛び梅

父が何者かに襲われ、勘定所に関わる大きな不正に気づく清七。武家に戻り、実家を守るべきなのか。切り絵図屋も軌道に乗ったばかりだが――。シリーズ第三弾。

ふ-31-3

誉田哲也
吉原暗黒譚

吉原で狐面をつけた者たちによる花魁殺しが頻発。吉原大門詰の貧乏同心・今村は元花魁のくノ一・彩音と共に調べに乗り出すが……。傑作捕物帳登場！（末國善己）

ほ-15-5

松本清張
西海道談綺
（全四冊）

密通を怒って上司を斬り、妻を廃坑に突き落として出奔した男の数奇な運命。直参に変身した恵之助は隠し金山探索の密命を帯びて日田へ。多彩な人物が織りなす伝奇長篇。（三浦朱門）

ま-1-76

（　）内は解説者。品切の節はご容赦下さい。

松井今朝子
円朝の女
江戸から明治へ変わる歴史の転換期。時代の絶頂を極めた大名人と彼を愛した五人の女たちの人生が深い感慨を呼ぶ傑作時代小説。生き生きとした語り口が絶品！　（対談　春風亭小朝）
ま-29-1

宮尾登美子
松風の家　（上下）
明治初年、京の茶道宗家後之伴家は衰退し家元も出奔。残された者達は幼き家元を立て、苦難を乗切ろうとする。千利休を祖とする一族の愛憎の歴史を秀麗に描く傑作長篇。　（阿川弘之）
み-2-4

宮尾登美子
宮尾本　平家物語　全四巻
清盛の出生の秘密から、平家の栄華と滅亡までを描く畢生の大作。一門の男たちの野望と傲り、女たちの雅びと悲しみ……。壮大華麗に繰り広げられる平安末期のドラマ。宮尾文学の集大成。
み-2-9

宮城谷昌光
孟夏の太陽
中国春秋時代の大国晋の名君重耳に仕えた趙衰以来、宰相として晋を支え続けた趙一族の思想と盛衰をたどり、王とは何か臣とは何か、政治とは何かを描き切った歴史ロマン。　（金子昌夫）
み-19-4

宮城谷昌光
三国志　第一巻～第九巻
後漢王朝の衰亡から筆をおこし「演義」ではなく「正史三国志」の世界を再現する大作。曹操、劉備など英雄だけではなく、将、兵に至るまで、二千年前の激動の時代を生きた群像を描く。
み-19-20

宮城谷昌光
楚漢名臣列伝
秦の始皇帝の死後、勃興してきた楚の項羽と漢の劉邦。覇を競う彼らに仕え、乱世で活躍した異才・俊才たち。項羽の軍師・范増、前漢の右丞相となった周勃など十人の肖像。
み-19-28

村田喜代子
龍《りゅう》秘《ひ》御《ぎょ》天《てん》歌《か》
秀吉軍に強制連行された朝鮮人陶工の頭領が亡くなった。葬儀をめぐり村中は大騒ぎに。涙と笑いの渦の中、骨肉の策謀がぶつかる。「哀号！」の叫びが胸に響く歴史物語の傑作。　（辻原　登）
む-6-3

（　）内は解説者。品切の節はご容赦下さい。

村木　嵐
マルガリータ
千々石ミゲルはなぜ棄教したのか？　天正遣欧使節の4人の少年の中で帰国後ただ一人棄教したミゲル。その謎の生涯を妻の視点から描く野心作。第17回松本清張賞受賞作。（縄田一男）
む-15-1

諸田玲子
かってまま
不義の恋の末に、この世に生を享けた美しい娘・おさい。遊女、女スリ、若き戯作者――出会った人の運命を少しずつ変えながら、おさいが待っているものとは。謎と人情の短篇集。（吉田伸子）
も-18-7

諸田玲子
べっぴん あくじゃれ瓢六捕物帖
娑婆に戻った瓢六の今度の相手は、妖艶な女盗賊。事件の聞き込みで致命的なミスを犯した瓢六は、恋人・お袖の家を出る。正体を見せない女の真の目的は？　衝撃のラスト！（関根　徹）
も-18-8

森福　都
漆黒泉
十一世紀、太平を謳歌する宋の都で育ったお転婆娘、晏芳娥《あんほうが》は、婚約者の遺志を継ぎ、時の権力者、司馬光を追う。読み出したらとまらない中国ロマン・ミステリーの傑作。（関口苑生）
も-19-2

山本一力
あかね空
京から江戸に下った豆腐職人の永吉。己の技量一筋に生きる永吉を支える妻と、彼らを引き継いだ三人の子の有為転変を、親子二代にわたって描いた直木賞受賞の傑作時代小説。（縄田一男）
や-29-2

山本一力
ほかげ橋夕景
祝言の決まった娘に冷たくなった父の心の内は？　火影橋の夕景を親子の絆に重ねる表題作ほか、恩人への想い、次郎長晩年の心あたたまる逸話など、とびきりの人情話。（長宗我部友親）
や-29-21

山本一力
たまゆらに
青菜売りをする朋乃はある朝、仕入れに向かう途中で大金入りの財布を拾い、届け出るが――。若い女性の視線を通して、欲深い人間たち、正直の価値を描く傑作時代小説。（温水ゆかり）
や-29-22